피터 팬

- THE ·
GIRL
CLASSIC
· ·

환상 컬렉션

피노키오

카를로 콜로디

오즈의 마법사

라이먼 프랭크 바움

피터 팬

제임스 매슈 배리

피터 팬

제임스 매슈 배리 지음
최세희 옮김

윌북

일러두기

이 책은 *Peter Pan*(Puffin Books Reissue edition, 2013)을 바탕으로 번역했습니다.

Peter Pan by James Matthew Barrie

여는 글

✦

우리는 여전히 그곳에 갈 수 있다

초등학교에 다니던 때다. 당시 살던 아파트에는 동마다 쓰레기장이 붙어 있었다. 각 세대에서 배출한 쓰레기가 라인을 타고 그곳으로 떨어졌다. 두 짝짜리 검은 문은 늘 닫혀 있었다. 45도 각도로 비스듬히 누워서.

아마 비스듬히 누워 있었기 때문일 것이다. 다른 데서는 그런 문을 본 적이 없었다. 별나게 생긴 문이란 특별한 곳으로 통하기 마련이다. 신나는 이야기책이라면 모름지기 항상 그렇다. 나는 비밀을 꿰뚫어봤다고 생각하며 혼자 궁리해보았다. 혹시 저 문 안쪽의 쓰레기를 헤치고 넘어가면 다른 세계로 통하는 게 아닐까?

그때까지 나니아에 대해 읽어본 적이 없었는데도 그런 훌륭한 판단을 해냈지만 진실을 아는 것과 실천하는 것은 다른 문제였다. 문은 쓰레기 수거차가 올 때면 가끔 열렸지만 어김없이 연탄재며 배추 쓰레기 같은 것들이 가득 차 있었다. 그것들을 헤치고 감히 안쪽으로 들어가볼 용기는 나지 않았다. 털외투 같은 것이었다면 나도 겁나지 않았을 텐데. 왜 어떤 애들에게는 지나치게 어려운 시련이 주어지는 거지?

어느 해에는 아이들 사이에 파란 카드가 유행했다. 누가 처음 가져왔는지 모르겠지만 어느새 여러 아이들이 수십 장씩 갖고 있었다. 지금 생각해도 무슨 용도였는지 모를, 인쇄 파지 귀퉁이를 일괄 썰어낸 것처럼 생긴 그 카드는 인기의 상징이 되어 교실 안 한정으로 돈다발 같은 위력을 발휘했다. 카드가 없는 아이들은 그거 한 장을 얻어보고 싶어서 우쭐대는 카드 부자 곁을 기웃거렸다. 나와 친구는 그런 꼴이 불만스러웠다. 그리고 근본적 의문을 품었다. 저 애들은 어떻게 저걸 한 뭉치씩 들고 올까? 어딘가에 더 많은 카드가 쌓여 있는 게 틀림없어. 카드를 독점하고 싶은 애들이 위치를 말해주지 않는다면 직접 찾아내는 수밖에.

파란 카드가 듬뿍 쌓인 비밀 장소를 발견해 두 손 가득 쥐고 나오는 상상에 빠져든 우리는 제 나름 합리적으로 장소를 추론해보았다. 그 무렵 아파트 상가의 위층에는 간판도 없는 공장이나 빈 사무실이 많았다. 그런 곳들 중 어딘가가 아닐까? 우리는 모험을 떠나기로 결의하고 학교가 끝난 뒤에 상가 앞에서 만났다. 카드를 담아 올 가방도 야무지게 챙졌다. 가다 보면 노란 벽돌길이 금방 나타날 거야.

　하지만 어떤 곳은 문이 잠겨 있어서, 어떤 곳은 너무 사람이 많아서, 어떤 곳은 뭐 하러 왔느냐고 호통치는 어른들이 있어서, 우리의 모험은 실패로 돌아갔다. 친구 집에 가서 뻥튀기를 먹으며 회의를 해봤지만 어쩐지 기가 꺾인 우리의 입에서는 내일 또 찾으러 가보자는 말이 쉽사리 나오지 않았다. 잠겨 있어서 못 들여다봤던 어느 문 안쪽에 카드가 쌓여 있는 광경이 아른거렸지만 언제 열릴지 어떻게 안담? 소설 속의 아이들은 이럴 때 우리처럼 포기하지 않는다는 생각이 떠올랐지만 현실의 어린이는 꽤 바쁘다. 해는 저물고 있었고 더 늦기 전에 집에 가서 숙제도 해야 될 것 같았다.

　그 시절, 아이들에게 불친절한 어른들이 지키고 있는 살풍경한 상가 3, 4층은 도로시와 친구들이 통과하던 서쪽 마녀의 땅이기도 했고, 비스듬한 검은 문이 닫힌 쓰레기장은 네버랜드 섬으로 가기 위해 거쳐야 할 검푸른 바다이기도 했다. 그 이야기들은 항상 가까이에, 얇은 한 겹 베일 너머에 있다고 느껴졌다. 나는 아마 네버랜드에 다녀올 수도 있을 테고, 노란 벽돌길을 따라가 에메랄드 성에 도착할 수도 있었다. 너무 바쁘지만 않다면 말이다. 지금은 좀 바쁘니까 일단 포기한다. 걱정할 필요는 없다. 진짜 기회는 다른 날 다른 때에 웬디네 집 창문처럼 내 눈앞에 열릴 테니까.

하지만 나이가 들수록 사람들은 점차 그런 확신을 금지 당하고, 나도 곧 뛰어들 예정이었던 비밀과 모험을 알레고리로 읽으라는 권유를 받는다. 한때 그토록 강력한 존재감을 가지고 베일 너머에서 빛나던 이야기는 죽은 요정처럼 불빛이 꺼져 책갈피 속에 갇힌다. 판타지에 빠져드는 건 현실 도피가 아니냐는 이야기가 불만스러워 한때는 환상의 실용적 가치를 옹호해보려 애쓴 적도 있었다. 하지만 이제는 슬슬 이런 기분이 든다. 내가 도망가겠다는데 어쩔 거야?

사람에 따라 방식은 다르겠지만 우리는 꽤 자주 도망친다. 내 힘으로 당장 바꿀 수 없는 것들로부터 우아하게 날아올라 도망친다. 모험을 포기하고 숙제를 해야만 하는 아이부터 출근을 앞둔 일요일 오후 4시의 직장인까지. 비장하게 자신을 꾸짖으며 정면으로 부딪치는 방법도 있지만 늘 그러다가는 앞이마가 남아나지 않는다. 그러니 때로는 세 걸음 위로 날아올라 나비처럼 팔랑대며 내려다보는 쪽을 택한다. 인류는 늘 그래왔다. 그런 식으로 제 손으로 어찌할 수 없는 억센 세상을 조금이라도 말랑하게 주물러왔다.

수학 문제집을 풀기 싫은 어린이였을 때, 나는 외계인과 지구의 운명을 놓고 대결을 벌이는 존재가 되었다. 외계인이 하필 나를 찍어서 이 문제를 마저 풀면 지구를 멸망시키려던 계획을 달리 생각해보겠다는데 물러설 순 없는 일이 아니겠는가. 어떤 날은 수학이 발달하지 않은 꼬마 사람들의 나라에서 사절단이 찾아왔다. 그 나라 최고의 학자들조차 수백 년 동안 이 문제를 풀지 못했는데 지구에서는 초등학생도 풀 수 있는 문제다. 지금 그들은 내가 이 어려운 문제를 푸는 모습을 보며 충격에 빠져 있다……

먹구름을 피해 근사하게 도망쳤지만 우리는 도로시처럼, 그리고 웬디나 피노키오처럼 빙그레 웃으며 집으로 돌아올 것이다. 그들이 떠났다가 돌아왔기에 집을 더 사랑하게 된 것처럼 우리에게도 그런 일이 벌어질 것이다. 집이 지겨워졌다면 또 떠나면 된다. 우리에겐 수천 번이라도 그럴 기회가 있다. 너무 바쁠 때만 빼면.

어린 시절 나를 '세 걸음 위'로 날아오르게 해주었던 이야기들을 오랜만에 다시 읽었다. 흥미롭게도 이 이야기들은 내 기억처럼 보편적이지 않았다. 오늘날 쉽사리 떠올리는 환상 세계의 이미지는 많은 부분 영화에서 왔을 텐데, 그런 영화의 원전이었을 고전 동화들 또한 익숙한 이미지의 재탕이려니 섣불리 예단했다가는 흠칫 놀라게 된다. 원액답게 개성이 넘치고, 각 시대의 특수한 무늬가 새겨지고, 재치 있는 디테일로 가득한 이야기들이다. 뭉근한 단맛이 아닌 칼칼하고 또렷한 맛이다.

피터와 웬디의 섬은 독립된 환상계인 척 등장했다가 금세 현실과의 분리점을 멋대로 깨뜨리며 독자를 슬쩍 놀리고 갈팡질팡 헷갈리게 한다. 달콤하기만 한 게 아니라 씁쓸하기도 하고 때로는 냉담하기도 하다. 천연덕스럽게 건방을 떨고 변덕을 부리지만 너무 매력적이어서 그냥 믿어주고 싶어지는 피터처럼, 어딘가 혼란스러운 이 이야기 속 세계는 이름부터가 네버랜드다. 작가는 이곳이 존재한다고 말하고 싶은 걸까, 존재하지 않는다고 말하고 싶은 걸까?

도로시 일행이 거쳐가는 오즈 세계의 이곳저곳은 연극 무대처럼 장면별로 집약적 개성이 부여되어 있어서 오늘날의 게임 필드 디자인과도 비슷한 느낌을 준다. 그만큼 현대적이다. 덕택에 여기저기에 다양한 정체성의 인물들을 흩뿌려놓아도 플레잉 카드들처럼 다채롭게 조화된다. 이 놀랄 만한 확장성을 보면 이 작품이 십수 권의 시리즈로 이어진 것이 우연은 아니었구나 싶다.

흥미진진한 우화들을 모아놓고 주인공의 강한 개성을 실 꿸 바늘처럼 이용해 종횡무진 이어붙인 피노키오의 전개 방식도 대담하기 이를 데 없다. 아무 데나 잘라내어 인용해도 신기할 정도로 짜임새가 있는 에피소드들을 보면 이 이야기가 오래 살아남은 이유를 알 것 같다. 전체적으로 장편이지만 하나하나가 단편인 이 구조는 오늘날 더욱 인기를 끄는 방식이 되었다.

더구나 인물들은 오늘날의 이야기들이 부끄러워질 만큼 생동감이 넘친다. 당당하고 뻔뻔스러워서 독자의 눈치를 보지 않는다. 요즘 피노키오 같은 주인공을 내세운다면 상당수의 독자들은 그를 응원하기보다 미워할 것이다. 어린 시절의 나조차도 피노키오는 나와 너무 다른 아이라고 생각했다. 아빠가 단벌 외투를 팔아 사 온 책을 인형극을 보기 위해 팔아 버리다니, 난 이렇게 무신경하지 않아.

하지만 이제 다시 읽어보니 작가는 실제의 아이를 지나칠 정도로 잘 관찰했다. 많은 아이들이 눈앞의 유혹에 빠지면 다른 문제를 잊어버리거나 합리화하고, 유혹이 사라지면 곧 후회한다. 그리고 유혹에 빠졌던 자신을 까맣게 잊는다. 애어른처럼 의젓한 어린이 인물들은 아이한테 짜증 내는 어른이 되고 싶지 않은 독자의 입맛일 뿐, 진짜 아이와는 별로 상관이 없는 존재다.

빅토리아 시대에 태어난 피터와 웬디는 오늘날의 아이들과 꽤 비슷하지만 또 제법 다르다. 사랑스럽고 멋진가 하면 당혹스럽고 뜻밖이다. 그러나 여전히 아이답다. 현대인의 관점에서 비판적으로 읽히는 지점들도 있지만 동시에 빈티지 찻잔 같은 매력을 품고 있다.

오래전 이미 읽은 동화를 왜 굳이 다시 읽어야 할까? 그러고 싶다면 일차적으로는 그립기 때문이다. 하지만 막상 다시 읽고 보면 이 이야기가 어린이 독자에게 보여주는 결, 그리고 다시 읽는 성인 독자에게 보여주는 결이 다른 것을 느끼게 된다. 태어나서 처음 먹어보는 요리의 황홀함도 특별하지만, 접시 한구석의 완두콩도 남기지 않는 나이가 되고 나서야 비로소 이해되는 맛도 있기 때문이다.

하지만 내가 한 세계의 시민권만으로 만족할 수 없는 사람으로 자란 근원은 역시 최초의 매혹이었을 것이다.

어느 날 밤, 나는 꿈을 꾸었다. 몰래 집에서 나와 비스듬히 누운 검은 문을 열고 안으로 들어갔다. 그리고 시련을 단번에 통과했다. 갑자기 나는 성처럼 생긴 널찍한 홀에 도착해 있었다. 사방이 찬란하게 밝혀졌고, 작은 구름 같은 것들이 수없이 떠다니고 있었다. 멋지게 차려입은 사람들이 구름을 타고 즐겁게 노닐며 만화에서나 보았던 신기한 간식들을 먹고 있었다.

내가 그 광경을 멍하니 보고 있는데 어떤 아이가 다가오더니 웃으며 내 손을 잡아끌었다. 나는 그 아이의 손을 잡고 자유롭게 하늘을 날아다니며 놀았다. 그 아이의 이름은 굳이 말하지 않아도 누구나 알 것이다.

그 뒤로 자려고 불을 끄고 누우면 바로 밑에 그 아름다운 세계가 펼쳐져 있다는 생각을 했다(우리 집은 1층이었다).
그곳과 나 사이에 고작 한 겹의 콘크리트 바닥만 가로놓여
있다고 생각하자 기분이 좋았다. 언제든지 갈 수 있으니까,
지금 가지 못하더라도 괜찮게 느껴졌다. 그렇다. 우리는 여
전히 그곳에 갈 수 있다. 길만 안다면 그리 먼 곳은 아니다.

· 전민희(작가) ·

차례

피터 팬

Peter Pan

피터, 나타나다

아이는 모두 어른이 된다. 한 아이만 빼고. 아이도 때가 되면 자기가 커서 어른이 된다는 사실을 알게 된다. 웬디 달링이 그 사실을 알게 된 사연은 이렇다. 웬디가 두 살 때 정원에서 놀다 꽃 한 송이를 꺾어선 엄마에게 달려간 날이었다. 짐작컨대 깨물어주고 싶도록 귀여웠을 것이고, 그런 딸을 바라보며 달링 부인은 가슴에 손을 얹고선 큰 소리로 외쳤다.

"아, 하늘도 무심하시지. 지금 이 모습 그대로 영영 멈출 방법이 없다니!"

어른이 되는 문제로 웬디와 엄마 사이에 일어난 일은 이게 전부지만, 그날부터 웬디는 어른이 되는 건 싫어도 어쩔 수 없는 것임을 알았다. 여러분도 두 살이 되면 세상의 이치를 깨우치게 된다. 두 살은 종말에 눈을 뜨는 나이인 것이다.

여러분도 알겠지만 달링 가족은 14번지에 살았다. 웬디가 태어나기 전까지는 달링 부인이 이 집의 중심이었다. 그는 아름답고, 공상을 즐겼으며, 예쁜 입술엔 냉소가 어려 있었다. 공상을 즐기는 그의 마음은 상자 속에 또 다른 상자가 든 동양의 신비한 상자처럼 아무리 꺼내고 또 꺼내도 언제나 하나가 더 남아 있었다. 그의 냉소 어린 예쁜 입술은 오직 한 사람만의 키스만 기억했다. 웬디는 죽었다 깨어난대도 받을 수 없는 키스지만, 오른쪽 입가에 여봐란 듯 또렷하게 새겨져 있었다.

달링 씨가 아내가 된 여자의 사랑을 쟁취한 방법은 다음과 같다. 달링 부인이 미혼이었을 당시, 청년 신사들은 자기만 이 여성을 사랑하는 게 아님을 동시에 깨닫고선 우르르 그의 집으로 달려가 청혼했다. 달링 씨만 빼고. 달링 씨는 마차를 잡아탄 덕분에 제일 먼저 도착할 수 있었고, 그렇게 그를 차지할 수 있었다. 온전히 차지했다고도 할 수 있을 것이다. 아내의 마음속 가장 깊은 곳에 있는 그 상자, 그리고 그 키스만 빼면. 달링 씨는 상자에 관해선 아무것도 몰랐고, 키스는 시간이 지나면서 단념했다. 웬디는 나폴레옹 정도면 엄마의 키스를 차지했을 거라 생각했지만, 내 눈앞에 떠오르는 건 나폴레옹이 애를 쓰다 결국 열 받아서 문을 쾅 닫아버리고 떠나는 광경뿐이다.

달링 씨가 웬디에게 틈만 나면 하는 말이 있었는데 '네

어머니는 날 사랑하는 것을 넘어서 존경한다'는 것이었다. 그는 채권과 주식에 정통했다. 정말 그런지 밝혀낼 방법은 당연히 없었지만, 주가가 올랐다느니 배당이 떨어졌다느니 하는 말을 입에 달고 사는 걸 보면 꽤 많이 아는 것 같았고 어떤 여자라도 존경심을 품었을 것 같다.

달링 부인은 흰 드레스를 입고 결혼식을 올렸다. 신혼 때만 해도 가계부를 썼는데, 고기가 물을 만난 격으로 신나하며 방울양배추 한 개도 빼먹는 일 없이 꼼꼼히 기록했다. 하지만 얼마 지나지 않아 콜리플라워를 다발째 빼먹는 일이 생기더니, 얼굴 없는 아기 그림이 그 자리를 대신했다. 합계를 내야 할 때마다 아기 그림을 그렸는데 달링 부인 딴엔 암산의 흔적이었다.

첫째로 웬디가 태어났고, 이어서 존, 마이클이 태어났다.

웬디가 태어난 후 한두 주 동안 달링 부부는 웬디를 잘 키울 확신이 없었다. 딸이 생긴 건 한없이 뿌듯했지만 먹여 살릴 입이 늘어난 것도 사실이었다. 하지만 달링 씨는 명예를 소중히 하는 신사였다. 그는 누워 있는 부인의 손을 잡고서 침대 한쪽 끝에 앉아 양육비를 계산하기 시작했다. 부인은 그런 남편을 호소하듯 바라보았다. 어떤 위기가 닥쳐와도 딸을 잘 키우고 싶었지만, 그건 남편의 방식이 아니었다. 연필과 종이를 써서 계산하는 것이 그의 방식이었고 부인이 이런저런 제안을 꺼내는 바람에 셈이 틀리면 처음부터 다시 시작했다.

"잠깐, 나 계산 좀 할게요." 그는 아내에게 애원하곤 했다. "집에 1파운드 17실링이 있고 회사에 2실링 6펜스가 있고. 회사에서 마시는 커피를 끊으면 10실링이 남으니까, 2파운드 9실링 6펜스가 되지. 여기에 당신 돈 18실링 3펜스를 더하면 3, 9, 7 그리고 내 수표책의 5파운드를 더하면 8, 9, 7… 지금 누가 움직였지? 8, 9, 7에 점 찍고 7을 옮기고… 말하지 말라니까. 저번에 방문했던 사람한테 빌려준 1파운드에… 조용히 해, 아가야. 점 찍고 그다음에… 조용히 하자, 아가야. 점 찍고 아기를 옮기… 아니지, 또 틀렸네! 내가 9, 9, 7이라고 말했나? 그래, 9, 9, 7이라고 했어. 문제는, 우리가 9파운드 9실링 7펜스만 갖고 1년을 버틸 수 있느냐는 건데요."

"물론 버틸 수 있고말고요, 조지." 달링 부인이 큰 소리로 말했다. 하지만 그는 지금 웬디 일이라면 이성이 작동하지 않게 된 상태였고, 남편은 훨씬 더 엄격한 사람이었다.

"이하선염을 빼선 안 되죠!" 달링 씨는 거의 위협적인 어조로 아내에게 경고하고는 계산을 이어나갔다. "이하선염이 1파운드, 지금 내가 계산하기론 그런데 어쩌면 30실링에 해결될 수도 있어… 말하지 마요. 홍역에 1파운드 5실링, 독일

홍역은 반 기니, 다 합치면 2파운드 15실링 6펜스… 손가락 흔들지 마요. 백일해는 15실링."

이런 식이었고, 매번 예산이 늘어났다. 하지만 웬디는 이하선염을 12실링 6펜스만으로, 두 종류의 홍역은 한 번의 치료만으로 이겨냈다.

존이 태어났을 때도 똑같은 흥분의 도가니였고, 마이클 때는 예산을 더욱더 빠듯하게 줄였다. 그래도 둘 다 이겨냈고, 그 덕에 얼마 후 세 아이가 돌보미를 따라 한 줄로 걸어 미스 풀섬 유치원으로 가는 모습을 볼 수 있게 되었다.

달링 부인은 뭐든 자기 식대로 관철하는 것을 좋아했고, 달링 씨는 뭐든 이웃과 똑같이 해야 직성이 풀렸다. 물론 그들에게도 아이 돌보미가 있었다. 아이들 우유 사 먹이는 것도 빠듯한 살림살이라 돌보미도 뉴펀들랜드종의 개였다. 성격이 꼼꼼한 이 개의 이름은 나나였고, 달링 부부와 연을 맺기 전까지는 가족이 없었지만 언제나 아이들을 소중히 생각했다. 달링 부부를 알게 된 건 켄싱턴 공원에서였는데, 그곳에서 나나는 무료할 때마다 유아차 속 아기들을 지켜보는 것으로 시간을 보냈고 이 때문에 부주의한 하인들에겐 공공의 적이 되었다. 나나가 뒤를 따라가선 그 집 마님에게 하인이 얼마나 부주의한지 일러바쳤기 때문이다. 달링 씨네 정착한 나나는 타고난 돌보미의 기질을 발휘했다. 아이들이 목욕할 땐 하나부터 열까지 다 챙겼고, 밤이 되어 잠든 아이 중 어느 하나가 모기만 한 소리로만 울어도 언제고 곧바로 일어나 앉았다. 나나의 집이 아이들 방에 있는 건 당연했다. 나나는 누가 기침을 한 번만 해도 병원에 곧바로 가야 할 정도인지 아닌지, 목에 양말을 둘러줘야 하는지를 신통하리만큼 딱 알았다. 나나는 대황 잎을 약으로 쓰는 것 같은 민간요법을 고수했고, 병균에 관한 최신 유행 의학 이야기가 오가면 싸잡아 코웃음을 쳤다. 나나가 아이들을 학교까지 안내해 가는 모습은 예절 교육 시간 같아서, 아이들이 반듯하게 행동하면 차분한 태도로 옆에서 걸었고, 대열에서 빗나가는 아이가 있으면 머리로 밀어 다시 줄을 맞춰 걷게 했다. 존이 축구 연습을 하는 날엔 잊지 않고 운동복을 챙겼을 뿐만 아니라, 비가 오는 데 대비해 거의 매일 우산을 입에 물고 다녔다. 미스 풀섬 학교의 지하실에는 돌보미 대기실이 있다. 다른 돌보미들은 사람답게 앉아서 기다렸지만, 나나는 바닥에 누워서 기다렸다. 하지만 그것 말고는 양쪽에 다른 점은 전혀 없었다. 돌보미들은 나나가 자기보다 사회적 신분이 낮다고 무시했고, 나나는 그들의 품위 없는 대화를 경멸했다. 나나는 달링 부인 친구들이 아이들 방에 발을 들이면 쾌씸하게 생각했지만, 일단 그들이 오면 먼저 마이클의 턱받이를 벗겨낸 다음 파란 끈을 댄 새것으로 갈아주었고, 웬디의 옷 주름을 펴주고 존의 머리를 신속히 매만져주었다.

세상 어느 아이 돌보미도 나나만큼 바지런히 일을 해낼 수 없을 것이다. 달링 씨도 그 사실을 알았지만, 혹여 동네에 말이 오갈까 마음이 놓이지 않았다. 그는 사회적 신분을 고민하지 않을 수 없었다.

나나가 마음에 걸리는 이유는 그것만이 아니었다. 가끔이지만 나나는 자길 존경하지 않는 것 같았다.

"조지, 나나가 당신을 얼마나 존경하는데요." 달링 부인은 이런 말로 남편을 안심시키고는, 아이들에게 아버지 비위 좀 맞추라는 눈치를 보냈다. 그러면 아이들의 귀여운 율동이 펼쳐졌고, 집안의 유일한 하인 라이자도 분위기를 봐서 합세해 춤을 추었다. 라이자는 이 집에 고용될 때 무슨 일이 있어도 열 살임을 들키지 않으리라 맹세했지만, 긴 치마를 입고 여자 하인 머리쓰개를 쓰고 춤을 출 땐 영락없는 꼬맹이였다. 깡충깡충 발을 구를 때 얼마나 신이 나 보이는지! 제일 신이 난 건 달링 부인이었다. 신나게 빙글빙글 도는 모습을 보고 있자면 그의 키스만 떠올랐다. 아닌 게 아니라 그때 달려들었다면 키스를 해줬을지도 모른다. 이보다 행복한 가족은 어디에도 없었다. 피터 팬이 찾아오기 전까지는.

달링 부인이 처음으로 피터 이야기를 들은 건 아이들의 생각을 정리해주면서였다. 훌륭한 어머니라면 밤마다 챙기는 관습이 있으니, 아이들이 잠들고 나면 그들 머릿속을 샅샅이 뒤져서 낮 동안 어수선하게 비뚤어진 것을 다시 반듯이 고정해 제자리를 찾아주면서 다음 날 아침을 대비하는 것이다. 어린이 여러분도 밤새 깨어 있을 수 있다면(절대 그러지 못하겠지만), 어머니가 이런 작업을 하는 모습을 볼 수 있을 것이고, 지켜보는 것만으로도 아주 재미있을 터이다. 꼭 서랍을 정리하는 것 같으니까. 어머니는 무릎을 꿇고 여러분의 생각을 뒤지다 어떤 것에 대해선 흥이 나 한동안 들여다보며 어디서 이런 생각을 다 하게 됐을까 탄복하기도 하고, 예쁜 생각, 또 예쁘지 못한 생각을 찾아내는 가운데 어떤 건 새끼 고양이라도 본 것처럼 뺨에 대고 문지르다 서둘러 보이지 않는 곳에 보관한다. 다음 날 아침 여러분이 잠에서 깨면, 그 전날 잠자리에 가져간 장난기와 못된 욕심은 작게 접혀 마음 맨 밑바닥에 놓이고, 맨 위에는 여러분이 골라 입을 수 있도록 더 예쁜 생각이 펼쳐져 있을 것이다.

　그래서 말인데 혹시 여러분은 사람의 마음을 그린 지도를 본 적이 있는지 궁금해진다. 의사들은 가끔 사람 몸을 부위별 지도로 그릴 때가 있는데, 자기 몸 지도를 구경하는 건 기막히게 재미있지만 아이의 마음을 그리려면 의사는 아리송함에 끙끙대느라 계속 제자리를 맴돌게 된다. 아무튼 이 마음 지도에는 체온 기록 카드처럼 들쭉날쭉한 선들이 표시

되어 있는데, 이는 섬에 난 수많은 길이라는 게 내 짐작이다. 네버랜드는 섬과 같으니까. 네버랜드는 사방이 색색의 물감을 흩뿌린 것처럼 알록달록하고, 앞바다엔 산호초와 멋진 배가 있고, 원주민들이 사는 외진 동굴이 여럿 있으며, 주로 옷을 만드는 일을 하는 도깨비들, 강이 흐르는 동굴, 여섯 명의 형이 있는 왕자들, 금방이라도 무너질 것 같은 오두막 한 채가 있고, 아담한 체격의 매부리코 할머니 한 명이 산다. 여기서 끝이면 지도도 단순하겠지만, 그것 말고도 개학 날, 종교, 아버지들, 동그란 연못, 바느질, 살인 사건, 교수형, 영어 수여동사, 초콜릿 푸딩 먹는 날, 치아교정기 하는 날, 구구단 외우는 날, 자기 힘으로 이를 뽑으면 3펜스 받는 날 등등이 더 있다. 이 모든 게 한 지도에 다 들어가기도 하고, 별도의 반투명 지도 형태로 원래 지도에 겹쳐 보게 되어 있기도 해서 늘 헷갈리는데, 더 고약한 건 이 섬에 있는 어떤 것도 가만히 있지 못하고 움직인다는 점이다.

물론 네버랜드는 사람에 따라 전혀 다른 곳이 된다. 예를 들어 존의 네버랜드에는 호수가 있고 그 위로 홍학들이 날아다녀서 사격을 할 수 있는 반면, 꼬맹이 마이클의 네버랜드에는 홍학이 딱 한 마리 있고 그 위 하늘에 여러 호수가 둥둥 떠 있는 식이다. 존은 모래밭에 뒤집어 놓은 보트 속에서 살았고, 마이클은 네이티브 아메리칸(원문에서는 '인디언'으로 일괄해 썼으나, 이 명칭은 현재 아메리카 원주민, 네이티브 아메리칸 등으로 정정해 쓰고 있다-옮긴이)의 원형 천막에서 살았으며, 웬디는 나뭇잎을 솜씨 좋게 엮은 집에서 살았다. 존은 친구가 없었지만, 마이클은 밤에 만나는 친구들이 있었으며, 웬디는 부모에게 버림받은 늑대와 친했다. 저마다 달라 보여도 전반적으로 셋의 네버랜드는 가족처럼 닮은 데가 있어서 한 줄로 서서 가만히 있으면 서로 코가 닮았느니 하는 말이 나올 것이다. 이 마법의 섬에서 노는 아이들은 각자의 조각배를 해안에 영원히 대고 있다. 우리도 그 섬에 다녀오지 않았나. 비록 이젠 더 이상 그곳에 배를 댈 수 없지만, 여전히 그곳의 파도 소리가 들리지 않나.

세상의 온갖 매력적인 섬 중에서도 네버랜드는 가장 아늑하고 작지만 모든 것을 갖춘 섬이다. 크고 불규칙하게 뻗어 있는 섬은 한 곳에서 모험이 끝나면 다른 곳의 모험을 찾아 지루하게 이동해야 하지만, 네버랜드는 한곳에 복작복작 모여 있는 모험을 한꺼번에 즐길 수 있다. 이 섬에서 낮에 의자와 테이블보를 가지고 놀 때는 놀라거나 무서울 일이 전혀 없다. 하지만 잠자리에 들기 2분 전이 되면 진짜 무서워진다. 그래서 밤에는 불을 켜두어야 한다.

달링 부인은 아이들의 마음속을 여행하면서 가끔 이해할 수 없는 것들을 발견했는데, 그중에서도 가장 혼란스러운 것은 '피터'라는 단어였다. 달링 부인이 아는 사람 중에 피터는 없는데, 존과 마이클의 마음속에선 피터가 동에 번쩍 서에 번쩍했고, 웬디 마음의 벽에는 아예 도배가 되어 있는 데다, 굵은 글씨로 적혀 있어서 다른 단어들보다 유독 튀었다. 그 이름을 바라보던 달링 부인은 어쩐지 건방지다는 생각이 들었다.

"맞아요. 걔는 좀 건방져요." 웬디는 인정하며 서운한 기색을 드러냈다. 달링 부인이 계속 캐묻는 와중에 나온 말이었다.

"걔라니, 걔가 누군데?"

"피터 팬이요, 엄마도 알면서."

물어볼 때까지만 해도 기억이 나지 않았지만, 어린 시절을 생각하니 달링 부인도 비로소 요정들과 산다고 알려진 피터 팬을 떠올릴 수 있었다. 피터 팬에 대한 온갖 이상한 이야기들이 돌았다. 가령 아이가 죽어 천국으로 갈 때면 무서워할까 봐 피터 팬이 어느 정도 함께 가준다는 이야기를 들은 적이 있었다. 한때는 그런 이야기들을 믿었지만 결혼도 했고 분별을 갖춘 지금은 그 존재에 의심부터 앞섰다.

"피터도 이젠 어른이 됐을 나이야." 달링 부인이 웬디에게 말했다.

"아, 아니에요. 피터는 크질 않았어요." 웬디가 자신 있게 말했다. "그리고 덩치도 딱 저만 한 걸요."

피터가 마음도 몸도 자신과 똑같다는 뜻이었다. 그런 걸 어떻게 아는지 웬디 자신도 몰랐지만 그냥 저절로 알았다.

달링 부인은 남편에게 의견을 구했지만, 달링 씨는 코웃음 칠 뿐이었다.

"내가 장담하는데, 이게 다 나나가 애들 머릿속에 이상한 생각을 집어넣어서 그래요. 개나 할 만한 생각이잖아요. 내버려둬요. 얼마 안 가서 저절로 사라질 테니까."

그러나 저절로 사라지는 일은 없었고, 얼마 지나지 않아 이 골칫덩이 사내애는 달링 씨에게 한 방 먹이게 된다.

아이들은 아무리 기괴한 모험을 해도 이상하게 생각하지 않는다. 예를 들어 숲속에서 이제는 세상을 떠난 아버지를 만나 함께 게임을 하며 논 지 일주일이 지나서야 그걸 기억해내곤 말하는 경우가 있다. 웬디가 어느 날 아침 충격적으로 실토했을 때도 똑같이 스스럼없는 태도였다. 아이들 방에 나뭇잎 몇 장이 떨어져 있었는데, 전날 밤 잠자리에 들 때만 해도 분명히 없었던 나뭇잎이었다.

"피터가 다시 온 게 분명해!"

웬디가 느긋하게 미소 지으며 이렇게 말하자 달링 부인은 진상을 밝혀내려고 골머리를 앓게 되었다.

"그게 무슨 소리니, 웬디?"

"자기 발도 닦을 줄 모르다니 정말 대책 없는 아이야."

웬디는 한숨을 내쉬었다. 웬디는 평소 깔끔한 성격이었다.

웬디는 피터가 가끔 밤에 찾아와 자기 침대 발치에 앉아 피리를 불어주는 것 같다고 대수롭지 않게 말했다. 다만 잠에서 깬 적이 한 번도 없어서 그 사실을 어떻게 아는지 자신도 모른다는 게 아쉬웠다. 그냥 저절로 알았다.

"그게 무슨 헛소리니, 아가야. 노크도 안 하고 들어올 수 있는 사람은 없어."

"피터 팬은 창문으로 들어오는 것 같아요." 웬디가 말했다.

"아가, 이 방은 3층이란다."

"창턱에 나뭇잎이 있지 않았나요, 엄마?"

사실이었다. 창문 바로 밑에 나뭇잎이 떨어져 있었다.

달링 부인은 어떻게 받아들여야 할지 알 수가 없었다. 웬디는 이 모든 것을 당연하게 생각해서 그냥 꿈을 꾼 거라고 무시할 수 없었기 때문이다.

"아가야!" 달링 부인이 외쳤다. "왜 진작에 엄마한테 말하지 않았니?"

"잊어버렸어요." 웬디는 대수롭지 않다는 투로 말했다. 아침 식사에 마음을 빼앗긴 상태였다.

아, 물론 웬디가 꿈을 꾼 게 틀림없다.

하지만 나뭇잎은 어떻게 설명해야 하지? 달링 부인은 나뭇잎들을 꼼꼼히 살펴보았다. 잎맥이 도드라진 나뭇잎을 보며 그는 영국 어디에서도 자란 적 없는 나무의 이파리임을 확신했다. 이어서 그는 바닥을 엉금엉금 기어 다니면서 촛불을 들이대가며 낯선 발자국이 찍혀 있지 않나 면밀하게 살폈다. 부지깽이로 굴뚝 속을 쑤셔도 보고 벽을 톡톡 두드려보기도 했다. 창문부터 집 아래 인도까지 테이프를 늘어뜨려 길이를 재보니 10미터는 넘는 데다 발을 딛고 기어오를 만한 것도 없었다.

웬디가 꿈을 꾼 게 틀림없다.

그러나 웬디가 꿈을 꾼 게 아님은 바로 다음 날 밤에 밝혀지게 되었다. 바로 그날 밤, 아이들이 신기한 모험을 시작했다고 할 만한 순간이 찾아왔기 때문이었다.

그날 밤, 아이들 모두 여느 때와 마찬가지로 잠자리에 들었다는 건 증명할 수 있다. 우연히도 그날은 나나가 쉬는 날이어서 달링 부인이 직접 아이들을 씻기고 노래를 불러주었으니까. 그런 후 아이들은 차례대로 엄마의 손길을 벗어나 잠의 나라로 미끄러져 들어갔다.

모든 것이 안전하고 아늑하다고 확인한 달링 부인은 미소를 지으며 두려움을 가라앉혔고 벽난로 가까이 앉아 바느질을 시작했다.

　지금 만드는 건 마이클의 생일에 입힐 셔츠였다. 그런데 불은 따뜻하지, 밤에만 밝히는 램프 세 개만 켜진 아이들 방은 어둡지, 무릎엔 바느질감이 놓여 있지, 달링 부인은 저도 모르게 꾸벅꾸벅, 아, 참으로 우아하게 고개를 꾸벅이기 시작했다. 잠이 든 것이다. 네 사람을 보기 바란다. 이쪽에는 존이, 저쪽에는 웬디와 마이클이, 벽난로 가까이엔 달링 부인이 있으니, 램프가 하나 더 있었어야 했다.

　달링 부인은 꿈을 꾸었다. 꿈속에서 네버랜드가 코앞까지 다가오더니 그 이상한 소년이 튀어나왔다. 하지만 부인은 놀라지 않았다. 소년의 얼굴이 아이를 낳은 적이 없는 여자들과 비슷함을 알아차렸기 때문이다. 이는 어디까지나 달링 부인의 생각이고, 사실 아이가 있는 어머니들 얼굴에서도 소년을 발견할 수 있을 것이다. 중요한 건 꿈속에서 소년은 이미 네버랜드를 뒤덮고 있던 장막을 찢어놓았다는 점이다. 부인의 눈에 찢어진 틈새를 들여다보는 웬디와 존, 마이클이 들어왔다.

　꿈 자체는 사소할 수도 있겠지만, 문제는 부인이 꿈을 꾸는 동안 아이들 방 창문이 휙 열렸다는 것이고, 한 소년이 방 안으로 들어왔다는 사실이다. 소년은 이상한 빛과 함께 나타났는데, 주먹만 할까 싶은 크기에 살아 있는 존재인 양

방 안에서 사방으로 휙휙 날아다니는 빛이었다. 아무래도 달링 부인이 잠에서 깨어난 게 이 불빛 때문이었던 것 같다.

　부인은 소리를 지르며 화들짝 깨어났고, 눈앞에 서 있는 소년을 보았다. 어찌 된 영문인지 부인은 단박에 그가 피터 팬임을 알아차렸다. 여러분이나 나, 또는 웬디가 그 자리에 있었다면 피터 팬이 달링 부인의 키스와 똑같다는 것을 두 눈으로 확인했을 것이다. 그는 사랑스러운 소년이었고, 잎맥이 도드라진 나뭇잎을 나무 수액으로 붙여 만든 옷을 걸치고 있었다. 하지만 그에게서 눈을 뗄 수 없게 만드는 건 치아가 모두 젖니라는 점이었다. 소년은 마주한 상대가 여자 어른임을 알고는 작은 진주알 같은 이를 박박 갈았다.

그림자

달링 부인의 비명에, 마치 초인종 소리에 응답하듯 문이 열리면서 나나가 들어왔다. 저녁 외출을 마치고 때마침 들어온 참이었다. 나나는 으르렁거리며 소년에게 와락 달려들었지만, 소년은 날쌔게 창문을 뛰어넘었다. 다시 한번 달링 부인은 비명을 질렀는데 이번엔 소년이 걱정돼서였다. 소년이 죽었을 거라는 생각에 그는 단박에 길거리로 뛰쳐나갔고 어린 남자애의 시체를 찾아 헤맸다. 하지만 어디에도 시체 같은 건 없었다. 눈을 들어 위를 보아도 깜깜한 밤하늘엔 별똥별로 짐작되는 것 말고는 아무것도 없었다.

다시 아이들 방으로 돌아온 달링 부인은 나나가 입에 뭔가 물고 있는 것을 보았다. 그것은 피터 팬의 그림자였다. 소년이 창문을 뛰어넘을 때 나나는 재빨리 창문을 닫았지만 소년을 잡진 못했다. 하지만 소년의 그림자는 미처 빠져나가지 못했고, 창문이 쾅 닫힐 때 끼어버린 것이다.

달링 부인이 그 그림자를 얼마나 꼼꼼히 살펴봤을지는 말할 필요도 없을 것이다. 하지만 그건 다른 사람들의 그림자와 다른 데가 없었다.

나나는 이미 이 그림자를 어떻게 처분할지 확실히 알고 있었기 때문에 창문 밖에 걸어놓았다. '그 아이는 그림자를 찾기 위해 반드시 다시 찾아올 거야. 그때 아이들을 들쑤시는 일 없이 그림자만 가져가게 여기 걸어놓자'라는 생각에서 였다.

하지만 유감스럽게도 달링 부인은 그림자를 창밖에 둘 수 없었다. 꼭 빨래를 널어놓은 것 같아서 집의 품격을 떨어뜨렸기 때문이었다. 남편에게 보여줄 생각도 해봤지만, 그는 지금 정신을 맑게 하려고 젖은 수건을 머리에 두른 채 존과 마이클의 겨울 코트 값을 계산하고 있어서 방해해선 안 될 것 같았다. 게다가 그가 뭐라고 말할지도 뻔했다.

"거봐요, 이게 다 개를 돌보미로 둬서 생긴 일이라니까."

달링 부인은 결심했다. 그림자는 돌돌 말아 서랍 속에 고이 간직하고 적당한 기회에 남편에게 말하자고. 아아, 도대체 어쩌려고!

적당한 기회는 일주일 뒤에 찾아왔으니, 결코 잊지 못할 금요일이었다. 하긴, 그런 날은 늘 금요일인 법이지만!

"금요일에는 특히 조심했어야 했는데." 그 후 달링 부인은 그날을 떠올릴 때마다 남편에게 이렇게 말했다. 반대편엔 나나가 앉아 달링 부인의 손을 잡고 있었다.

"아니, 아니." 달링 씨는 늘 이렇게 말했다. "다 내 잘못이에요. 나 조지 달링이 화근이라고요. 메아 꿀빠('내 탓이로소이다'라는 뜻의 라틴어-옮긴이), 메아 꿀빠!" 소싯적 고전 학문을 배운 달링 씨다웠다.

달링 부부는 밤이면 밤마다 그 끔찍한 금요일을 떠올리며 주저앉았다. 그렇게 그날의 모든 순간이 그들 머릿속에 도장처럼 찍혔고, 급기야 불량 동전처럼 한 면에 새겨진 얼굴이 다른 면에도 찍히고야 말았다.

"내가 27번지의 저녁 초대에 응하지만 않았더라도." 달링 부인이 말했다.

"내가 나나의 밥그릇에 약을 타지만 않았어도." 달링 씨가 말했다.

"내가 그 약을 맛있게 먹는 척만 했어도." 나나는 젖은 눈으로 그렇게 말했다.

"내가 파티를 좋아한 탓이에요, 조지."

"나의 저주받은 유머 감각 때문이에요, 여보."

"사소한 것에도 난리를 치는 내 버릇 때문이에요, 아저씨, 아줌마."

그러면 셋 중에 한둘은 함께 울음을 터뜨리게 되어 있었다.

"맞아, 맞아. 개 따위를 돌보미로 두는 게 아니었어."

나나마저 이런 생각을 하기에 이르렀고, 그럴 때 손수건으로 나나의 눈물을 닦아준 건 대체로 달링 씨였다.

"악마 같은 놈!" 달링 씨가 이렇게 버럭 소리치면 나나가 곧바로 멍멍 짖었지만 달링 부인은 한 번도 피터를 원망하지 않았다. 부인의 오른쪽 입가에 피터를 욕하고 싶지 않은 마음이 담겨 있었기 때문이다.

셋의 하루는 텅 빈 아이들 방에 앉아서 그 무시무시한 날 밤에 있었던 일을 무엇 하나 빼먹는 법 없이 열성적으로 되새기는 것으로 채워졌다. 그날은 평소처럼, 이렇다 할 사건 같은 건 전혀 없이 시작되었다. 나나가 목욕물을 받아놓고 마이클을 등에 태우고 욕실로 가고 있었다.

"나 안 잘 거야!" 마이클은 큰 소리로 말했는데, 이 문제라면 자신이 결정권을 가지고 있다는 투였다. "안 자, 안 자. 나나, 아직 6시도 안 됐단 말이야. 아, 진짜, 이제부터 널 사랑해주지 않을 거야, 나나. 목욕 안 한다고. 안 해, 안 한다니까!"

그때 새하얀 이브닝드레스 차림의 달링 부인이 들어왔다. 부인은 일찌감치 드레스를 차려입었는데, 남편이 선물해

준 목걸이에 이브닝드레스를 차려입은 모습을 웬디가 너무나 좋아했기 때문이다. 부인의 팔엔 웬디에게 빌린, 웬디가 기꺼이 내준 팔찌가 걸려 있었다.

마침 웬디와 존은 엄마 아빠 놀이를 하며 웬디가 태어난 날을 재현하는 중이었다. 존이 말했다.

"이제 당신이 엄마가 되었음을 알리게 돼서 너무나 기쁘구료, 달링 부인." 달링 씨가 진짜로 했을 법한 말과 말투였다.

웬디는 기뻐하며 춤을 추었는데, 진짜 달링 부인이라고 해도 될 정도로 감쪽같은 모습이었다.

이윽고 존이 태어났고, 아들이라는 것이 밝혀지며 더한 호들갑이 이어졌다. 목욕을 마치고 온 마이클이 자기도 태어나겠다고 떼를 썼지만 존은 매정하게도 이제 아기는 더 낳지 않겠다고 선언했다.

마이클은 금방이라도 울음을 터뜨릴 기세였다.

"아무도 날 원하지 않아."

이 말에 이브닝드레스를 입은 부인은 도저히 견딜 수가 없었다.

"내가 원해." 부인이 말했다. "엄마는 셋째가 생겼으면 소원이 없겠구나."

"아들이요, 딸이요?" 마이클이 물었지만, 별로 기대하진 않는 투였다.

"아들."

마이클이 엄마 품에 덥석 안겼다. 돌이켜보면 달링 부부나 나나에게 대수롭지 않은 일화일지도 모르지만, 아이들 방에서 마이클이 보낸 마지막 밤이라고 생각하면 결코 대수롭지 않을 수가 없었다.

달링 부부와 나나는 그날의 기억을 계속 곱씹었다.

"그 순간 내가 토네이도처럼 들이닥쳤지, 그렇죠?"

달링 씨는 자조에 겨워 말했다. 과연, 그 순간의 그는 진짜 토네이도 같았다.

달링 씨에게도 변명할 여지가 있을 것이다. 그때 그도 파티에 가려고 옷을 차려 입는 중이었고, 넥타이를 매기 전까지는 모든 게 순조로웠다. 이렇게 말하면 다들 깜짝 놀라겠지만, 달링 씨는 주식과 증권은 잘 알아도 넥타이 매는 건 젬병이었다. 별 탈 없이 잘 매는 경우가 없진 않았지만, 집안의 평화를 위해 자존심은 잠시 넣어두고 붙이기만 하면 되는 넥타이를 하는 게 좋았을 것이다.

그날 저녁이 딱 그랬다. 달링 씨가 망할 놈의 넥타이를 구겨 쥔 채 아이들 방으로 달려들었으니 말이다.

"어머, 당신 왜 그래요?"

"왜 그러냐고?!" 달링 씨가 고래고래 소리쳤다. 정말 목이 터져라 소리치고 있었다.

"이놈의 넥타이, 목에 매라고 나온 놈이 매어져야 말이지." 달링 씨의 비아냥은 위험수위에 달해 있었다.

"내 목엔 매어지질 않아! 침대 기둥에는 매어지겠지! 아, 그럼, 침대 기둥에 스무 번을 매봤는데 내 목에는 안 매진다니까! 젠장할! 죽어도 내 목은 매질 않겠다는 건지 뭔지!"

아내가 바란 만큼의 반응을 보이지 않자 달링 씨는 준엄한 목소리로 말했다.

"내 경고하는데, 여보, 오늘 내가 이 넥타이를 매지 못하면 오늘 밤 저녁 초대고 뭐고 없는 거예요. 그리고 내가 가지 않으면 난 사무실에도 발을 끊을 거고, 사무실에 발을 끊게 된다면 당신과 나는 굶어 죽겠지. 그리고 우리 애들은 길거리에 나앉게 될 거라고요."

정작 달링 부인은 흔들림 없는 태도로 말했다.

"내가 한번 매볼까요, 여보?"

사실 달링 씨가 온 것도 아내에게 부탁할 생각에서였다. 부인이 노련한 손놀림으로 넥타이를 매는 동안, 아이들이 빙 둘러서서 그들의 운명이 결정되길 기다렸다. 이 경우 아내가 아무렇지도 않게 넥타이를 매주는 데 골을 낼 남자도 있을 것이다. 하지만 달링 씨는 그보다는 훨씬 무난한 성격의 남자였다. 그는 무슨 일이 있었냐는 듯 아무렇지도 않게 고

마음을 표했고 그러기 무섭게 마이클을 등에 업고 춤을 추며 돌아다녔다.

"그때 정말 요란하게 놀았죠!" 달링 부인이 당시를 떠올리며 말한다.

"마지막 축제였죠!" 달링 씨가 신음을 토했다.

"아, 조지, 마이클이 갑자기 나한테 했던 말 기억해요? '엄마, 날 어떻게 알게 됐어요?' 기억해요?"

"기억하고말고!"

"그 순간 그 애들이 얼마나 예뻤어요? 당신도 그렇게 생각했죠?"

"그런 아이들이 우리 자식이었다니! 그런데 이젠 떠나고 없다니!"

그날의 요란한 축제는 나나가 등장하며 막을 내렸고, 재수가 모질게도 없는 달링 씨가 나나와 부딪치는 바람에 입고 있던 바지가 온통 나나의 털로 뒤덮이게 되었다. 새로 산 데다 달링 씨는 생전 처음 입어 보는, 끈 장식이 달린 바지였기 때문에 그는 눈물을 흘리지 않으려고 입술을 깨물어야 했다. 물론 달링 부인이 바로 바지를 털어주었지만, 달링 씨는 이번에도 개를 아이 돌보미로 들인 실수에 대해 떠들어대기 시작했다.

"조지, 나나는 보물 같은 존재예요."

"물론이지, 하지만 난 나나가 아이들을 강아지처럼 보는 게 영 불안해요."

"아, 그렇지 않아요, 여보. 나나는 아이들에게 영혼이 있다는 걸 알아요."

"과연 그럴까요?"

달링 씨는 깊은 생각에 빠진 듯 말을 이어갔다. "과연 그럴까요……."

'지금이야.' 달링 부인은 지금이 그 소년에 대해 말할 때임을 알았다. 처음에 남편은 콧방귀만 꼈지만 아내가 그림자를 보여주자 생각이 깊어지기 시작했다.

"내가 아는 사람은 아닌데." 달링 씨가 그림자를 자세히 살피며 말했다. "하지만 깡패의 그림자 같은데."

"우리가 이 문제로 전에 이야기를 했었죠." 달링 씨가 그 순간을 떠올린다. "그때 나나가 마이클의 약을 갖고 들어왔어요. 나나, 이제는 약병을 물고 다닐 필요가 없겠구나, 그것도 다 내 잘못이야."

달링 씨는 강인한 남자였지만 약을 가지고 바보짓을 했다는 사실엔 의심의 여지가 없었다. 달링 씨에게 약점이 하나 있다면, 자신은 이제껏 용기 있게 약을 먹어왔다고 믿어 의심치 않는다는 점이었다. 그래서 그때 나나가 물고 있던 약 숟가락을 마이클이 외면했을 때 아들을 꾸짖을 수 있었던 것이다.

"사나이가 뭐 하는 짓이냐, 마이클."

"안 먹어! 안 먹어!" 마이클이 버르장머리 없이 떼를 썼
다. 이에 달링 부인은 마이클을 달랠 셈으로 초콜릿을 찾아
방을 나섰고, 달링 씨는 바로 그런 태도가 아이들을 바로잡
지 못하는 것이라 믿게 되었다.

"여보, 애가 하자는 대로 다 받아주면 안 돼요." 달링 씨
는 아내 등 뒤에 대고 외쳤다.

"마이클, 아빠가 너만 했을 때는 군소리 한번 안 하고 약
을 먹었어. 약을 먹을 때마다 아빠는 이렇게 말했다. '인자하
신 어머니 아버지, 제 병을 낫게 해줄 약을 주셔서 고맙습니
다.'" 달링 씨는 자기가 정말 그랬다고 진심으로 믿었고, 그즈
음 잠옷으로 갈아입은 웬디는 그 말을 곧이곧대로 믿고 마이
클을 응원하는 의미에서 한마디 했다.

"아빠가 가끔 먹는 그 약은 훨씬 더 쓰잖아요, 그렇죠?"

"세상에 그렇게 쓴 약은 어디에도 없을 거야." 달링 씨가
군세게 말했다. "그 약병만 잃어버리지 않았어도 지금 당장
본보기로 먹을 텐데, 아쉽구나 마이클."

문제의 약병이라면, 달링 씨는 잃어버리지 않았다. 한밤
중에 옷장 꼭대기에 몰래 숨겨놓았을 뿐이다. 그가 알지 못
하는 사실이 하나 있으니, 성실한 라이자가 그 약병을 발견

44

해 원래 있던 달링 씨의 세면대에 갖다 놓았다는 것이다.

"그 약병 어디 있는지 알아요, 아빠." 언제나 기꺼이 도와줄 준비가 돼 있는 웬디가 큰소리로 외쳤다. "제가 가져올게요!" 그러고는 아빠가 말릴 틈도 없이 방을 나갔다. 참으로 묘하게도 달링 씨의 기분은 바닥으로 가라앉았다.

"존." 달링 씨가 말하며 몸서리를 쳤다. "그 약은 정말 이가 갈리게 맛이 없단다. 역겨워, 끈적끈적해, 들척지근해."

"꿀떡 삼키면 끝이잖아요, 아빠." 존이 신이 나서 말하는데, 웬디가 약을 담은 잔을 들고 숨을 헐떡이며 냉큼 들어왔다.

"얼른 다녀왔어요."

"이렇게나 빨리 오다니, 놀라 자빠질 지경이구나." 달링 씨가 정중하고 원망 가득한 어조로 쏘아붙였지만, 웬디는 조금도 눈치채지 못했다.

"마이클 먼저 먹어야지." 달링 씨가 물고 늘어졌다.

"아빠 먼저." 마이클은 의심이 많은 성격이었다.

"얘야, 이걸 먹으면 아빠는 병이 날 거야." 달링 씨가 위협했다.

"얼른요, 아빠." 존이 말했다.

"넌 입 다물고 있어, 존." 달링 씨가 버럭 성질을 냈다.

웬디는 어리둥절해졌다.

"단숨에 꿀꺽 삼키실 줄 알았는데요, 아빠."

"중요한 건 그게 아니야!" 달링 씨가 받아쳤다. "중요한 건, 마이클의 숟가락에 담긴 약에 비해 유리잔에 담긴 이 약이 너무 많다는 거야." 그렇게 말한 게 스스로 대견한 나머지 달링 씨는 심장이 터질 것만 같았다.

"이건 공평하지 않아. 설령 이게 내 마지막 말이 되더라도 할 말은 해야겠다. 이건 공평하지 않아."

"아빠, 나 기다리는데." 마이클이 가차 없이 말했다.

"기다린다니, 이보다 더 적절할 수가 없구나. 아빠도 기다리고 있거든?"

"아빤 쩨쩨한 비겁자야."

"너야말로 쩨쩨한 비겁자지."

"난 안 무섭다고요."

"난 무서울 것 같니?"

"그럼 얼른 삼켜요!"

"너부터 얼른 삼키렴."

그때 웬디가 탁월한 아이디어를 떠올렸다.

"둘이 동시에 삼키면 되겠네요!"

"그렇구나." 달링 씨가 말했다. "준비 됐니, 마이클?"

웬디가 하나, 둘, 셋까지 셌을 때 마이클은 약을 삼켰지만 달링 씨는 슬쩍 등 뒤로 숨겼다.

마이클이 머리 끝까지 화가 나 고함을 질렀고, 웬디도 "아, 아빠!" 하고 소리쳤다.

"'아, 아빠'라니 무슨 뜻이지?" 달링 씨가 호령했다. "난리 치지 마, 마이클. 아빠도 먹으려 했어. 그런데, 소, 손이 미끄러졌어."

아이들 눈빛이 더는 아빠를 존경하지 않겠다고 말하는 듯 살벌하기 그지없었다.

"다들, 여기 봐." 달링 씨는 나나가 욕실에 들어가는 것을 보자마자 달래듯 말했다.

"지금 방금 진짜 재미난 놀잇거리를 생각해냈어. 이 약을 나나의 밥그릇에 붓는 거야, 나나는 냉큼 먹겠지? 우유라고 생각할 테니까!"

약은 우윳빛이었다. 하지만 아이들에겐 아빠 같은 유머 감각이 없었다. 그래서 나나의 밥그릇에 약을 붓는 아빠를 비난 어린 눈으로 바라보았다.

"야, 재미있다!" 달링 씨는 자신이 없으면서도 그렇게 우겼다. 엄마와 나나가 돌아왔을 때 아이들은 감히 아빠가 한 짓을 폭로할 수 없었다.

"나나, 우리 착한 강아지." 달링 씨가 나나를 쓰다듬으며 말했다. "널 위해 우유를 따라놓았단다, 나나야."

나나가 꼬리를 흔들며 달려가 밥그릇에 담긴 약을 핥기

시작했다. 잠시 후 나나는 고개를 들어 달링 씨를 바라보았다. 감정이 풍부한 표정이었지만, 원망은 담겨 있지 않았다. 나나는 충혈된 눈으로 굵은 눈물을 뚝뚝 흘렸다. 이토록 존귀한 개에게 그런 짓을 하다니 인간으로서 너무도 부끄러운 순간이 아닐 수 없었다. 잠시 후 나나는 개집으로 기어들어 갔다.

달링 씨는 몸서리치게 부끄러웠으면서도 물러설 줄을 몰랐다. 무서운 침묵 속에서 달링 부인이 밥그릇의 냄새를 맡았다.

"세상에, 조지." 그가 말했다. "당신 약이잖아요!"

"그냥 장난친 거예요."

달링 씨가 버럭 화를 내는 가운데 달링 부인은 두 아들을 달래주었고, 웬디는 나나를 껴안아 주었다.

"멋지군." 달링 씨가 신랄하게 내뱉었다. "이 집에선 장난 한번 치려다 뼛골이 다 빠지겠어."

웬디는 여전히 나나를 껴안고 있었다.

"그래." 달링 씨가 외쳤다. "나나가 최고지! 난 아무래도 좋다는 거지. 아, 세상에나! 이 가족을 먹여 살리는 사람은 나 하나뿐인데, 나 따위가 뭐라고……. 왜 아니겠어? 왜! 왜!"

"조지." 달링 부인이 남편에게 간청했다. "목소리 좀 낮춰요. 하인들이 듣겠어요."

이유는 알 수 없지만 달링 부부는 라이자를 하인들이라 불렀다.

"들으라지!" 달링 씨는 내키는 대로 내뱉었다. "세상 사람들 다 오라고 해. 앞으로 한 시간 동안 저 개는 아이들 방 출입금지야!"

아이들은 눈물을 흘렸고 나나가 애원하듯 달링 씨에게 달려갔지만, 달링 씨는 손사래를 치며 물리쳤다. 다시금 강인한 남자가 되기로 결심한 그였다.

"소용없어, 소용없어." 그는 큰 소리로 외쳤다. "네가 있을 곳은 마당이야. 그리고 지금 이 순간부터 넌 목줄에 묶여 있어야 해!"

"조지, 조지." 달링 부인이 속삭였다. "내가 말했던 그 소년 기억하죠?"

슬프도다, 지금 달링 씨는 아내의 말이 들리지 않았다. 달링 씨는 이 집안의 가장이 누구인지 알려주어야겠다고 단단히 결심한 터였고, 나나가 명령을 내리는데도 개집에서 나오지 않자 다정한 말로 꾀어내 우악스럽게 붙잡아선 아이들 방에서 끌어냈다. 그런 자신이 부끄러웠지만 그래도 나나를 쫓아내는 데 성공했다. 이 모든 건 존경받고 싶어 안달이 난 달링 씨의 성질 때문에 일어난 일이었다. 기어코 나나를 뒷마당에 묶은 달링 씨는 볼썽사나운 꼴로 복도에 주저앉아선 주먹으로 두 눈을 가렸다.

한편 달링 부인은 불편한 침묵 속에서 아이들을 침대에 눕힌 후 취침등을 켜주었다. 나나가 짖는 소리가 들리자 존은 훌쩍였다.

"마당에 묶어놓으니까 우는 거야."

그러나 동생보다 현명한 웬디가 말했다.

"나나는 지금 슬퍼서 우는 게 아니야." 곧 일어날 일을 예감조차 못 하면서도 웬디가 말했다.

"위험을 예감해서 짖는 거야."

위험!

"알고 하는 말이니, 웬디?"

"그럼요."

달링 부인은 몸이 떨려오는 가운데 창가로 갔다. 창문은 안전하게 잠겨 있었다. 밖을 내다보니 밤하늘에 별들이 온통 흩뿌려져 있었다. 별들은 앞으로 그 집에서 어떤 일이 펼쳐질지 궁금해서 에워싸고 있었지만 달링 부인은 알아차리지 못했고, 개중 작은 별 한둘이 그를 향해 윙크한 것도 알아보지 못했다. 그런데도 꼭 집어 말할 수 없는 두려움이 가슴을 옥죄어와서 그는 큰 소리로 외쳤다.

"아, 오늘 파티에 가지 않겠다고 할걸!"

선잠이 빠져 있던 마이클까지도 엄마가 동요하는 것을

눈치채고 물었다.

"취침등을 켜놓았는데 누가 우릴 해쳐요, 엄마?"

"아무도 해치지 못하지, 아가야." 달링 부인이 말했다. "엄마가 없는 동안에도 너흴 지켜주도록 켜놓는 거니까."

달링 부인은 침대마다 돌아다니며 아름다운 노래를 불러주었고, 어린 마이클은 엄마를 두 팔로 안았다.

"엄마!" 마이클이 외쳤다. "엄마가 있어서 좋아."

그건 오래도록 마이클이 남긴 마지막 말이 되었다.

27번지는 몇 미터만 가면 나왔지만, 조금씩 내리기 시작한 눈 때문에 세 아이의 부모는 신발을 더럽히지 않으려고 요리조리 눈을 피해 걸었다. 벌써 인적이 끊긴 거리에 둘만 걷는 달링 부부를 하늘의 모든 별이 지켜보고 있었다. 별들은 아름답지만 그뿐, 세상에 일어나는 어떤 일에도 나서지 못하고 그저 영원히 지켜봐야만 한다. 그건 오래 전 별들이 저지른 짓에 대한 형벌이었다. 하지만 까마득히 오래전 일이라, 무슨 짓을 저질렀는지 기억하는 별은 하나도 없었다. 그래서 늙은 별들은 눈이 짓무르고 말수가 없어진 반면(별들은 윙크를 하며 대화를 한다) 어린 별들은 여전히 궁금해했다. 별들은 피터를 그리 좋아하지 않았다. 짓궂게도 뒤에서 몰래 다가와 입바람을 훅 불어 별들의 빛을 끄려 하기 때문이었다. 그러나 별들은 재미난 일이라면 사족을 못 썼기 때문에 오늘 밤만큼은 피터의 편을 들어주었고, 어른들이 얼른 사라져주길 바랐다. 그래서 달링 부부의 등 뒤로 27번지의 문이 닫히자마자 하늘은 술렁였고, 은하수에서 가장 작은 별 하나가 큰 소리로 외쳤다.

"나와! 피터!"

가자! 가자!

세 남매가 자는 침대 옆 취침등은 달링 부부가 집을 나선 후 한동안 밝게 타올랐다. 어쩌나 귀엽고 성능이 좋았는지, 밤 새도록 눈 감는 법 없이 불을 밝혀 피터가 왔을 때도 볼 수 있었다면 좋았을 거라는 생각이 절로 든다. 하지만 웬걸, 웬디의 취침등이 눈을 깜빡거리더니 턱이 빠지도록 하품을 했고 이어 다른 두 개도 따라 하품을 하고는 결국 셋 모두 입을 채 다물기도 전에 꺼지고 말았다.

얼마 안 있어 그들 방에 또 다른 빛, 취침등보다 천 배는 더 밝은 빛이 나타났다. 우리가 이 말을 하는 동안 그 빛은 방 안에 있는 서랍이란 서랍은 다 뒤지며 피터의 그림자를 찾아 다녔고, 옷장도 샅샅이 뒤지고 호주머니도 남김없이 다 뒤집 어보았다. 사실 그건 빛이 아니었다. 재빨리 획획 스치고 다녀서 빛을 발했을 뿐, 그 빛이 1초만이라도 쉬었다면 여러분은 요정을 보았을 것이다. 요정은 크기가 여러분의 손바닥만 했지만 무럭무럭 자라는 중이었다. 요정의 이름은 팅커 벨이었고, 잎맥만 남은 나뭇잎으로 예쁘게 가운을 만들어 걸치고 있었는데 목둘레선을 사각형으로 내리 파서 몸매를 썩 잘 보완해주는 옷이었다. 팅커 벨은 살짝 통통한 편이었다.

요정이 들어오자 작은 별들은 바로 입바람을 불어 창문을 활짝 열었고, 피터가 훌쩍 뛰어 들어왔다. 여기까지 오면서 한동안 팅커 벨을 안고 날아서 그의 손엔 온통 요정 가루가 묻어 있었다.

"팅커 벨." 아이들이 잠든 걸 확인한 피터가 가만히 불렀다. "팅크, 어디 있어?"

팅커 벨은 잠깐 물동이 안에 들어 있었다. 물동이에 들어간 건 처음인데 너무나 마음에 들었던 모양이다.

"아, 물동이에서 당장 나와. 그리고 말 좀 해봐. 그 사람들이 내 그림자를 어디 뒀는지 알아?"

황금 종처럼 영롱하게 딸랑거리는 소리가 대답했다. 요정의 언어였다. 여러분 같은 보통 아이들은 절대로 들을 수 없는 소리지만, 혹여 듣게 된다면 전에 들어본 기억이 날 것이다.

팅크는 그림자가 큰 상자 안에 있다고 말했다. 팅크가 말하는 상자란 서랍장이었다. 피터는 냉큼 서랍장으로 달려가선 안에 있는 것들을 두 손으로 집어 바닥으로 내던졌는데 꼭 왕이 백성들에게 반 페니짜리 동전을 뿌리듯 거침이 없었다. 잠시 후 그림자를 찾아낸 피터는 너무도 기쁜 나머지 팅커 벨이 위쪽 서랍에 있는 것도 모른 채 서랍을 닫아버리고는 그대로 팅커 벨을 잊고 말았다.

피터가 생각이라는 걸 해본 적이 없을 거라는 건 내 짐작이지만, 만에 하나 했다면 그는 그림자가 몸과 가까워지면 물방울이 모이듯 몸에 바로 달라붙는다고 생각한 것 같다. 생각대로 되지 않자 피터는 더럭 겁이 났다. 욕실에서 비누를 가져다 붙여보려 했지만 소용이 없었다. 피터는 갑자기 몸이 떨려와 그만 바닥에 주저앉아 울었다.

피터가 훌쩍이는 소리에 웬디가 잠에서 깨어나 침대에 일어나 앉았다. 처음 보는 아이가 방바닥에 앉아 우는 것을 보고도 웬디는 전혀 놀라지 않았다.

"얘." 웬디가 예의 바르게 물었다. "왜 울고 있니?"

피터는 요정의 예식에서 기품 있게 예절 차리는 법을 배웠기 때문에 마음만 먹으면 흠잡을 데 없이 공손하게 굴 수 있었다. 그래서 자리에서 일어나 웬디에게 멋들어지게 허리를 굽혀 인사했다. 웬디는 날아갈 듯 기분이 좋아져선 침대에서 허리를 굽혀 멋지게 인사했다.

"넌 이름이 뭐야?" 피터가 물었다.

"웬디 모이라 앤절라 달링." 웬디는 적이 만족해하며 대답했다. "네 이름은 뭐야?"

"피터 팬."

웬디는 소년이 피터라고 확신한 터였지만, 자기에 비해서 이름이 짧다고 생각했다.

"그게 다야?"

"응." 피터가 다소 날카롭게 말했다. 처음으로 자기 이름이 짧다는 생각이 든 것이다.

"미안해." 웬디 모이라 앤절라가 말했다.

"괜찮아." 피터가 화를 참으며 말했다.

웬디는 피터에게 어디에 사는지 물었다.

"오른쪽에서 두 번째." 피터가 말했다. "그리고 아침이 될 때까지 곧장."

"주소가 웃기네!"

피터는 바닥으로 가라앉는 기분이었다. 자기 주소가 웃기다는 생각도 처음 들었다.

"아니, 안 웃겨." 피터가 말했다.

"아, 내 말은." 웬디는 자신이 손님을 접대하는 주인임을 떠올리곤 친절하게 말했다. "다른 사람들이 너에게 편지를 쓸 때 그렇게 쓰냐는 거였어."

피터는 웬디가 편지 이야기를 꺼내지 않았으면 좋았겠

다는 생각이 들었다.

"편지는 받지 않아." 피터가 경멸조로 말했다.

"하지만 엄마에게 편지를 쓰지 않니?"

"난 엄마가 없거든." 피터가 말했다. 그는 엄마가 없는 건 둘째치고 엄마가 있으면 좋겠다는 생각을 한 적도 없었다. 엄마는 지나치게 떠받들어지는 존재라는 게 그의 생각이었다. 하지만 웬디는 그 말을 듣자마자 비극의 실체를 본 기분이었다.

"아, 피터, 그래서 울고 있던 거구나." 웬디는 그렇게 말하고선 침대에서 나와 그에게 달려갔다.

"엄마들 때문에 울던 거 아니거든?" 피터는 분해서 씩씩대며 말했다. "내가 운 건 그림자가 붙지 않아서야. 게다가 난 울지 않았어."

"그림자가 떨어졌어?"

"응."

그 순간 웬디의 눈에 바닥에 떨어진 그림자가 들어왔다. 질질 끌고 다녀서 더러워진 그림자를 보고 웬디는 피터가 견딜 수 없을 만큼 가엾어졌다.

"어머, 어떻게 해!"

말은 그렇게 하면서도 피터가 비누로 그림자를 붙이려 한 것을 알고선 절로 미소가 지어졌다. 정말 남자애들은 하

57

나같이 다 똑같다니깐!

다행히 웬디는 금세 해결책을 알아냈다.

"꿰매야겠네." 웬디가 은근히 거들먹거리며 말했다.

"꿰매는 게 뭔데?" 피터가 물었다.

"너 진짜 무식하구나."

"아니, 나 안 무식해."

정작 웬디는 피터가 무식한 게 좋아서 신이 다 났다.

"내가 널 위해 꿰매줄게, 꼬마야." 웬디는 키도 자신과 엇비슷한 피터에게 그렇게 말하고는 반짇고리를 꺼내선 피터의 발에 대고 그림자를 꿰매주었다.

"좀 아플 거야." 웬디가 경고했다.

"아, 난 울지 않을 거야." 살면서 한 번도 운 적이 없었던 것으로 정한 피터가 말했다. 그래서 이를 앙다물고 울지 않았고, 잠시 후 피터의 그림자는 살짝 구겨지긴 했어도 그의 뜻대로 고분고분히 움직이게 되었다.

"다림질을 했어야 하나." 웬디가 사려 깊게 말했지만, 피터는 사내애 아니랄까 봐 겉모습엔 무심했고 신이 난 나머지 주체를 못 하고 이리 뛰고 저리 뛰었다. 이럴 수가, 웬디가 아니었으면 되찾을 수 없었을 행복이건만 그는 벌써 까맣게 잊고 있었다. 아니, 자기 힘으로 그림자를 붙였다고 생각하고 있었다.

"난 정말 똑똑해!" 피터는 미칠 듯이 기뻐서 외쳤다. "와, 난 어쩜 이렇게 똑똑할 수가 있지?"

이렇게 말하려니 내가 다 민망하고 부끄럽지만, 피터의 이런 자만심이야말로 그의 으뜸가는 매력이었다. 모질다는 말을 들을 각오를 하고 털어놓자면 그런 점에서 피터만큼 건방진 아이도 없었다.

하지만 웬디는 잠시나마 충격을 받았다.

"너 건방지구나." 웬디가 사정없이 비아냥거리며 외쳤다. "물론 나는 한 게 아무것도 없지!"

"조금 있지." 피터는 무심하게 말하고는 계속해서 춤을 추었다.

"조금이라고!" 웬디가 거만하게 대답했다. "내가 필요 없다면 이제 그만 물러가도 되겠구나."

그리고 한껏 기품 있는 동작으로 침대로 폴짝 뛰어오르더니 담요를 얼굴까지 뒤집어썼다.

웬디가 쳐다보게 만들려고 피터는 떠나는 척했지만 통하지 않자 이번엔 침대 끝에 앉아선 발끝으로 웬디를 톡톡 건드렸다.

"웬디." 피터가 말했다. "이러지 마. 난 기분이 좋을 때 잘난 척을 안 하곤 견디질 못하거든."

여전히 웬디는 담요 밖으로 얼굴을 내밀지 않았지만, 피터가 하는 말을 한마디도 빼놓지 않고 듣고 있었다.

"웬디." 피터는 세상 어떤 여자도 무릎을 꿇지 않고선 못 배길 목소리로 말했다. "여자 한 명이 남자 스무 명보다 나아."

웬디는 완전한 성인 여성이 된 건 아니었지만 이 순간만큼은 천생 여자가 되어선 이불 밖으로 슬쩍 얼굴을 내밀고 보았다.

"정말 그렇게 생각해, 피터?"

"그럼, 당연하지."

"피터는 정말 다정하구나." 웬디는 이어 선언했다. "다시 일어날게."

그리고 일어나선 피터 옆 침대 끝에 앉았다. 그리고 피터만 좋다면 키스도 주겠다고 했다. 피터는 말뜻을 알아듣지도 못하면서 기대에 차서 손을 내밀었다.

"설마 키스가 뭔지 모르는 건 아니지?" 웬디가 소스라치게 놀라서 물었다.

"일단 줘봐, 그럼 알 거야." 피터는 뻣뻣한 태도로 대답했다.

웬디는 피터가 상처받을까 봐 대신 골무를 줬다.

"이제." 피터가 말했다. "내가 네게 키스를 줄까?" 웬디는 살짝 새침을 떼며 말했다. "네가 원한다면."

웬디는 부끄러움도 없이 피터에게 얼굴을 들이댔는데, 피터는 어이없게도 웬디의 손에 도토리 단추를 떨어뜨릴 뿐이었다. 웬디는 천천히 얼굴을 떼면서 싹싹한 태도로 피터가 준 키스를 목걸이로 만들어 걸고 다니겠다고 말했다. 웬디가 이 도토리 목걸이를 만들어 건 것은 행운이었다. 훗날 그 덕에 죽을 뻔한 위기를 넘겼기 때문이다.

우리는 서로 소개를 받으면 예의상 서로의 나이를 묻기 마련이다. 언제나 올바르게 행동하며 뿌듯해하는 웬디도 피터에게 나이를 물었다. 하지만 피터는 나이에 관한 질문을 달가워하지 않았다. 그건 시험에 영국 왕들의 이름을 알아맞히는 문제가 나오길 바라는 학생에게 문법 문제를 내는 것과 같았다.

"몰라." 피터가 불편해하면서 말했다. "아주 어리다는 건 알아."

피터는 정말로 자기 나이를 몰랐고 대강 짐작할 뿐이었지만, 될 대로 되란 식이었다.

"웬디, 나는 태어난 날 도망쳤어."

웬디는 깜짝 놀라는 와중에도 흥미가 동했다. 그래서 손님에 대한 주인의 태도를 갖추고 피터에게 좀 더 가까이 와 앉아도 좋다는 뜻으로 잠옷을 살짝 건드려 보였다.

"도망친 이유는 어쩌다 엄마 아빠가 하는 이야기를 들었기 때문이야." 피터는 나지막이 설명했다. "내가 커서 자기들이 원하는 사람이 되길 바라고 있었어." 피터는 이상할 정도로 흥분한 상태였다. "나는 절대로 어른이 되고 싶지 않아." 피터가 격하게 외쳤다. "나는 늘 어린아이이고 싶고 놀고 싶어. 그래서 켄싱턴 공원으로 도망쳤어. 그리고 오랫동안 요정들과 함께 살았어."

웬디는 감탄과 경의가 가득한 눈으로 피터를 보았다. 집에서 도망쳤다는 사실 때문이라고 피터는 생각했지만, 실은 피터가 요정들을 안다는 사실 때문이었다. 웬디는 이제껏 집에서만 지내서 그런지 요정들과 알고 지낸다는 게 정말 짜릿하게 느껴졌다. 그래서 요정들에 대해 온갖 질문들을 퍼부었고, 요정들을 귀찮아하던 피터는 놀라지 않을 수 없었다. 그에게 요정은 훼방이나 놓는 존재였고, 가끔이지만 호되게 때릴 때마저 있었다. 그래도 요정들을 좋아하는 편이어서 웬디에게 요정이 어떻게 태어나는지를 이야기해주었다.

"그게 말이지, 웬디, 갓난아기가 태어나 처음 웃으면, 그 웃음소리가 천 개의 조각으로 쪼개져서 사방으로 튀어다니거든. 그게 요정이 되는 거야."

피터에게는 지루한 이야기였지만, 집에서만 지내는 웬디는 즐거웠다.

"그리고." 피터가 상냥하게 말했다. "모든 아이들에게는 요정이 하나씩 딸려 있어야 해."

"있어야 한다고? 없을 수도 있어?"

"응. 요새 애들이 아는 게 많잖아. 그래서 금세 요정들을 안 믿게 돼. 그런데 아이들이 '난 요정을 믿지 않아'라고 말할 때마다 세상 어딘가에서 요정이 하나씩 떨어져 죽어."

오호라, 피터는 이쯤 하면 요정 이야기는 다 했다고 생각했는데, 그제야 퍼뜩 팅커 벨이 내내 아무 말이 없었다는 생각이 들었다.

"걔가 어디로 갔지?" 피터는 그렇게 말하고는 자리에서 일어나 팅크의 이름을 외쳤다. 웬디는 얼결에 흥분해선 심장이 발딱발딱했다.

"피터." 웬디가 큰 소리로 외치며 피터를 붙잡았다. "설마 이 방에 요정이 있다는 얘기야?"

"방금 전까지는 여기 있었어." 피터가 살짝 초조해하며 말했다. "혹시 걔 소리 들려? 들려?"

둘 다 가만히 귀를 기울였다.

"종이 여러 개 딸랑거리는 소리 말곤 안 들리는데?" 웬디가 말했다.

"그래, 그게 팅크야. 그게 요정들의 말이야. 나한테도 들린다."

그 소리는 서랍장에서 났고, 피터는 환한 표정을 지었

다. 피터처럼 환한 표정을 짓는 아이, 피터처럼 사랑스럽게 까르르 웃는 아이는 세상 어디에서도 찾을 수 없을 것이다. 피터는 지금까지도 첫 웃음을 간직하고 있는 아이였다.

"웬디." 피터가 작지만 명랑한 목소리로 말했다. "팅크가 서랍 안에 있는 걸 모르고 닫아버렸어!"

피터는 가엾은 팅크를 서랍에서 꺼내주었고, 팅크는 머리끝까지 화가 나서 방을 이리저리 날아다니며 악을 썼다.

"그런 말 하면 못써." 피터가 나무랐다. "당연히 미안하게 생각해. 하지만 네가 서랍에 있는지 없는지 내가 어떻게 알았겠어?"

웬디는 피터의 말이 귀에 들어오지 않았다.

"아, 피터." 웬디가 외쳤다. "요정이 가만히 있어 주면 내가 제대로 볼 수 있을 텐데!"

"요정들은 가만히 있는 때가 거의 없어." 피터가 말했지만, 비현실적으로 생긴 형체가 뻐꾸기시계에 내려앉아 잠깐 쉬는 한순간을 웬디는 놓치지 않았다.

"와, 너무 예쁘다!" 웬디는 감탄했지만, 정작 팅크는 화가 나서 얼굴을 잔뜩 일그러뜨리고 있었다.

"팅크." 피터가 온화하게 말했다. "이 숙녀분께서 널 자기 요정으로 삼고 싶은가 봐."

팅커 벨의 대답은 무례했다.

"뭐래? 피터?"

피터는 통역을 해줘야 했다.

"팅크는 예의를 잘 몰라. 네가 이상하게 생겼고, 자기는 내 요정이래."

피터는 팅크와 언쟁을 벌일 모양이었다. "넌 내 요정이 될 수 없다는 걸 알잖아, 팅크. 난 신사고 넌 숙녀니까."

이 말에 팅크는 '바보 멍청이'라고 대꾸하고는 욕실로 사라졌다.

"쟤는 흔해빠진 요정이야." 피터가 변명하듯 설명했다. "이름도 냄비와 주전자 땜질하는 일을 해서 지어진 거야."

이제 피터와 웬디는 안락의자에 같이 앉아 있었고, 웬디는 더 많은 질문을 퍼부었다.

"지금 켄싱턴 공원에서 살지 않는다면……."

"지금도 가끔 거기서 지내."

"주로 지내는 곳은 어딘데?"

"집을 잃은 남자애들이랑 살아."

"어떤 애들인데?"

"돌보미가 한눈을 파는 동안 유아차에서 굴러떨어진 애들. 일주일 안에 찾으러 오지 않으면 돈이 드니까 머나먼 네버랜드로 보내. 내가 대장이야."

"진짜 재미나겠다!"

"응." 약은 데가 있는 피터가 말했다. "실은 정말 외로워. 여자애들이 하나도 없으니까."

"여자애들이 한 명도 없어?"

"어, 한 명도. 여자애들은, 알잖아. 너무 똑똑해서 유아차에서 떨어지는 일이 없어."

이 말에 웬디는 한없이 우쭐해져선 말했다.

"내가 보기에 피터는 여자애들 이야기를 할 때 정말 다정한 것 같아. 저기 있는 존은 우릴 아주 얕잡아 보거든."

그 말에 피터는 자리에서 일어나더니 침대에서 자는 존과 담요를 발로 걷어찼고, 단 한 번의 발길질에 존과 담요는 침대 밖으로 나가떨어졌다. 처음 만나는 자리에서 피터가 주제넘은 짓을 한다는 생각에 웬디는 용기를 내선 네가 이 집에서는 대장이 아니라고 말했다. 그러나 존은 바닥에 떨어져서도 곤히 잠들어 있었고, 웬디는 그대로 내버려두었다.

"네가 날 생각해서 그런 거 알아." 웬디가 누그러진 태도로 말했다. "그러니까 나에게 키스해도 돼."

그 순간, 웬디는 피터가 키스가 뭔지 모른다는 사실을 잊고 말았다.

"나에게 줘놓고 다시 달라는 건가?" 피터는 조금 쓸쓸해하며, 웬디에게 골무를 내밀었다.

"아, 그게 아니라." 마음씨 고운 웬디가 말했다. "내 말은 키스가 아니라 골무를 달라고."

"그게 뭔데?"

"이런 거." 웬디가 피터에게 키스했다.

"재미있다!" 피터가 진지하게 말했다. "이제 나도 너에게 골무를 줘도 돼?"

"그러고 싶으면." 웬디는 그렇게 말하며 이번에는 고개를 똑바로 쳐들고 있었다.

피터가 웬디에게 골무를 주기 무섭게, 웬디가 비명을 질렀다.

"왜 그래, 웬디?"

"꼭 누가 내 머리카락을 잡아당긴 것 같았어."

"팅크가 분명해. 이렇게 버르장머리 없게 군 적이 없었는데."

과연, 정말로 팅크가 못된 말을 내뱉으며 미친 듯 이리저리 날아다니고 있었다.

"팅크 말이 앞으로도 또 그럴 거래. 내가 너에게 골무를 줄 때마다."

"왜?"

"왜 그럴 건데, 팅크?"

팅크가 대답했다. "바보 멍청이."

피터는 팅크가 왜 그러는지 이해할 수 없었지만, 웬디는 알았다. 그리고 피터가 아이들 방 창문으로 온 이유가 웬디를 보고 싶어서가 아니라 이야기를 듣고 싶어서였다는 말에 살짝 실망했다.

"사실, 나는 이야기를 하나도 모르거든. 집을 잃은 남자 애들도 이야기 같은 건 하나도 몰라."

"너무 슬프겠다." 웬디가 말했다.

"제비들이 왜 처마에 집을 짓는지 아니?" 피터가 물었다. "이야기를 듣고 싶어서 그래. 웬디, 너네 엄마는 너한테 진짜 멋진 이야기를 해주더라."

"무슨 이야기였는데?"

"왕자가 유리 구두 신은 아가씨를 찾아다니는 이야기."

"피터." 웬디가 신이 나서 말했다. "그건 신데렐라 이야기야. 왕자는 결국 신데렐라를 찾아내고, 둘은 영원히 행복하게 살아."

피터는 너무 좋아서 앉아 있던 바닥에서 벌떡 일어났고, 서둘러 창가로 갔다.

"어디 가게?" 불안해진 웬디가 외쳤다.

"애들한테 가서 말해주려고."

"가지 마, 피터." 웬디가 애원했다. "나 그런 이야기 아주 많이 알아."

웬디가 그때 한 말을 한 자도 틀림없이 옮긴 것이다. 그러니 처음에 꼬드긴 건 피터가 아니라 웬디라는 사실을 부정할 수 없을 것이다.

피터는 뒤돌아 다시 왔다. 그의 눈엔 욕심이 가득했는데, 웬디는 그때 놀라서 경계해야 했건만 도리어 큰 소리로 외쳤다.

"아, 내가 그 많은 이야기를 다른 남자애들에게 들려줄 수 있다면 얼마나 좋을까!"

그러자 피터는 웬디를 붙잡고 창문 쪽으로 끌고 가기 시작했다.

"놔!" 웬디가 피터에게 명했다.

"웬디, 나랑 같이 가서 애들에게 이야기를 들려줘."

피터의 부탁에 웬디는 물론 뛸 듯이 기뻤지만 말은 달리 나왔다.

"아, 얘, 그건 안 돼. 우리 엄마는 어떻게 하고! 게다가 나는 날지도 못하는데?"

"내가 가르쳐줄게."

"와, 날아다니면 얼마나 좋을까."

"바람의 등에 올라타는 법을 가르쳐줄게. 그리고 함께 떠나는 거야."

"우와!" 웬디가 황홀해하며 외쳤다.

"웬디, 웬디, 저 거지 같은 침대에서 잠이나 자는 게 아니라 나와 함께 하늘을 날아다니며 별들에게 재미난 이야기를 들려주는 거야."

"우와!"

"그리고 웬디, 거기 가면 인어도 있어."

"인어! 꼬리 달린 사람?"

"꼬리가 얼마나 긴데."

"와아." 웬디가 외쳤다. "인어를 볼 수 있다니!"

피터는 섬뜩할 정도로 꾀를 내고 있었다.

"웬디." 피터가 말했다. "너는 우리 모두의 존경을 받을 거야."

웬디는 갈등하느라 몸이 비비 꼬였다. 어쩐지 자기 방에 계속 있고 싶어 몸부림치는 것처럼 보였다.

하지만 피터는 웬디의 사정 따윈 봐주지 않았다.

"웬디." 피터가 교활한 어조로 말했다. "밤에는 우리한테 이불을 덮어주며 재워줘도 돼."

"우와!"

"지금까지 밤에 우릴 재워준 사람은 없었어."

"우와." 웬디는 피터를 향해 두 팔을 활짝 벌렸다.

"그리고 우리 옷을 꿰매주고 주머니를 달아줄 수도 있어. 주머니 있는 애가 하나도 없다?"

웬디가 어떻게 뿌리칠 수 있단 말인가.

"정말 너무 환상적이다!" 웬디가 외쳤다. "피터, 존과 마이클에게도 나는 법을 가르쳐줄 거지?"

"네가 원한다면." 피터는 무심한 투로 말했지만, 웬디는 얼른 달려가 존과 마이클을 흔들어 깨웠다.

"일어나!" 웬디가 외쳤다. "피터 팬이 왔어. 나는 법을 가르쳐 준대."

존이 두 눈을 비비며 말했다. "그럼 일어날게." 당연하지만 존은 이미 바닥에 내려와 있었다.

"봐, 나도 일어났어!" 마이클도 일어나며 말했다. 마치 여섯 개의 칼과 톱 하나가 달린 주머니칼처럼 정신을 똑바로 차리고 있는 듯 보였다.

그 순간 피터가 조용히 하라는 신호를 보냈다. 그러자 웬디, 존, 마이클의 얼굴에는 어른의 세계에서 나는 소리에 귀 기울이는 아이들 특유의 간사한 표정이 떠올랐다. 모두가 소금기둥처럼 조용했고, 아무 문제도 없었다. 아니, 잠깐만! 모든 것이 잘못되었다고 해야겠지. 저녁 내내 슬프게 짖어대던 나나가 조용해진 것이다. 그들이 들은 건 나나의 침묵이었다!

"불 꺼! 숨어! 얼른!" 존이 외쳤다. 그것은 이후의 모험을 통틀어 처음이자 마지막으로 존이 내린 명령이었다. 그래서 라이자가 나나를 붙잡고 방에 들어왔을 때, 아이들 방은 전과 다름없이 깜깜해서 여러분이 봤더라도 말썽쟁이 수감자 셋이 천사처럼 색색 숨을 내쉬며 자고 있다고 장담했을 것이다. 사실은 셋 다 창문 커튼 뒤에 숨어 가짜로 색색 소리를 내고 있었지만.

라이자는 기분이 좋지 않았다. 부엌에서 한창 크리스마스 푸딩 반죽을 하던 중이었는데 나나가 터무니없이 의심을 하는 통에 뺨에 건포도가 묻은 것도 모르고 여기까지 끌려 오다시피 한 것이다. 잠시라도 나나를 입 다물게 하려면 아이들 방으로 잠깐 데려오는 게 최선의 방법이라고 생각했고, 당연하지만 자신이 감독하지 않을 수 없었다.

"봐, 이 의심쟁이 놈아." 처지가 바닥을 치게 된 나나를 딱하게 생각하지 않는 라이자가 말했다.

"애들은 이렇게 안전하잖아, 안 그래? 작은 천사들이 모두 침대에 누워 곤히 잠들어 있잖아. 보드라운 숨소리를 들어보라고."

그 순간 마이클은 자기가 속여 넘겼다는 생각에 흥분해 숨소리를 너무 크게 냈고, 하마터면 들킬 뻔했다. 나나만큼은 그 숨소리의 의미를 눈치챘기 때문에 발버둥치며 라이자의 손아귀를 벗어나려고 했다.

하지만 라이자는 눈치가 없었다.

"이제 그만, 나나." 그는 나나를 방에서 끌고 나가며 엄하게 꾸짖었다. "경고하는데, 한 번만 더 짖으면 주인님과 마님이 가신 파티장까지 달려가서 모셔온다? 아, 그럼 주인님은 널 채찍으로 팰걸?"

라이자는 불운한 개를 다시 묶었지만, 여러분은 나나가 짖지 않았을 거라 생각하는가? 파티장으로 달려가 주인님과 주인마님을 데려온다고! 그렇다, 그것이야말로 나나가 바라는 바였다. 자기가 맡은 아이들이 무사할 수 있다는데 나나가 채찍질을 두려워할 거라 생각하는가? 속 터질 일이지만 라이자는 푸딩을 만들러 갔고, 나나는 라이자가 아무 도움이 안 된다는 걸 깨닫고선 쇠사슬을 잡아당기고 또 잡아당긴 끝에 마침내 뚝 끊어버렸다. 바로 다음 순간 나나는 27번지의 다이닝룸 안으로 뛰쳐 들어갔고, 앞발을 하늘을 향해 훌렁 쳐들었다. 나나가 대화를 하고자 할 때 보이는 동작이었다. 달링 부부는 아이들 방에서 끔찍한 일이 일어나고 있음을 곧바로 알아차렸고, 안주인에게 잘 있으라는 말도 없이 자리를 박차고 거리로 뛰쳐나갔다.

하지만 그때는 세 악당이 커튼 뒤에서 숨소리를 흉내 낸 지 10분이 지난 시간이었고, 피터는 10분 안에 별의별 일을 다 할 수 있는 아이였다.

우리도 다시 아이들 방으로 가보자.

"괜찮아." 존이 숨어 있던 곳에서 나오며 말했다. "그런데 피터, 너 정말 날 수 있는 거야?"

번거롭게 대답하는 대신 피터는 방을 한 바퀴 날았고, 중간에 벽난로 위 선반을 잡기도 했다.

"우와, 끝내준다!" 존과 마이클이 말했다.

"정말 근사해!" 웬디가 외쳤다.

"당연하지, 난 근사해! 아아, 난 끝내준다구!" 피터가 이번에도 예의 따윈 잊어버린 채 말했다.

나는 일은 보기엔 가뿐하고 수월해 보였다. 그러나 셋이서 처음엔 바닥에서, 그다음엔 침대에서 날아보려 할 때마다 몸은 떠오르는 게 아니라 아래로 떨어졌다.

"저기, 어떻게 하는 거야?" 존이 무릎을 문지르며 물었다. 존은 실리를 따지는 소년이었다.

"그냥 즐겁고 멋진 생각을 해봐." 피터가 설명했다. "그 생각들이 몸을 공중에 띄워줄 거야."

피터가 다시 한번 시범을 보였다.

"너무 날쌔잖아." 존이 말했다. "아주 천천히 한 번 더 보여주면 안 돼?"

피터는 한 번은 느리게, 한 번은 빠르게 날아 보였다.

"이제 알겠다, 웬디." 존은 그렇게 외쳤지만 금세 그렇지 않음을 알게 되었다. 하다못해 3센티미터라도 날아오른 아이는 없었다. 마이클은 두 음절짜리 단어를 말할 줄 아는 반면 피터는 A와 Z도 구분 못 하는데 말이다.

물론 피터는 아이들을 놀려먹으려고 그렇게 말한 거였다. 날려면 요정 가루를 몸에 묻혀야만 하기 때문이다. 아까도 말했지만 피터의 한 손에는 다행히도 요정 가루가 잔뜩 묻어 있었고, 셋에게 차례대로 입바람으로 가루를 불어주자 놀라운 결과가 나타났다.

"이제 이렇게 어깨를 흔들어." 피터가 말했다. "그리고 몸을 날려."

아이들은 각자의 침대에 있었고, 용감한 마이클이 가장 먼저 몸을 날렸다. 별로 애를 쓰지도 않았는데 몸이 붕 떠올랐고 곧바로 방 안을 가로질렀다.

"내가 날았어!" 여전히 공중에 뜬 채 마이클이 외쳤다.

존도 날아서 욕실 근처에서 웬디와 마주쳤다.

"와, 끝내준다!"

"와, 죽여준다!"

"나 좀 봐!"

"나 좀 봐!"

"나 좀 봐!"

그래도 피터만큼 유연하게 날지는 못했고, 슬쩍 발차기도 해야 했는데 천장에 머리를 부딪치기 일쑤였다. 그래도 날다니, 이렇게 유쾌한 적은 없는 것 같았다. 피터는 처음에 웬디에게 손을 내밀다가 관뒀는데 팅크가 말도 못하게 화를 냈기 때문이다.

위로 올라갔다 내려갔다 빙글빙글 돌고 또 돌고. 웬디는 "천국에 온 것 같아"라고까지 말했다.

"있잖아." 존이 외쳤다. "우리 다 밖으로 나가자!"

당연하지만 이 말이 나오기만 기다리던 피터였다.

마이클은 준비가 되어 있었다. 그는 10억 마일을 나는 데 걸리는 시간이 궁금했다. 하지만 웬디는 망설였다.

"인어!" 피터가 다시 말했다.

"우와!"

"그리고 해적도 있어."

"해적." 존이 주말 나들이 모자를 잡으며 외쳤다. "지금 당장 가자."

그 순간 달링 부부는 나나와 함께 27번지를 미친 듯 달리고 있었다. 그들은 거리 한가운데로 달려나와 아이들 방 창문을 올려다보았고, 옳거니, 창문은 여전히 닫혀 있었지만 방은 불이 켜져 환했다. 그리고 이 모든 것을 통틀어 가장 숨이 막혀오는 광경이 눈에 들어왔으니, 커튼에 드리운 그림자로 보건대 잠옷을 걸친 앙증맞은 세 개의 형체가 바닥이 아니라 공중에서 빙글빙글 원을 그리고 있었다.

아니, 세 개가 아니라 네 개잖아!

달링 부부는 몸을 와들와들 떨며 현관문을 열었다. 달링 씨는 무작정 위층으로 달려 올라가려 했지만, 달링 부인이 가만히 올라가라고 손짓했다. 달링 부인은 심장 뛰는 소리조차 가라앉히려 애썼다.

달링 부부는 제때에 아이들 방에 도착할 수 있을까? 그렇다면야 그들 입장에서 천만다행으로 기쁠 것이고 우리도 안도의 한숨을 내쉬겠지만, 그것으로 이 이야기도 끝나고 말 것이다. 반대로 달링 부부가 한발 늦는다면, 준엄히 약속하건대 결국 모든 일이 잘 풀릴 것이다.

작은 별들이 감시하고 있지 않았다면 달링 부부는 제때 방에 도착했을 것이다. 하지만 별들은 또 한번 입바람으로 창문을 열었고 제일 작은 별이 큰 소리로 외쳤다.

"조심해, 피터!"

그 소리를 듣고 피터는 우물쭈물할 시간이 없음을 알아차렸다.

"가자." 피터는 다급히 외치고는 곧바로 밤하늘로 쌩하니 날아올랐고, 그 뒤를 이어 존, 마이클, 웬디도 날아올랐다.

달링 부부와 나나가 아이들 방에 들이닥쳤을 때는 이미 늦은 뒤였다. 새들은 날아가버리고 말았다.

날다

"오른쪽에서 두 번째, 그리고 아침까지 곧장 쭉."

피터가 웬디에게 했던 말은 네버랜드로 가는 방향이었다. 하지만 바람 부는 하늘의 모퉁이마다 지도를 보며 길을 찾는 새라고 해도 그 말만 듣고 네버랜드를 찾아갈 재간은 없었다. 여러분도 눈치챘겠지만, 피터는 머릿속에 떠오르는 대로 말했을 뿐이다.

처음에 피터를 따라나선 아이들은 그의 말을 무턱대고 믿었고, 하늘을 날아다니는 게 마냥 신이 나선 교회 뾰족탑이나 맘에 드는 높은 곳이 나오면 그 주위를 빙글빙글 돌며 시간을 낭비하기도 했다.

존과 마이클은 경주를 했고, 마이클이 먼저 출발했다.

세 아이는 방 안을 날기만 해도 엄청난 일이라고 생각했던 조금 전의 자신들이 우스워졌다.

조금 전까지만 해도 그랬다. 하지만 조금 전이라니, 조금 전 언제라는 거지? 다 함께 바다 위를 날아갈 때 문득 이런 생각이 든 웬디는 자못 심란해졌다. 이 바다는 존에겐 두 번째로 보는 바다였고, 오늘이 세 번째 밤이라고 생각했다.

어두울 때도 있었고 밝을 때도 있었다. 너무 춥다가 또 지나치게 따뜻할 때도 있었다. 그들은 진짜로 배가 고팠던 걸까? 아니면 피터가 참신한 방법으로 먹을 걸 주는 게 신기해서 배고픈 척을 한 걸까? 피터는 사람이 먹어도 되는 먹이를 물고 가는 새가 있으면 뒤쫓아가 낚아챘다. 그러면 새들도 피터를 뒤쫓아와 다시 낚아채 갔다. 피터와 새들은 그렇게 몇 킬로미터를 서로 신나게 쫓다가 결국 화해하고 각자 갈 길을 갔다. 하지만 웬디는 피터가 굳이 이런 방식으로 배를 채우는 게 이상하다는 것을, 다른 방법으로 구할 수 있다는 것을 알지 못하는 듯해 다소 걱정이 되었다.

셋은 슬슬 졸렸는데, 이번만큼은 졸린 척하는 것이 아니었다. 그래서 위험했다. 깜빡 잠이 드는 순간, 그대로 아래로 떨어질 테니까. 정말 무서운 건 피터가 그걸 재미있어한다는 점이었다.

"저기 또 떨어지네!" 마이클이 갑자기 돌멩이처럼 떨어지자 피터는 신이 나서 외쳤다.

"구해줘, 구해줘!" 웬디는 발아래 아득히 펼쳐진 잔인한 바다를 바라보며 외쳤다. 그러면 피터는 아래로 쏜살처럼 날아 내려가서는 마이클이 바다에 빠지기 직전에야 잡아주었다. 그 광경은 대단히 멋졌지만, 피터는 사람의 생명을 구하는 것보다 자기 능력을 과시하는 것에 더 열중해선 마지막 순간까지 기다렸다. 게다가 피터는 변화무쌍한 것을 좋아해서 한 가지 놀이에 푹 빠졌다가도 갑자기 손을 뗄 때가 많았기에 다음번에는 떨어지는 사람이 나와도 구해주지 않을지도 몰랐다.

피터는 날면서도 떨어질 위험 없이 잠을 잘 수 있었는데, 그냥 공중에 드러누워 둥둥 떠 있으면 되었다. 그건 그의 능력이기도 했지만 워낙에 몸이 가벼운 덕이었다. 그는 뒤에서 부는 바람만으로도 앞으로 더 빨리 날아갈 수 있었다.

"피터에게 좀 더 공손히 대해." 대장 따라 하기 놀이를 할 때 웬디가 존에게 속삭였다.

"그럼 잘난 척 좀 그만하라고 해." 존이 말했다.

대장 따라 하기 놀이를 하면서 피터는 바다 가까이 날아 내려가선 지나가는 상어들의 꼬리를 하나하나 만지곤 했다. 거리를 걸어갈 때 철제 난간을 손가락으로 주르륵 훑는 것처럼 말이다. 다른 아이들은 따라 해봐도 영 신통치 않았기 때문에 피터가 잘난 척한다고 느끼는 건지도 몰랐다. 특히나 피터가 매번 뒤돌아보며 그들이 몇 번이나 꼬리를 놓쳤는 확인할 때 더 그랬다.

"피터에게 잘해줘." 웬디는 동생들에게 강조했다. "피터가 우릴 버리면 어떡해."

"돌아가면 되지." 마이클이 말했다.

"피터 없이 돌아가는 길을 어떻게 찾아?"

"뭐, 계속 가면 되지." 존이 말했다.

"말도 안 되는 소리 하지 마, 존. 우리는 계속 갈 수밖에 없어. 멈추는 법을 모르잖아."

맞는 말이었다. 피터는 깜빡하고 그들에게 날다 멈추는 법을 알려주지 않았다.

존은 정말 돌이킬 수 없을 만큼 사태가 나빠지면 곧장 앞으로 쭉 가면 된다고 말했다. 지구는 둥그니까 계속 쭉 가다 보면 결국엔 집 창문에 도착할 거라는 것이었다.

"그럼 누가 우리에게 먹을 걸 구해줄 건데, 존?"

"내가 독수리가 물고 있던 먹이를 잽싸게 낚아챘잖아, 웬디."

"그랬지, 스무 번이나 실패한 후에 간신히." 웬디가 상기시켰다. "설령 먹을 걸 능숙하게 구할 수 있게 된다 해도 피터가 옆에서 도와주지 않으면 우린 구름이니 뭐니 온갖 것들과 부딪히잖니."

아닌 게 아니라 그들은 툭하면 부딪히기 일쑤였다. 이제 힘차게 날 수 있게 되었지만, 발차기를 할 때 거리 조절을 못해서 너무 멀리 뻗었다. 눈앞에 구름이 나타나면 피하려고 애썼지만, 그럴수록 정통으로 부딪혔다. 나나가 곁에 있었다면 이번엔 마이클의 이마에 붕대를 감아주었을 것이다.

피터가 잠시 그들을 두고 어디론가 가버린 터여서 셋만 남은 남매는 좀 쓸쓸해졌다. 이들과 비교할 수 없을 만큼 빨리 날 수 있는 피터는 어느 순간 시야에서 사라져서 셋은 끼어들 수 없는 모험을 하고 오기도 했다. 피터는 위로 올라가 어느 별에게 지독히도 웃긴 이야기를 해주고는 웃으며 내려오다 그새 뭔 일이 있었는지 잊어버리곤 했고, 어떨 땐 돌아왔을 때 인어의 비늘이 몸에 붙어 있었는데도 뭘 하고 왔는지 제대로 설명하지 못할 때도 있었다. 인어를 한 번도 본 적 없는 웬디, 존, 마이클에게는 정말 약오르는 일이었다.

"저렇게 툭하면 까먹는데 우릴 계속 기억할 거라고 어떻게 장담하니?" 웬디가 말했다.

과장이 아닌 게 피터는 잠시 떠났다 돌아오면 그들을 기억하지 못하곤 했다. 그렇지 않대도 어렴풋하게 기억할 때가 많았다. 웬디는 확실히 눈치를 채고 있었다. 낮이 된 후 한번은 그들을 그냥 지나치려다 가까스로 알아보는 것을 피터의 눈을 보고 알아차렸다. 피터의 이름을 큰 소리로 불러야 했던 적도 있었다.

"나 웬디야." 웬디가 초조해져선 말했다.

피터는 진심으로 미안해했다.

"저기, 웬디." 피터가 속삭였다. "이다음에 내가 널 또 못 알아보면 언제든 '나 웬디야'라고 말해줘. 그러면 기억이 날 거야."

당연하지만 이런 상황이 달가울 리 없었다. 하지만 피터는 보상하는 차원에서 강한 바람 위에 길게 누워서 나는 법을 가르쳐주었다. 과연 반가운 변화가 찾아왔으니, 이제 셋은 몇 번 시도한 끝에 안전하게 잠을 잘 수 있게 된 것이다. 사실 아이들은 더 오래 잘 수도 있었지만, 피터는 자는 것도 금세 싫증을 내곤 선장 목소리로 '이제 여길 떠난다!'라고 고함치기 일쑤였다. 아이들은 어쩌다 한번 싫은 티를 내기도 했지만 대개는 신이나 까불대면서 네버랜드를 향해 떠나갔다. 처음부터 끝까지 앞으로 쭉 날아가다시피 했는데도 그들은 달이 뜨고 지는 것을 숱하게 본 후에야 네버랜드에 도착할 수 있었는데, 피터나 팅크가 길을 잘 인도해서라기보다는 네버랜드가 아이들을 찾아 나서준 덕분이었다. 사실 이 말고는 이 마법의 섬에 갈 수 있는 방법이 없었다.

"저기야." 피터가 차분한 목소리로 말했다.

"어디, 어디?"

"화살들이 가리키는 곳."

과연 백만 개의 황금 화살이 아이들을 위해 네버랜드를 가리키고 있었다. 아이들의 친구인 태양이 밤이 되어 떠나기 전에 아이들이 길을 찾길 바라며 자기 빛으로 화살들을 만들어 한 방향을 가리켰다.

웬디와 존과 마이클은 처음 마주한 네버랜드를 잘 보려고 허공에 뜬 채 까치발로 섰다. 희한하게도 세 아이는 보자마자 네버랜드임을 알아보았고 환호하며 반갑게 맞이했지만 얼마 안 가 두려움에 사로잡히고 말았다. 네버랜드는 오래도록 꿈꾸다가 마침내 보게 된 섬이 아니라, 휴일을 맞이해 고향으로 돌아와 만난 옛친구 같았다.

"존, 저기 석호가 있어."

"웬디 누나, 거북들이 모래밭에 알을 파묻고 있어."

"존, 네 홍학 말이야, 다리 부러진 애가 저기 있다!"

"저것 봐 마이클, 네 동굴도 있어!"

"존 형, 저기 덤불 숲에 있는 게 뭐야?"

"엄마 늑대. 새끼들과 같이 있네. 웬디 누나, 저거 누나의 새끼 늑대잖아!"

"저기 내 보트도 있어, 존. 양쪽 옆이 다 부서졌네!"

"아니, 아니야. 그 보트는 우리가 불에 태웠잖아."

"저거야, 아무튼. 그런데 네이티브 아메리칸 야영지에서 연기 나는 게 보여!"

"어디? 방향을 알려 줘. 연기가 휘는 모양을 봐야 싸우러 가는 건지 아닌지 알 수 있어."

"저기, 신비의 강 바로 건너편."

"이제 보인다. 맞네, 네이티브 아메리칸들이 지금 막 싸움을 시작했어."

피터는 아이들이 너무 많은 걸 안다는 데 약이 올랐지만, 바란 게 대장 노릇이라면 승리는 눈앞에 있었다. 내가 아까 말하지 않았나, 아이들이 곧 두려움에 사로잡히게 될 거라고?

두려움은 화살들이 사라지고 섬이 어둑어둑해질 때 찾아왔다.

오래전 집에 있을 때도 잠잘 시간이 되면 네버랜드는 언제나 어둑어둑하고 험악한 풍경으로 바뀌었다. 생전 처음 보는 장소들이 위로 치솟아 올라 사방으로 뻗어나갔고, 그 위로 새까만 그림자들이 이리저리 쏘다녔으며, 맹수들도 낮과는 영 다른 소리로 으르렁거렸다. 제일 무서운 건 이겨낼 수 있다는 자신감도 사라진다는 점이었다. 그래서 취침등이 켜져 있는 게 큰 위안이 되었다. 나나가 그건 그냥 벽난로 선반이고, 네버랜드는 처음부터 끝까지 상상이 만들어 낸 가짜라고 말해주어서 든든할 정도였다.

물론 그 시절의 네버랜드는 상상에 지나지 않았다. 하지만 이제는 현실이었고, 취침등 같은 건 어디에도 없고, 시시각각 어두워져가는데 나나는 어디 있지?

서로 떨어져 날던 아이들은 이제 피터에게 바짝 다가와 있었다. 피터에게선 좀 전의 경솔한 태도는 찾아볼 수 없었고, 두 눈엔 총명한 빛이 반짝이고 있었다. 아이들은 그와 몸이 닿을 때마다 짜릿한 흥분을 느꼈다. 그들은 이제 무서운 섬에 닿을 듯 아주 낮게 날고 있어서 간혹 나뭇가지가 발에 스칠 때도 있었다. 눈에 보이는 무서운 건 없었지만, 날아가는 속도가 더뎌지고 힘겹게 느껴져서 그들을 해하려는 기운을 헤치고 나아가는 것처럼 느껴졌다. 피터가 두 주먹을 들어 그 악한 기운을 때려눕힐 때까지 허공에 멈춰 서서 기다릴 때도 있었다.

"저것들은 우리가 착륙하는 게 싫은 거야." 피터가 설명했다.

"저것들이 누군데?" 웬디가 몸서리치며 속삭였다.

하지만 피터는 말할 수도, 말할 생각도 없었다. 그는 어깨 위에서 잠자고 있던 팅커 벨을 깨워 앞으로 보냈다.

가끔은 허공에 멈춘 채 한 손을 귀에 대고 집중해 귀를 기울이고 아래쪽을 응시하기도 했는데, 그렇게 보기만 해도 땅에 구멍을 낼 것처럼 눈빛이 예리했다. 그런 후에야 다시 가던 길을 갔다.

피터의 대담함은 소름이 끼칠 정도였다.

"지금 모험하고 싶어?" 피터가 존에게 무심한 투로 말했다. "아니면 차를 먼저 마실래?"

웬디가 얼른 "차 먼저"라고 말했고, 마이클은 웬디의 손을 힘주어 잡으며 고마움을 표시했지만 그들보다 더 대담한 존은 망설였다.

"어떤 모험인데?" 존이 조심스레 물었다.

"바로 요 아래 초원에서 해적 하나가 자고 있어." 피터가 존에게 말했다. "원한다면 내려가서 놈을 죽일까 하고."

"난 안 보이는데." 한참 뒤에 존이 말했다.

"난 보여."

"그런데." 존이 약간 쉰 목소리로 말했다. "그러다 해적이 잠에서 깨면 어떻게 해?"

피터가 열을 내며 말했다.

"설마 내가 해적이 자고 있을 때 죽일 거라고 생각하는 거야? 난 놈을 깨운 다음에 죽일 거야. 늘 그렇게 해."

"헉! 해적을 많이 죽였어?"

"엄청나게."

"죽여준다."

존은 그렇게 말하고서는 그래도 차부터 마시자고 했다. 그러면서 이 섬에 지금 해적이 많이 사느냐고 물으니 피터는 해적이 이렇게나 많은 적도 없었다고 했다.

"지금은 누가 해적 선장이야?"

"후크." 피터가 비장한 표정이 되어 대답했다. '후크'라는 말을 너무도 싫어했기 때문이었다.

"제임스 후크."

"그렇구나."

그 말이 끝나자 마이클은 진짜로 울음을 터뜨렸고, 존은 울음을 꿀꺽꿀꺽 삼키며 간신히 말을 했다. 그도 그럴 것이, 모두 악명 높은 후크를 알고 있었기 때문이다.

"후크는 검은수염의 갑판장이었어." 존이 쉰 목소리로 속삭였다. "그 패거리 중에서도 제일 악독했어. 아무도 무서워하지 않는 바비큐(『보물섬』의 악당 존 실버 선장의 별명. 배의 주방장이었기 때문에 시쿡Sea-Cook이라고도 불린다 – 옮긴이)가 무서워했던 단 한 놈이라고."

"그놈 맞아." 피터가 말했다.

"어떻게 생겼어? 덩치가 커?"

"옛날만큼 크지는 않아."

"무슨 말이야?"

"내가 놈을 좀 잘라냈거든."

"피터가!"

"그래, 내가." 피터가 신경을 곤두세우며 쏘아붙였다.

"무시하려고 한 말은 아니야."

"아, 괜찮아."

"그런데 좀 잘라낸 데가 어딘데?"

"오른손."

"그럼 인제 놈은 못 싸우겠네?"

"아, 싸울 수 없기는!"

"왼손잡이야?"

"오른손 대신 쇠갈고리를 달아서 그걸로 막 할퀴어."

"쇠갈고리!"

"야, 존." 피터가 말했다.

"응."

"'네, 네, 대장님.' 이렇게 말해 봐."

"네, 네, 대장님."

"한 가지 명심해줘." 피터가 이어서 말했다. "날 섬기는 남자애라면 누구든 약속해야 하는 게 있어. 너도 마찬가지야."

존의 얼굴이 해쓱해졌다.

"그건, 만약 우리가 후크와 정식으로 싸우게 되면 후크는 나한테 넘겨야 한다는 거야."

"약속할게." 존이 충성을 담아 말했다.

팅크가 곁에서 날아주니 세 남매는 한동안 두려움이 덜

해졌고 팅크가 뿜어내는 빛 속에서 서로를 알아볼 수도 있었다. 다만 팅크는 그들처럼 천천히 날지 못해 그들 주위를 빙글빙글 맴돌며 날아야 해서 아이들은 졸지에 후광에 둘러싸이게 되었다. 웬디는 그 느낌을 매우 즐겼지만, 피터는 바로 그 점 때문에 불리할 수도 있다고 지적했다.

"팅크가 그러는데." 피터가 말했다. "해적들이 이미 해가 지기 전에 우리를 봤대. 그래서 롱탐(155밀리미터 구경 야전포—옮긴이)을 밖에 내놓았대."

"그 커다란 총 말하는 거야?"

"그래. 당연하지만 놈들도 팅크의 빛을 볼 거야. 그리고 우리가 그 근처에 있다는 생각이 들면 분명히 대포알을 날릴 거야."

"웬디!"

"존!"

"마이클!"

"팅크에게 당장 저리 가라고 해, 피터." 셋이 동시에 외쳤지만, 피터는 거부했다.

"팅크는 우리가 길을 잃었다고 생각해." 피터가 뻣뻣하게 대답했다. "그래서 지금 겁을 먹었어. 팅크가 겁을 먹었는데, 내가 저리 혼자 가라고 말할 것 같아?"

한순간 고리 모양의 빛이 꺼지더니 뭔가 사랑이 담긴 손

길로 피터를 살짝 꼬집었다.

"그럼 팅크에게 빛을 끄라고 해." 웬디가 애원했다.

"제힘으로 못 꺼. 요정들이 못하는 게 딱 하나 있는데 그 거야. 빛을 끄려면 잠이 들어야 해. 별하고 똑같아."

"그럼 당장 자라고 해." 존이 거의 명령조로 말했다.

"팅크는 졸리지 않으면 잠을 못 자. 요정들이 못하는 게 딱 하나 더 있는데 바로 그거야."

"내가 보기에는 그 두 가지 말고 중요한 건 없는 것 같은 데?" 존이 으르렁댔다.

그 순간 존도 꼬집혔지만, 사랑은 담겨 있지 않았다.

"우리 중 누구라도 주머니가 있으면 팅크를 거기 넣으면 되는데." 피터가 말했다. 하지만 황급히 집을 나서는 바람에 누구도 주머니가 있는 옷을 입고 있지 않았다.

갑자기 피터는 좋은 생각을 떠올렸다. 존의 모자!

팅크는 모자를 손으로 들고 가주면 안에 들어가겠다고 했다. 팅크는 내심 피터가 모자를 들어주길 바랐지만, 존이 들게 되었다. 하지만 날면서 모자가 자꾸 무릎에 부딪힌다고 불평하자 웬디가 대신 들었다. 그리고 나중에 알겠지만, 그로 인해 크나큰 불운이 닥치게 된다. 팅커 벨은 웬디가 자길 관리하게 된 것이 못 견디게 싫었기 때문이었다.

팅크가 검정색 실크해트에 들어가고 빛이 완벽하게 가

려지자 다들 말없이 계속해서 날아갔다. 그렇게 조용한 건 생전 처음이었지만, 딱 한 번 멀리서 할짝거리는 소리가 들렸는데 피터 말로는 야수들이 개울에서 물을 들이켜는 소리였다. 그런 후 이번에는 박박 소리가 들렸는데 나뭇가지들끼리 스치는 소리인가 보다 싶었지만, 피터 말로는 네이티브 아메리칸들이 칼을 가는 소리라는 것이었다.

하지만 그런 소리마다 곧 사라지고 말았다. 마이클은 그런 적막함이 소름 끼치게 무서웠다.

"아무 소리나 들렸으면 좋겠어!" 마이클이 외쳤다.

그 순간 그의 소원을 들어주듯 난생처음 듣는 무시무시한 굉음이 하늘을 찢었다. 해적들이 그들을 향해 대포를 발사한 것이다.

대포는 귀를 찢을 것처럼 울려 퍼지며 산을 뒤흔들었는데, 분노에 찬 메아리 속에서 '이것들이 어디 있지, 이것들이 어디 있지, 이것들이 어디 있지?'라고 외치는 듯했다.

남매는 이렇게 뼛속까지 사무치는 공포 속에서 상상의 섬과 진짜 섬이 어떻게 다른지 똑똑히 알게 되었다.

마침내 하늘이 다시 고요해졌을 때 존과 마이클은 어둠 속에 둘만 남았음을 알게 되었다. 존은 허공에 뜬 채 기계적으로 발을 놀리고 있었고, 마이클은 떠다니는 법도 알지 못한 채 마냥 떠 있었다.

"대포에 맞았어?" 존이 와들와들 떨면서 속삭였다.

"아직 안 맞은 것 같은데." 마이클도 속삭였다.

우리야 이제 대포에 맞은 사람이 없는 걸 알게 됐지만, 피터는 대포가 발사되며 일으킨 바람에 휩쓸려 바다 저 멀리 날려갔고, 웬디는 하필이면 팅커 벨과 둘이서만 더 높은 곳으로 날려 가고 말았다.

그 순간 웬디가 모자를 떨어뜨렸더라면 더 좋았을 것을.

팅크가 그런 생각을 느닷없이 떠올린 건지 아니면 오는 길에 계획했는지는 알 도리가 없지만, 아무튼 팅크는 모자에서 튀어나오자마자 웬디를 파멸의 길로 유인하기 시작했다.

그렇다고 팅크가 뼛속까지 못된 요정이라고는 말할 수 없다. 지금이야 사악한 요정이지만, 더없이 착할 때도 아주 가끔은 있단 말이다. 요정들은 타고나기를 모 아니면 도였는데, 몸이 너무 작아서 한 번에 한 개의 감정밖에 담을 수 없었다. 감정을 바꾸는 건 가능했지만, 먼젓번과 정반대의 감정이어야만 했다. 그리고 바로 이 순간 팅크의 몸을 가득 채운 감정은 웬디에 대한 질투였다. 당연하지만 팅크가 영롱하게 딸랑거리는 소리로 말하는 것을 웬디는 전혀 알아듣지 못했다. 내 생각엔 욕지거리도 얼마간 섞여 있었을 텐데, 웬디에겐 다정하게만 들렸을 것이다. 그래서 팅크는 앞뒤로 날아다니면서 분명하게 '날 따라와, 그럼 다 해결될 거야'라는 메시지를 전했다.

　가엾은 웬디가 달리 선택할 여지가 있었을까? 피터와 존과 마이클의 이름을 소리 내 불러봤지만 돌아온 건 자신을 비웃는 메아리뿐이었다. 팅크가 불타는 증오에 사로잡혀 자기를 미워하고 있음을 웬디는 아직 알지 못했다. 그래서 마냥 어리둥절해져선 몸을 기우뚱거리며 팅크를 따라 파멸을 향해 날아갔다.

꿈의 네버랜드, 현실이 되다

네버랜드는 피터가 돌아오는 중임을 감으로 알았고, 다시 생기를 되찾고 있었다. 이 경우 '생기를 되찾은 터였다'라고 써야 동사 시제가 맞겠지만 '생기를 되찾고 있었다' 쪽이 더 생기 있게 느껴져서 썼음을 알린다. 피터가 늘 쓰는 말이기도 하다.

피터가 없는 동안, 모든 게 탈 없이 지나가는 편이었다. 요정들은 아침에 평소보다 한 시간 늦게 일어났고, 동물들은 새끼들을 돌봤으며, 네이티브 아메리칸들은 일주일에 6일 밤낮을 배가 터지도록 먹어댔고, 해적들과 집 잃은 소년들은 어쩌다 맞부딪치는 경우에도 엄지를 윗니 뒤에 대고 앞으로 튕기는 것(상대에게 모욕을 주는 유치한 행동으로 셰익스피어의 〈로미오와 줄리엣〉에 등장한다 – 옮긴이)으로 끝냈다. 하지만 바야흐로 피터가 돌아오고 있었고, 피터가 무기력한 건 질색하는 사실을 다들 아는지라 슬슬 발동을 거는 터였다. 지금 땅바닥에 귀를 대보면 섬 전체가 활력으로 움트는 소리를 들을 수 있을 것이다.

오늘 저녁, 네버랜드 주요 세력들의 동향은 다음과 같다. 집 잃은 소년들은 피터를 찾아 나섰고, 해적들은 집 잃은 소년들을 찾아 나섰으며, 네이티브 아메리칸 전사들은 해적들을 찾아 나섰고, 동물들은 네이티브 아메리칸 전사들을 찾아 나섰다. 그들은 섬을 돌고 또 돌았지만, 모두 같은 속도로 움직였기 때문에 서로 마주칠 일이 없었다.

모두가 피를 원했지만 소년들은 예외였으니, 대체로 피를 좋아하는 편인 이들도 오늘 밤은 대장을 맞이하러 나섰기 때문이다. 네버랜드 소년들의 인원은 매번 달라졌다. 눈치챘겠지만, 살해당하는 등 이런저런 이유 때문이다. 그리고 성장해 어른이 되는 건 규칙 위반이라 피터가 솎아내기도 했다. 지금은 모두 여섯 명인데, 그중 쌍둥이는 둘로 쳤다. 자, 이제 여기가 사탕수수밭이라고 상상하고 나와 함께 누워서, 손에 단검을 들고 한 줄로 살금살금 나아가는 소년들을 구경하자.

피터는 소년들에게 자기 모습을 따라 해선 안 된다고 금했고, 그래서 그들은 직접 잡아 죽인 곰가죽으로 옷을 해 입었다. 곰옷을 입으면 아이들은 공처럼 둥글둥글하고 수북한

털뭉치 꼴이 돼서 넘어지면 데굴데굴 굴렀다. 자연히 아이들은 걸을 때 신중에 신중을 기해 발을 내딛게 되었다.

처음 앞장서서 지나간 소년은 투틀스다. 이 씩씩한 패거리에서 씩씩함과는 거리가 아주 먼 소년인데, 모험 운이 도무지 따라주지 않은 탓이었다. 엄청난 모험은 투틀스가 자리를 비울 때만 기다렸다 펼쳐지는 것 같았다. 별일 없이 잠잠해지면 투틀스는 그 김에 땔감용 나뭇가지를 주우러 자리를 뜨곤 했는데 돌아오면 다른 소년들은 이미 피를 닦아내고 있는 식이었다.

이런 비운은 일찍이 투틀스의 표정에 은은한 비련을 더했지만, 그의 타고난 성격 덕분에 그 모습은 괴팍하기보다는 낭만적으로 느껴졌고 그 덕분에 무리 가운데 겸손해 보였다. 가엾고 착한 투틀스야, 오늘 밤만큼은 네게도 위험이 들이닥칠 것 같구나. 이제야말로 모험이 널 찾아와줘도 조심하기를. 그 모험에 뛰어드는 순간 넌 심오한 비애에 빠지게 될 테니. 투틀스야, 요정 팅크가 오늘 밤은 사악한 감정에 치우쳐서 희생양을 찾고 있는데, 누구보다 널 속여먹는 게 쉬울 거라고 생각하고 있거든? 팅커 벨을 조심해!

투틀스가 나와 여러분의 말을 들을 수 있다면 얼마나 좋을까. 하지만 우리는 네버랜드에 있는 게 아니니, 투틀스는 손가락 마디를 잘근잘근 깨물기만 할 뿐 속절없이 지나치고

마는구나.

　다음은 닙스, 쾌활하고 상냥한 성격의 소년이다. 그다음은 슬라이티, 나무를 깎아 호루라기를 들고 다니며 제 흥에 겨우면 혼이 나간 듯 춤을 춘다. 슬라이틀리는 패거리 중에서 가장 콧대 높은 소년이다. 집을 잃어버리기 전에 어떻게 살았는지, 그 시절 예절과 관습은 어땠는지 자기만큼은 다 기억한다고 생각하며 코를 한껏 쳐들고 다니는데 보기만 해도 절로 얄미운 생각이 든다. 네 번째 순서는 컬리다. 장난꾸러기라서 피터가 근엄하게 "이 사고를 친 사람 앞으로 나와"라고 명하면 대개 그가 앞으로 나서는 편이었는데, 이젠 사고를 치지 않아도 피터가 그 말을 입 밖으로 꺼내는 순간 저도 모르게 앞으로 나설 지경이 되었다. 마지막 차례는 쌍둥이다. 이 아이들을 뭐라고 설명해야 할지 모르겠다. 설명을 해도 어느 쪽인지 구분이 안 가서 확신할 수 없기 때문이다. 피터는 쌍둥이가 뭔지 전혀 몰랐고, 피터 패거리는 피터가 모르면 결코 알아선 안 되었기 때문에 쌍둥이도 자신들에 대해 명확히 알지 못하게 되었고, 이를 사과하는 의미에서 둘은 늘 꼭 붙어 다니는 것으로 패거리의 비위를 맞추려고 최선을 다했다.

　소년들은 어둠 속으로 사라졌다. 그리고 잠시 후, 섬에선 모든 게 활발하게 돌아가기 때문에 오래 지나지 않아 해적들이 나타났다. 해적들은 모습을 보이기 전에 소리부터 들려주었는데 언제나 똑같은 무시무시한 노래였다.

정지! 밧줄을 감아 매라, 유후, 닻을 올려라.
여기 해적들이 나간다.
우리 대포 한 방에 헤어질지언정
지옥에서 다시 만나리!

부두에서 한 줄로 교수형을 당한 죄수 무리도 이들보다는 양순해 보일 것이다. 여기, 무리보다 몇 걸음 앞서 걸으며 줄곧 땅만 쳐다보며 귀를 기울이고 있는 자를 보라. 우람한 팔뚝을 드러내고 양쪽 귀엔 스페인 옛 동전을 귀고리처럼 단 잘생긴 이 남자는 이탈리아에서 온 체꼬다. 체꼬는 가오 교도소 복역 시절 교도소장의 등짝에 피로 자신의 이름을 새긴 과거가 있다. 체꼬의 뒤에서 걷는 거인 같은 체구의 흑인은 이름이 정말 많은데, 구아조모 강둑에 사는 흑인 어머니들은 아이를 조용히 시킬 때 아직도 그중 한 이름을 댄다. 여기 빌 주크스는 문신으로 온몸을 도배한 사내로, 해적 황금기의 저 악명 높은 월러스호 플린트 선장에게 일흔두 대를 맞은 후에야 포르투갈 모이도리moidore 금화가 가득 든 자루를 바닥에 던졌다는 그 빌 주크스가 맞다. 그다음에 오는 쿡슨은, 들자하니 블랙 머피의 동생이라고 한다(입증된 바는 없다). 그리고 '신사 스타키'는 소싯적 공립학교 수위였고, 그 때문인지 지금도 사람을 죽일 때 조심스러운 편이다. 그 외에 스카이라이츠(모건의 스카이라이츠)가 있고, 아일랜드인 갑판장 스미가 있는데, 이 스미라는 자는 사람을 칼로 찌를 때도 사심 없이 해치웠고, 후크의 선원 가운데 유일하게 성공회 교인이 아니었다. 그다음에 뒷짐을 지고 있는 해적이 누들러고, 이어서 로버트 멀린스, 앨프 메이슨을 비롯해 카리브해에서 오래도록 악명을 떨치며 모두가 벌벌 떠는 악한들이 있었다.

이토록 흉악하게 가공된 보석 중에서도 가장 시커멓고 가장 크게 가공된 보석이 있었으니 단연코 제임스 후크였다. 후크 본인은 자기 이름을 적을 때 재스 후크라고 밝혔다. 소문에 따르면 악당 시쿡이 유일하게 두려워했던 자다. 그는 부하들이 끌고 미는 형편없는 이륜마차에 편하게 누워 있는데, 이따금 오른손을 대신하는 강철 갈고리를 휘둘러 더 빨리 가게 했다. 이 잔악한 사내는 부하들을 개처럼 부렸고, 부하들도 개처럼 그에게 복종했다. 실제로도 시체처럼 창백하고 가무잡잡한 얼굴에 긴 곱슬머리는 조금 떨어져서 보면 검정색 양초 다발처럼 보여서 잘생긴 외모에도 방심할 수 없는 위협적인 인상을 심어주었다. 두 눈은 물망초 같은 파란색으로, 깊은 우수가 어려 있었지만, 갈고리로 사람의 몸을 쑤실 때만큼은 두 개의 빨간 불꽃이 피어올라 무시무시하게 이글거렸다. 행동거지엔 아직도 귀족적인 태가 묻어나서 사람을 갈가리 찢을 때도 거들먹거렸다. 내가 듣기론 이야기꾼으로도 명성이 자자하다고 한다. 후크는 악에 받칠수록 공손해졌는데, 혈통이 우수하다는 증거인지도 모른다. 그는 욕지거리를 내뱉을 때조차 우아한 발음을 구사했고, 품행 또한 격조가 높아서 부하들과는 차원이 다름을 알 수 있었다. 하지만 무엇에도 굴하지 않는 그가 무서워하는 것이 딱 하나 있다는 소문이 있는데, 다름 아닌 자기의 피, 끈적하고 색깔이 보통 피와 다른 자기 피를 보는 것이었다. 옷차림은 찰스 2세와 관계가 깊은데, 해적으로 경력을 시작한 초창기에 비운의 스튜어트 왕족들과 이상하게 닮았다는 말을 들은 후로 그렇게 차려입기 시작했다. 여기에 두 대의 시가를 동시에 피울 수 있게 직접 발명한 파이프를 물고 다녔다. 물론 그에게서 가장 음산한 분위기를 풍기는 건 쇠갈고리 손이었다.

후크가 쇠갈고리를 어떻게 쓰는지 보기 위해 해적 한 명을 죽여보자. 희생양은 부하 스카이라이츠다. 스카이라이츠가 해적 패거리와 함께 걸어가다 비틀대더니 꼴사납게 후크 선장과 부딪친다. 그 바람에 선장의 레이스 옷깃이 구겨진다. 그 즉시 갈고리가 앞으로 발사되고, 뭔가 쫙 찢어지는 소리와 함께 비명이 들린다. 이윽고 시체가 된 스카이라이츠는 누군가의 발길질에 옆으로 굴러가고 해적 패거리는 가던 길을 계속 간다. 그러는 내내 후크의 입엔 시가가 물려 있었다.

이렇게 무시무시한 자가 피터의 적수란 말이다. 어느 쪽이 이길까?

해적 무리의 뒤를 밟으며 소리 없이 출정의 길을 나서는 자들이 있으니, 본 적 없는 사람은 알아볼 수 없는 네이티브 아메리칸 전사들이다. 그들은 하나같이 눈을 부릅뜬 채 빈틈없이 경계하고, 토마호크와 단검을 들고 다닌다. 벗은 상반신은 물감과 기름으로 번들거린다. 그리고 해적과 소년의 머리가죽을 줄줄이 꿰어 두르고 있는데, 이것이 피카니니 부족임을 알리는 표식이니 행여 자애로운 델라웨어나 휴런 부족과 혼동하지 않기를 바란다. 네 명의 전사 가운데 가장 앞장을 선 자는 그레이트 빅 리틀 팬더로, 너무나 용맹해서 달고 다닐 머리 가죽도 너무 많아 앞으로 나가기 거치적거릴 정도다. 맨 뒤는 제일 위험한 자리로 타이거 릴리가 공주처럼 당당하고 꼿꼿한 자세로 간다. 피부가 가무잡잡한 디아나 신타입 가운데 가장 아름답고, 피카니니 부족을 통틀어 최고의 미인이며, 요염하다 차갑다가 살갑게 구는 등 성격이 변화무쌍하다. 전사들은 모두 제멋대로인 이 여자를 아내로 삼고 싶어 하지만, 도끼를 들어 아내의 길로 가는 제단을 박살 내는 여자다. 네이티브 아메리칸 전사들이 땅에 떨어진 나뭇가지들을 밟으면서도 소리 없이 지나가는 모습을 보라. 들리는 건 거친 숨소리뿐이다. 사실 그들은 배가 터지도록 먹은 후라 살이 다소 불었지만, 조만간 다 빠질 것이다. 지금 이 순간은 그들의 최대 약점이긴 하다.

네이티브 아메리칸 전사들은 다가올 때도 사라질 때도 그림자 같아서, 그들이 있던 자리는 이내 몸집이 크고 저마다 색깔이 다른 짐승들의 행렬로 채워진다. 사자, 호랑이, 곰, 그 맹수들에게서 도망치는 수많은 작은 야생 동물들. 이렇게 다 뒤섞인 이유는 모든 종류의 동물들, 특히 사람을 잡아먹는 짐승들이 이 혜택받은 섬에서 서로 딱 붙어 복닥거리며 살기 때문이다. 지금 그들은 혀를 길게 빼물고 있고, 오늘 밤 허기에 시달리고 있다.

동물들이 지나가고 행렬의 맨 끝을 거대한 악어가 장식한다. 이 암컷 악어가 찾고 있는 사람이 있는데 곧 알게 될 것이다.

악어가 지나가자 곧바로 소년들이 다시 나타난다. 이 섬에선 같은 무리 가운데 누군가 멈추거나 속도를 바꾸지 않는 한, 행렬은 무한정으로 이어진다. 그렇게 꼬리에 꼬리를 물듯 차례대로 선두가 된다.

모두가 눈에 불을 켜고 앞을 살피지만, 정작 위험이 뒤에서 스멀스멀 다가올 수도 있다는 생각은 아무도 하지 못한다. 이 섬이 현실적인 곳임을 알 수 있는 대목이다.

꼬리에 꼬리를 물고 움직이는 원에서 가장 먼저 이탈한 건 소년들이었다. 그들은 땅 밑에 마련한 집 주변 잔디밭에 몸을 날려 엎어졌다.

"피터가 얼른 돌아왔으면." 아이들 모두가 불안에 떨며 말했다. 다들 대장보다 키도 크고 덩치가 큰 데도 소용이 없었다.

"해적을 겁내지 않는 건 나뿐이야." 슬라이틀리가 만인의 미움을 사고 싶어 좀이 쑤시는 것 같은 말투로 말했다. 하지만 멀리서 들려오는 소리에 심란해진 모양이었다. 그래서 성급히 덧붙여 말했다. "그래도 피터가 돌아와서 신데렐라 이야기를 마저 해줬으면 좋겠다."

그러자 아이들은 신데렐라 이야기를 했고, 투틀스는 자기 엄마가 신데렐라와 빼닮았다고 장담했다.

아이들은 피터가 없을 때만 엄마 이야기를 할 수 있었다. 엄마 이야기는 한심하다고 피터가 금했기 때문이다.

"난 엄마에 대해 기억나는 건 툭하면 아빠한테 '아, 내 전용 수표책이 있으면 좋겠어!'라고 잔소리하던 것 말곤 없어. 수표책이 뭔지 모르지만, 엄마한테 꼭 주고 싶어."

아이들이 떠들어대는 동안 멀리서 어떤 소리가 들려왔다. 여러분도 나도 숲속의 야생동물이 아니니, 그 자리에 있었다 한들 아무 소리도 듣지 못했을 것이다. 하지만 아이들에겐 들렸고, 그것은 소름 끼치는 노래였다.

요호 요호, 해적의 인생아.
해골 하나, 뼈다귀 두 개가 그려진 깃발아.
신나는 시간, 교수대의 밧줄아.
바다귀신 만만세!

그 즉시 집 잃은 소년들은……. 아니, 얘들이 어디 갔지? 지금 보니 다 사라져버렸네? 토끼도 이보다 더 빨리 사라지지 못했을 것이다.

아이들이 간 곳을 내가 말해주지. 쏜살같이 정찰에 나선 닙스를 빼고 모두 땅속 집에 들어가 있다. 참으로 아늑한 이 집은 앞으로 여러분과 내가 꽤 자주 보게 될 곳이다. 하지만 아이들은 어떻게 여기까지 올 수 있었을까? 아무리 봐도 들어가는 문도 없고, 동굴 입구를 막아 놓았다가 옆으로 굴려 치우면 나타나는 커다란 돌조차 보이지 않는데 말이다. 그런데 자세히 들여다보면 아름드리나무 일곱 그루가 있고, 나무마다 소년 한 명이 들어갈 만큼 큰 구멍이 하나씩 나 있는 게 보일 것이다. 이 일곱 개의 나무 구멍이 땅속 집의 입구였고, 후크는 아주 오래전부터 이 구멍들을 찾아다녔지만 끝내 발견하지 못했다. 오늘 밤엔 어떨까?

해적들이 앞으로 나아가는 가운데, 눈 밝은 스타키가 숲속으로 사라지는 닙스를 보자마자 권총을 뽑아 들었다. 그 순간 쇠갈고리가 그의 어깨를 잡았다.

"선장님, 놔요!" 스타키가 몸을 뒤틀며 외쳤다.

자, 이제 드디어 후크의 목소리를 듣겠구나. 그의 목소리는 색으로 치면 시커먼 색이었다. "그 권총부터 집어넣어." 그 목소리는 위협에 차 있었다.

"선장님이 증오하는 사내놈이라고요. 말리지 않으셨으면 제가 쏴 죽였을 거예요!"

"암, 그렇고말고. 그리고 그 소리를 듣고 타이거 릴리의 전사들이 우리를 덮쳤겠지. 머리 가죽이 벗겨지고 싶어?"

"제가 놈을 쫓아갈까요?" 궁상맞은 스미가 물었다. "마개따개 조니로 그 자식을 간질여줄까요?" 스미는 세상 모든 것에 유쾌한 이름을 붙였는데 마개따개 조니는 자신의 단검에 붙인 이름이었다. 스미는 칼로 찌른 다음 마개를 돌리듯 돌리는 습성이 있었다. 스미는 은근히 귀여운 데가 많았다. 가령, 사람을 죽이고 나면 단검 대신 안경을 닦는 게 그랬다.

"조니는 조용히 일을 처리하는 친구예요." 스미가 후크에게 상기시켰다.

"지금은 아니야, 스미." 후크가 음산하게 말했다. "쟤 하나만 있잖아. 나는 일곱 놈을 한꺼번에 없애고 싶어. 다들 흩어져서 놈들을 찾아."

해적들은 나무들 사이로 사라졌고, 후크 선장과 스미 둘만 남았다. 후크는 땅이 꺼질 것처럼 한숨을 내쉬었다. 나야 그 속을 알 길이 없지만, 아름다운 저녁 분위기에 혹해서였는지 그는 충직한 갑판장에게 자기가 살아온 이야기를 털어놓고 싶어졌다. 후크는 오랜 시간을 들여 진지하게 털어놓았지만 덜 떨어진 스미는 그게 무슨 뜻인지 조금도 이해하지 못했다.

그러다 피터라는 단어가 걸려들었다.

"난 어느 놈보다 대장을 원해." 후크가 열을 올리며 떠들었다. "피터 팬 말이야. 그놈이 내 팔을 잘랐다고." 후크는 갈고리를 위협하듯 번쩍 쳐들었다. "이 갈고리로 그놈과 악수할 날을 오래도록 기다리고 또 기다려왔어. 아, 놈을 갈기갈기 찢어버릴 거야!"

"하지만 말입니다." 스미가 말했다. "선장님은 갈고리 하나가 사람 손 스무 개보다 더 낫다고 말씀하신 적이 많잖아요. 머리를 빗을 때부터 집안일 할 때도 편하다고요."

"그랬지." 선장이 대답했다. "만약 내가 엄마라면 내 자식이 손 대신 쇠갈고리를 달고 태어나게 해달라고 기도할 거야." 후크는 쇠갈고리 손은 자랑스럽게, 다른 손을 꼴사납다는 듯 흘겨보았다. 그리고는 다시 얼굴을 찌푸렸다.

"피터 놈은 내 팔을 휙 집어 던졌어." 그렇게 말하며 그는 움찔했다. "때마침 지나가던 악어에게 던져줬다고."

"그래서였구나. 선장님이 악어들 이야기만 나오면 이상하게 겁내신다는 생각이 들었거든요."

"악어들이 아니야." 후크가 스미의 말을 정정했다. "그 악어 한 마리만 겁이 날 뿐이야." 여기서 그는 목소리를 낮추었다. "그놈이 내 팔을 어찌나 맛나게 먹던지. 스미, 그 후로 내가 가는 어디건 놈이 쫓아온다고. 바다건 땅이건 닥치는 대로 쫓아오면서 내 다른 부위를 먹을 생각에 혀를 날름거린다고."

"한편으론 선장님을 칭찬하는 거라고 봐도 되겠네요."

"그따위 칭찬은 집어치워!" 후크가 화가 나서 버럭 소리쳤다. "나는 피터 팬을 원해. 그 짐승에게 날 시식거리로 던져준 놈을!"

후크는 커다란 버섯 위에 앉았다. 그의 목소리는 떨리고 있었다.

"스미." 후크가 쉰 목소리로 말했다. "그 악어 놈은 그전에도 날 잡아먹을 뻔했어. 운이 좋아서 나 대신 회중시계를 삼켰지. 그 후로 그 시계가 놈의 배 속에서 째깍째깍 소리를 내기 때문에 놈이 가까이 오면 그 소리를 듣고 도망칠 수 있어." 후크가 소리 내 웃었지만, 웃음의 뒤끝은 헛헛하게 들렸다.

"시계가 멈추는 날엔." 스미가 말했다. "악어는 소리 없이 선장님을 덮치겠군요."

후크는 바짝 마른 입술을 핥았다. "그래, 그런 두려움에서 벗어날 수가 없어."

후크는 버섯이 이상하게 따뜻하다는 생각이 들었다.

"스미, 엉덩이가 왜 이렇게 뜨겁니?" 후크는 제자리에서 벌떡 뛰어올랐다.

"이런 젠장, 내 엉덩이가 구워지고 있잖아!"

그들은 버섯을 살펴보았다. 크기나 단단함이 섬에는 자라지 않는 종류였다. 둘이 힘을 합쳐 잡아당기자 버섯은 손쉽게 뽑혔다. 뿌리가 없는 버섯이었기 때문이었다. 더 이상한 건 버섯을 뽑아내는 곳에서 연기가 모락모락 피어오르고 있었다. 둘은 서로의 얼굴을 쳐다보았다. 그리고 동시에 외쳤다.

"굴뚝!"

땅속 집의 굴뚝을 발견한 것이었다. 적이 부근에 있을 때 소년들은 으레 버섯으로 굴뚝을 막았다.

그 자리에선 연기만 피어오르는 것이 아니라 아이들의 목소리도 들렸다. 안전한 곳에 있다는 생각에 마음을 놓은 소년들이 신이 나서 떠들어대고 있었다. 해적들은 험상궂은 표정으로 귀를 기울였고 잠시 후 버섯을 원래대로 꽂았다. 그리고는 주변을 살피다가 일곱 그루의 나무에 구멍이 뚫려 있는 것을 발견했다.

"저놈들이 피터 팬이 지금 집에 없다고 한 말 들으셨죠?" 스미가 초조해져선 마개따개 조니를 만지작거리며 속삭였다.

후크가 고개를 끄덕였다. 그는 생각에 빠져 한참을 그렇게 서 있었고, 마침내 그 가무잡잡한 얼굴에 미소가 피어올랐는데, 보는 사람의 피를 얼어붙게 할 정도로 섬뜩했다. 스미는 바로 그 순간을 기다리고 있었다.

"계획을 말씀해주세요, 선장님." 스미가 간절한 마음으로 외쳤다.

"배로 돌아가." 후크가 이를 앙다문 채 천천히 말했다. "그리고 거대하고, 맛이 진한 케이크를 만들어. 그 위에 끈적끈적한 초록색 시럽을 잔뜩 부어. 굴뚝이 하나만 있는 걸 보니 아래에 방도 하나만 있는 게 분명해. 저 멍청한 두더지 놈들은 각자 문 하나씩 가질 필요가 없다는 걸 몰랐어. 그건 놈들한테 엄마가 없다는 뜻이야. 아까 말한 케이크를 인어의 석호 해변에 갖다 놓자. 그놈들이 거기서 매일 수영을 하며 인어들이랑 놀거든. 케이크를 보면 좋다고 먹어댈 거야. 엄마가 없으니 진하고 촉촉한 케이크를 먹는 게 얼마나 위험한지 모를 거야."

후크가 느닷없이 웃음을 터뜨렸다. 이번에는 헛헛하게 울리는 것이 아니라 진심이 꽉 차 울려 퍼지는 웃음이었다. "아하, 그렇게 놈들은 저세상으로 가는 거지."

스미는 들을수록 선장에 대한 존경심이 커지는 것을 느꼈다.

"지금껏 이보다 더 사악하고 근사한 계략은 들어본 적이 없습니다!" 스미는 그렇게 외쳤고, 둘은 신이 난 나머지 함께 춤을 추고 노래를 불렀다.

동작 그만, 배를 멈춰라!
내가 나타나면 모두가 두려움에 떤다.
후크의 갈고리에 걸리면
누구든 뼈도 못 추린다네.

노래는 호기롭게 시작됐을지언정 끝을 맺지 못했으니 또 다른 소리가 들리는 바람에 둘 다 그대로 얼어붙어 버렸기 때문이다. 처음에는 나뭇잎 한 장만 떨어뜨려도 덮여서 들리지 않을 정도로 작은 소리였지만, 점차 가까이 들리면서 명확히 도드라졌다.

째깍, 째깍, 째깍, 째깍!

후크는 자리에서 벌떡 일어나 한 발을 든 채 벌벌 떨었다.

"악어다!" 그는 가쁘게 숨을 쉬며 헐떡이더니 도망쳐버렸고, 갑판장도 그를 따라 도망쳤다.

과연 문제의 그 악어였으니, 다른 해적들을 쫓는 네이티브 아메리칸 전사들을 지나쳐 바야흐로 후크를 쫓아 서서히 나아갔다.

소년들이 다시 밖으로 나왔다. 하지만 밤의 위험은 아직 끝나지 않았다. 닙스가 늑대 무리에 쫓기다 헉헉거리며 소년들이 모여 있는 한가운데로 뛰어 들어왔기 때문이다. 늑대들은 혀를 길게 빼문 채 무섭도록 짖어댔다.

"살려줘, 살려줘!" 닙스가 쓰러지며 외쳤다.

"우리더러 어쩌라는 거야? 어떻게 해야 하지?"

이토록 긴박한 순간에 하나같이 피터를 떠올린다는 건 피터에겐 대단한 찬사였다.

"피터라면 어떻게 할까?" 아이들이 동시에 외쳤다.

거의 동시에 아이들은 다시 외쳤다. "피터라면 다리 사이로 늑대를 볼 거야."

그리고 이렇게 외쳤다. "피터처럼 해보자."

그건 늑대에게 맞서는 가장 좋은 방법이었고, 소년들

은 하나같이 몸을 숙여 두 다리 사이로 늑대들을 쳐다보았다. 이어지는 순간은 더디게 흘러갔지만 승리는 재빨리 찾아왔다. 소년들이 그렇게 무시무시한 자세로 앞으로 나아가자, 늑대들은 꼬리를 내리고 냅다 도망쳤다.

바닥에서 몸을 일으키는 닙스를 보며 다른 소년들은 그가 여전히 늑대를 주시하고 있다고 생각했다. 정작 닙스가 본 건 늑대가 아니었다.

"더 신기한 걸 봤어." 솔깃해진 아이들이 몰려들자 닙스가 외쳤다. "아주 크고 하얀 새야. 이쪽으로 날아오고 있어."

"무슨 새 같아?"

"몰라." 닙스가 두려운 듯 말했다. "하지만 아주 힘들어 보였어. 날아다니면서 '가엾은 웬디'라고 울더라."

"가엾은 웬디라고?"

"나 알아." 슬라이틀리가 곧바로 말했다. "웬디라는 종류의 새가 있어."

"봐, 저기 온다!" 컬리가 외치며 하늘을 나는 웬디를 가리켰다.

그즈음 웬디는 소년들 머리 위 가까이 있어서, 호소하는 울음소리가 잘 들렸다. 하지만 더 똑똑히 들리는 건 팅커 벨의 앙칼진 목소리였다. 질투에 눈이 먼 이 요정은 그전까지 쓰고 있던 우정의 가면을 벗어던졌고, 자기가 희생양으로 삼은 소녀의 온몸을 모질게 꼬집어대고 있었다.

"안녕, 팅크." 어리둥절해진 소년들이 외쳤다.

팅크는 쨍그랑거리는 소리로 대답했다.

"피터가 웬디를 보면 쏘라고 전해달랬어."

소년들에겐 피터의 명령에 이의를 제기하는 건 있을 수 없는 일이었다.

"피터가 시킨 대로 하자!" 단순한 소년들이 외쳤다. "빨리. 활과 화살을 가져오자!"

투틀스를 뺀 모두가 나무 구멍 속으로 뛰어들었다. 투틀스는 이미 활과 화살을 가지고 있었고, 이를 알아챈 팅크는 앙증맞은 두 손을 비비댔다.

"빨리 쏴, 투틀스, 얼른." 팅크가 외쳤다. "피터가 정말 기뻐할 거야."

투틀스는 신이 나서 활에 화살을 쟀다.

"비켜, 팅크." 투틀스는 그렇게 외친 후 화살을 쏘았고, 가슴에 화살을 맞은 웬디는 파닥거리며 땅으로 떨어졌다.

작은 집

멍청이 투틀스가 정복자인 양 쓰러져 있는 웬디 앞에 서 있
는데, 다른 소년들이 무장한 채 숲속에서 냅다 달려나왔다.

"너무 늦으셨어." 투틀스가 자랑스레 외쳤다. "내가 웬디
를 쐈거든. 피터가 날 얼마나 대견해할까!"

머리 위에서 팅커 벨이 소리쳤다.

"멍청한 놈!"

그 말을 끝으로 팅커 벨은 쏜살처럼 숨어버렸다. 투틀스
말고는 아무도 그 말을 듣지 못했다. 다들 웬디를 둘러싼 채
바라보는 가운데 소름 끼치는 정적이 숲에 내려앉았다. 웬
디의 심장이 뛰고 있었다면 그 소리가 들렸을 정도로 고요
했다.

가장 먼저 입을 연 건 슬라이틀리였다.

"이건 새가 아니잖아." 그의 목소리엔 두려움이 깃들어

있었다. "내 생각에 이건 숙녀가 틀림없어."

"숙녀?" 투틀스가 그렇게 말하고는 와들와들 떨기 시작했다.

"그런데 우리가 죽인 거잖아." 그렇게 말하는 닙스의 목소리는 쉬어 있었다.

모두 모자를 벗어들었다.

"이제 알겠어." 컬리가 말했다. "피터가 이 숙녀를 우리에게 데려오고 있었던 거야." 닙스는 슬픔에 못 이겨 땅바닥에 몸을 던졌다.

"우릴 돌봐줄 숙녀가 드디어 왔는데, 네가 죽여버렸어!" 쌍둥이 가운데 하나가 말했다.

소년들은 투틀스가 안쓰러웠지만 자기들이 더 안쓰럽게 됐다는 생각에 투틀스가 한 걸음 다가오자 등을 돌렸다.

투틀스는 얼굴에 핏기 하나 없이 새하얘졌지만, 대신 전에 없던 비장함이 느껴졌다.

"내가 죽였어." 그가 생각에 잠겨 말했다. "꿈에 숙녀가 나타나면 난 늘 말했어. '예쁜 엄마, 예쁜 엄마.' 그런데 기다리던 끝에 정말로 숙녀가 나타났을 때, 내 손으로 활을 쏴 죽인 거야."

투틀스는 천천히 멀어지기 시작했다.

"가지 마!" 아이들은 투틀스가 불쌍해서 외쳤다.

"가야만 해." 투틀스가 떨면서 말했다. "피터가 너무나 무서워."

하필 이토록 비극적인 순간, 모두의 귀에 어떤 소리가 들렸고 그 바람에 다들 심장이 입 밖으로 튀어나올 정도로 기겁했다. 피터가 꼬끼오 하고 닭을 흉내 내는 소리가 들린 것이다.

"피터!" 아이들이 외쳤다. 피터는 네버랜드에 돌아올 때마다 그 소리로 알렸다.

"시체를 감춰." 그들은 낮은 소리로 말하며 황급히 웬디를 둘러쌌다. 하지만 투틀스는 혼자 떨어져 서 있었다.

또다시 꼬끼오 소리가 울려 퍼지더니 피터가 소년들 앞으로 뚝 떨어지듯 내려왔다.

"잘 있었나, 소년들!" 피터가 큰 소리로 말하자, 소년들은 기계적으로 인사말을 건넸고, 또다시 정적이 감돌았다.

피터가 얼굴을 찡그렸다.

"내가 돌아왔다고." 피터가 열 받아서 말했다. "환호를 해야지?"

소년들은 입을 열었지만, 차마 환호는 할 수 없었다. 하지만 피터는 영광스러운 소식을 전할 생각에 분위기를 눈치채지 못했다.

"다들 들어봐, 대단한 소식을 갖고 왔어." 피터가 외쳤다. "내가 드디어 너희 모두를 위한 엄마를 데려왔어!"

여전히 찍소리도 들리지 않았다. 투틀스가 털썩 무릎을 꿇고 주저앉는 소리만 빼고.

"아무도 본 사람 없어?" 민망해진 피터가 물었다. "이쪽으로 날아왔는데."

"아, 이를 어째!" 한 소년이 말하자 또 다른 소년이 이어서 말했다. "아, 정말 슬픈 날이구나."

투틀스가 자리에서 일어나 침착하게 말했다.

"피터. 내가 그 숙녀를 보여줄게." 다른 소년들은 기어코 웬디를 숨길 생각이었지만 투틀스가 말했다. "뒤로 물러나, 쌍둥이야. 피터에게 보여줘."

그래서 모두 뒤로 물러났고, 웬디를 본 피터는 잠깐이지만 어쩔 줄을 몰랐다.

"죽었네." 피터가 켕기는 투로 말했다. "죽는 게 무서웠을 텐데."

피터는 익살을 떨며 깡충깡충 뛰는 척하다 웬디가 보이지 않는 곳까지 도망친 후에, 두 번 다시 이쪽으론 얼씬도 하지 말자고 생각했다. 피터가 정말로 그랬다면 나머지 소년들도 기꺼이 그를 따라 도망쳤을 것이다.

그때 화살이 보였다. 피터는 웬디의 가슴에서 화살을 뽑아 소년들을 마주 보았다.

"누구 화살이지?" 피터가 엄하게 캐물었다.

"내 거야, 피터." 투틀스가 무릎을 꿇고 말했다.

"아, 이 못된 자식." 피터는 들고 있던 화살을 단검처럼 높이 쳐들었다.

투틀스는 움찔하지도 않았고, 가슴팍을 풀어헤쳤다.

"찔러, 피터." 그의 어조는 단호했다. "단번에 끝내줘."

피터는 두 번이나 화살을 치켜들었지만 두 번 다 손을 떨구었다.

"못 해." 피터는 뭔가에 두려움을 느낀 듯했다. "뭔가 내 손을 잡고 있어."

모두가 놀라서 피터를 쳐다보았다. 닙스만 운 좋게 웬디를 보았다.

"저 여자야!" 닙스가 외쳤다. "숙녀 웬디가 잡고 있어. 봐, 저 팔을!"

신통하게도 웬디가 한 팔을 치켜올리고 있었다. 닙스는 웬디 위로 몸을 숙이고는 공손한 태도로 귀를 기울였다. "'가엾은 투틀스'라고 말하는 거 같은데?" 닙스가 속삭였다.

"살아 있는 거야." 피터가 짧게 말했다.

슬라이틀리가 곧바로 받아치며 외쳤다. "숙녀 웬디가 살아 있어."

웬디 옆에서 무릎을 꿇고 살펴보던 피터는 이윽고 자기

단추를 발견했다. 여러분도 기억할, 전에 웬디가 목걸이에 건 그 단추였다.

"봐, 화살이 여기 맞았어. 이건 내가 웬디에게 준 키스야. 내 키스가 웬디의 목숨을 구했어."

"나 키스 기억나." 슬라이틀리가 냉큼 끼어들었다. "나도 보여줘. 맞아, 그게 키스야."

피터는 슬라이틀리의 말을 듣고 있지 않았다. 그는 인어를 보여줄 테니 얼른 기운 차리라고 웬디에게 빌고 있었다. 당연하지만 웬디는 여전히 죽은 듯 기절해서 대답할 수가 없었다. 그런데 머리 위로 엉엉 우는 것 같은 선율이 들렸다.

"팅크 소리 들려?" 컬리가 말했다. "웬디가 살아 있는 걸 알고 우는 거야."

그래서 소년들은 팅크의 범죄 행각을 피터에게 고할 수밖에 없었다. 그리고 피터가 생전 처음 보는 것 같은 무서운 표정을 짓는 것을 보았다.

"잘 들어, 팅커 벨!" 피터가 외쳤다. "난 이제 네 친구가 아니야. 내 눈앞에서 영원히 사라져버려."

팅커 벨은 피터의 어깨로 날아와 애원했지만, 피터는 간단없이 털어내버렸다. 하지만 웬디가 또다시 팔을 들어 올리자 적당히 누그러져선 말했다. "알았어, 영원히는 말고, 일주일 내내."

팅커 벨이 팔을 들어 이의를 표한 웬디에게 고마워했을
까? 천만에.

팅커 벨은 그 순간만큼 웬디를 꼬집고 싶은 때도 없었
다. 요정들은 정말 알 수 없는 존재다. 요정을 속속들이 꿰뚫
어 보는 피터가 이따금 그들을 손바닥으로 때리는 것도 그래
서인가보다.

그건 그렇고 지금 이렇게나 허약해진 웬디를 어쩐다?

"땅속 집으로 데려가자." 컬리가 제안했다.

"그래, 그러자." 슬라이틀리가 말했다. "숙녀는 그렇게
대접해야 해."

"아니, 아니." 피터가 말했다. "웬디에게 손끝 하나 대지
마. 그건 예의 바른 행동이 아니야."

"맞아." 슬라이틀리가 말했다. "나도 딱 그렇게 생각
했어."

"하지만 여기에 이렇게 누워 있으면 죽을 텐데." 투틀스
가 말했다.

"그러게, 죽겠지?" 슬라이틀리가 인정했다. "하지만 달
리 방법이 없잖아."

"아냐, 방법이 있어." 피터가 외쳤다. "웬디 주변에 작은
집을 짓자."

소년들은 모두 신이 났다.

"얼른." 피터가 소년들에게 명령했다. "우리가 가진 것 중에 제일 좋은 것을 골라 가지고 와. 우리 집을 샅샅이 터는 거야. 지금 당장."

그 말이 떨어지기 무섭게 소년들은 결혼식 전날 밤의 재봉사들처럼 분주해졌다. 다들 이리 뛰고 저리 뛰면서 이불을 가지러 내려가고, 땔감을 가지러 올라가고, 그러는 동안 존과 마이클이 나타났다. 둘은 발을 질질 끌며 걷다가 선 채로 잠드는 바람에 걸음을 멈췄다가, 잠이 깨면 다시 한 걸음 내디뎠다가 또 잠이 들곤 했다.

"존, 존." 마이클은 틈틈이 외쳤다. "일어나! 나나 어디 갔어, 존? 엄마는 어딨어?"

그러면 존이 눈을 비비며 투덜거렸다. "정말이네. 우리가 하늘을 날았어."

그러다 마침내 피터를 발견했으니 얼마나 안심했을지 굳이 말하지 않아도 여러분은 다 알 것이다.

"안녕, 피터." 존과 마이클이 말했다.

"안녕." 피터는 유쾌하게 인사했지만, 사실 그는 둘에 대해 완전히 잊고 있었다. 집을 얼마나 크게 지을지 알아보려고 발을 이용해 웬디의 치수를 재느라 정신이 없었기 때문이다. 당연하지만 의자와 테이블을 놓을 방도 마련할 작정이었다. 그런 피터를 존과 마이클은 멀뚱멀뚱 바라보았다.

"웬디 지금 자는 거야?" 둘이 물었다.

"응."

"존, 누나 깨워서 저녁밥 만들어달라고 하자." 마이클이 제안했다. 그런데 그 순간 소년 몇 명이 집 짓는 데 쓸 나뭇가지를 들고 달려왔다.

"쟤네 좀 봐!" 마이클이 외쳤다.

"컬리." 피터가 한껏 대장 티가 나는 목소리로 말했다. "얘네도 집 짓는 일을 거들게 해."

"네, 대장님."

"집을 짓는다고?" 존이 놀라 외쳤다.

"웬디의 집이야." 컬리가 말했다.

"웬디의 집?" 존이 멍하니 말했다. "뭣 때문에? 웬디는 그냥 여자잖아!"

"그래서 우리가 웬디의 하인이 된 거야." 컬리가 설명했다.

"너희들이? 웬디의 하인이라고!"

"그래." 피터가 말했다. "그리고 너희도 마찬가지야. 쟤들을 따라가."

두 형제는 놀라움을 금치 못하면서도 소년들에게 끌려가 나무를 베고 자르고 날랐다.

"의자와 난로 울타리부터 만들어." 피터가 명령했다. "그런 다음에 그걸 가운데 놓고 둘러싸듯 집을 만들 거야."

"맞다." 슬라이틀리가 말했다. "집은 그렇게 짓는 거지. 다 기억났어."

피터는 하나도 빠짐없이 챙겼다.

"슬라이틀리, 의사를 데려와."

"네, 네."

슬라이틀리는 대답은 곧바로 했지만 머리를 벅벅 긁으며 사라졌다. 피터의 명령은 무조건 따라야 한다는 걸 알기 때문이었다. 잠시 후 그는 존의 모자를 쓰고 근엄한 표정을 지으며 나타났다.

"선생님." 피터가 슬라이틀리에게 다가가며 말했다. "혹시 의사신가요?"

여기에 피터와 나머지 소년들의 차이점이 있었다. 소년들은 이게 역할극이라는 것을 아는 반면, 피터는 역할극이 진짜라고 믿었다. 이 때문에 소년들은 난감해지곤 했는데, 저녁을 먹지 않고도 먹은 것처럼 연기해야 할 때가 그랬다. 한창 역할극을 하다 설정을 어기는 일이 생기면 피터에게 손가락 관절을 맞기 일쑤였다.

"그렇습니다. 젊은 친구."

피터에게 맞아서 손가락 관절이 빠진 적이 있었던 슬라이틀리가 조마조마해하며 대답했다.

"선생님, 숙녀 한 분이 지금 아주 아파요." 피터가 설명했다.

문제의 숙녀는 그들 발치에 누워 있었지만 슬라이틀리는 지금 웬디를 보면 안 된다는 것을 감으로 알았다.

"쯧, 쯧, 쯧." 슬라이틀리가 혀를 찼다. "그래, 그 숙녀분은 어디에 계시죠?"

"저기 빈터요."

"숙녀분께 물약 좀 먹일게요." 슬라이틀리가 그렇게 말하고 유리병에 든 약을 먹이는 시늉을 하는 동안 피터는 기다렸다. 약 컵을 빼내는 연기를 할 때가 손에 땀을 쥐게 하는 순간이었다.

"어떤가요?" 피터가 물었다.

"쯧, 쯧, 쯧." 슬라이틀리가 말했다. "약 먹고 다 나았습니다."

"잘됐네요!" 피터가 외쳤다.

"저녁에 다시 들르죠." 슬라이틀리가 말했다. "환자 분께 진한 쇠고기 수프를 주둥이 달린 컵으로 먹이시고요." 존에게 모자를 돌려준 뒤에야 슬라이틀리는 깊은 한숨을 토했다. 슬라이틀리는 난감한 상황을 모면하면 한숨을 내쉬는 버릇이 있었다.

한편 그동안 숲은 아까부터 도끼 찍는 소리로 들썩들썩

했다. 아늑한 집을 지을 때 필요한 거의 모든 것이 이미 웬디의 발치에 놓여 있었다.

"웬디가 제일 좋아하는 집이 어떻게 생겼는지 알 수 있으면 좋겠다." 한 소년이 말했다.

"피터." 다른 소년이 외쳤다. "웬디가 자면서 움직여."

"웬디가 입을 벌리네." 세 번째 소년이 존경스러운 눈으로 웬디의 입안을 들여다보며 외쳤다. "와, 참 사랑스럽다!"

"자면서 노래를 부를지도 몰라." 피터가 말했다. "웬디, 갖고 싶은 집이 있으면 노래로 알려줘."

그러자 웬디는 눈은 여전히 감은 채 노래를 부르기 시작했다.

나는 예쁜 집을 갖고 싶어,
누구도 본 적 없을 만큼 작은 집.
앙증맞은 벽은 빨간색이고,
지붕은 이끼 가득 초록색인 집.

노래를 들은 소년들은 신이 나서 와자지껄했다. 천만다행으로 아이들이 가져온 나뭇가지들은 빨간 수액으로 끈적거렸고, 바닥은 이끼가 카펫처럼 깔려 있었다. 이제 쿵쾅쿵쾅 작은 집을 만들며 소년들도 노래를 불렀다.

우리가 앙증맞은 벽을 세우고 지붕을 덮었어요.

예쁜 문도 달았어요.

그러니 말해 봐요, 웬디 엄마,

또 뭐가 있으면 좋겠어요?

이에 웬디는 좀 더 욕심을 내며 화답했다.

아, 정말?

그렇다면, 이제, 벽마다 환한 창문을 달아줘.

그러면 장미꽃들은 안을 들여다보고,

아기들은 밖을 내다볼 수 있잖아?

소년들은 주먹으로 벽을 쳐서 창문을 뚫었고, 큼지막한 노란 잎들로 블라인드를 쳤다. 하지만 장미꽃은?

"장미." 피터가 근엄하게 외쳤다.

소년들은 황급히 세상에서 가장 아름다운 장미들이 벽을 타고 자라나는 시늉을 했다.

아기들은?

피터가 아기를 만들라는 명령을 내리지 못하게 소년들은 얼른 노래를 부르기 시작했다.

장미들이 창문 안을 들여다보게 했어요.

아기들이 문간에 있어요.

우린 아기가 될 순 없어요.

이미 아기니까요.

피터는 기발한 생각이라 여겼고, 그 즉시 자기가 떠올린 것처럼 굴었다. 집은 무척 아름다웠고, 비록 안에 있어 소년들 눈엔 보이지 않았지만 웬디도 아늑하게 지낼 게 틀림없었다. 피터는 성큼성큼 걸어 다니며 마무리를 지시했다. 독수리의 눈을 가진 피터는 무엇 하나 놓치는 법이 없었다. 그 무엇도 피터의 꼼꼼한 눈을 피할 수 없었다. 모든 것이 완벽하게 마무리됐다고 생각한 순간이었다.

"문고리가 없잖아." 피터가 지적했다.

소년들은 정말 부끄러웠지만, 투틀스가 신발 밑창을 내준 덕분에 문고리를 완성할 수 있었다.

이제야말로 모든 게 완벽하게 마무리됐다고 생각한 순간이었다.

천만의 말씀.

"굴뚝이 없어. 굴뚝이 있어야 해." 피터가 말했다.

"당연히 굴뚝이 있어야지." 존이 거드름을 피우며 말했다. 그때 피터에게 한 가지 묘안이 떠올랐다. 피터는 존의 머리에서 모자를 낚아채더니 밑바닥을 뜯어낸 다음 지붕 위에 올려놓았다. 작은 집은 그렇게 근사한 굴뚝을 갖게 되어 무척 기뻤고, 그래서 '고마워요'라고 말하듯 곧바로 모자 밖으로 연기를 피워 올렸다.

이제 정말로, 진짜로 집이 완성된 것이다. 딱 하나, 노크를 하는 일만 남았다.

"다들 제일 멋진 모습을 보여줘야 해." 피터가 소년들에게 경고했다. "첫인상은 말도 못 하게 중요하거든."

피터는 아무도 첫인상이 뭐냐고 묻지 않는 데 마음이 놓였다. 소년들은 멋지게 보이려고 애쓰느라 그럴 정신이 없었다.

피터가 공손히 문을 두드렸다. 이제 숲은 소년들만큼 조용해서, 나뭇가지에 앉아 이 광경을 대놓고 비웃는 팅커 벨 말고는 찍소리도 내지 않았다.

소년들은 궁금했다. 노크 소리를 듣고 문을 열어주는 사람이 과연 있을까? 만약 숙녀가 문을 열어준다면 어떤 모습으로 나타날까?

문이 열리더니 숙녀가 나타났다. 웬디였다. 소년들은 황급히 모자를 벗었다.

웬디는 적당히 놀라는 모습을 보였고, 그것이야말로 소년들이 그동안 고대하던 모습이었다.

"여기가 어디죠?" 웬디가 말했다.

가장 먼저 나선 건, 당연하지만 슬라이틀리였다. 그가 얼른 말했다.

"웬디 숙녀님, 이 집은 숙녀님을 위해 지은 거랍니다."

"아, 맘에 든다고 말해주세요." 닙스가 외쳤다.

"예뻐요. 사랑스러운 집이에요." 웬디는 그들이 그동안 듣기를 간절히 바랐던 바로 그 말을 해주었다.

"우린 당신의 아이들이에요." 쌍둥이가 외쳤다.

그러자 모두 무릎을 꿇고 두 팔을 위로 들며 외쳤다.

"오, 웬디 숙녀님, 우리 엄마가 되어주세요."

"내가?" 웬디가 환한 표정으로 말했다. "그러면 정말 너무나 멋지겠지만, 알다시피 난 그냥 어린 여자애인걸. 엄마를 해본 적이 없어."

"그건 중요하지 않아." 피터가 말했다. 그런 문제라면 자기만 알고 있다는 투였다. 그러나 정작 소년들 가운데 피터가 가장 무지했다.

"우리에게 필요한 건 다정한 엄마 같은 사람이니까."

"어머, 정말?" 웬디가 말했다. "그렇다면 나야말로 딱이라는 생각이 드는데?"

"그래요, 그래요!" 모두가 외쳤다. "우리는 보자마자 딱 알았어요."

"잘됐네." 웬디가 말했다. "최선을 다할게. 얼른 집으로 들어가렴, 장난꾸러기들아. 발이 다 젖어 있겠지? 안 봐도 엄마는 다 알아. 자기 전에 시간 맞춰서 신데렐라 뒷이야기를 들려줄게."

소년들은 집으로 들어갔다. 그렇게 작은 집에 그 애들이 어떻게 다 들어갈 수 있는지 나로선 알 수 없지만, 네버랜드라면 비좁은 공간을 비집고 들어갈 수도 있다. 그렇게 소년들이 웬디와 함께 즐거운 저녁을 보내는 날들이 시작되었다. 곧 얼마 뒤부터 웬디는 아이들을 나무 아래 집의 커다란 침대에 재우고, 자기는 작은 집에서 혼자 잠을 잤다. 그들이 자는 동안 피터는 밖에서 단검을 빼든 채 망을 보았다. 멀리서 해적들이 진탕 마시고 떠들어대고 늑대들이 먹이를 찾아 어슬렁거리는 소리가 들렸기 때문이다. 어둠 속에서도 작은 집은 참으로 아늑하고 안전해 보였다. 창문은 블라인드 사이로 환한 빛을 내뿜고 굴뚝에선 예쁜 연기가 피어오르고 피터가 지키고 서 있으니 말이다. 하지만 얼마 지나지 않아 피터도 잠이 들었고, 그 바람에 술잔치를 끝내고 비틀대며 집으로 가던 요정들 몇몇은 피터를 타 넘고 지나가야만 했다. 다른 소년들이 그랬다면 큰코다쳤겠지만, 요정들은 피터라서 코를 살짝 비틀기만 하고 그냥 지나갔다.

땅속 집

다음 날이 되자 피터는 제일 먼저 웬디와 존과 마이클의 치수를 쟀다. 그들에게 맞는 나무 구멍을 찾기 위해서였다. 다들 기억하고 있겠지? 후크가 아이들이 각자에게 마련된 나무 구멍으로 땅속 집을 드나드는 것을 비웃으며 하던 말을? 하지만 그건 후크가 몰라서 하는 소리였다. 나무가 몸에 딱 맞아야 오르내리는 게 수월한데, 서로 치수가 똑같은 아이는 하나도 없기 때문이다. 나무 구멍에 몸이 딱 맞으면 나무 꼭대기에서 숨을 들이마신 다음 알맞은 속도로 미끄러져 내려갈 수 있다. 밑에서 올라갈 때는, 숨을 들이마시고 내쉬기를 반복하면서 몸을 비집고 올라갈 수 있다. 당연하지만 요령을 터득하면 이런 절차를 생각할 필요도 없이 오르내릴 수 있게 된다. 그 경지에 이르면 정말 근사해 보인다.

단, 그런 경지는 몸이 구멍에 꼭 맞을 때만 가능하며, 그런 이유로 피터는 마치 옷 한 벌을 맞출 때처럼 신중하게 치수를 재는 것이다. 다른 점이 있다면, 옷을 만들 때는 몸에 옷을 맞추지만 이 경우는 나무 구멍에 몸을 맞춰야 한다는 것뿐이다. 꼭 맞지 않더라도 간단히 해결할 수 있는데, 옷을 아주 많이 껴입거나 거의 다 벗으면 된다. 몸에 엉뚱하게 튀어나온 부위가 있거나 집으로 통하는 나무의 모양이 이상할 경우에는 피터가 나서서 해결하면 된다. 일단 몸이 맞으면, 처음 잰 치수대로 몸을 유지하도록 엄청나게 노력해야 하는데, 나중에 이 사실을 알게 된 웬디는 가족 모두가 건강을 유지할 수 있다는 생각에 기뻐했다.

웬디와 마이클은 자신에게 정해진 나무 구멍을 바로 통과했지만, 존은 편법을 써야 했다.

며칠간 연습한 뒤에 그들은 우물의 두레박처럼 가뿐하게 땅속 집을 오르내릴 수 있게 되었다. 아, 아이들이 땅속 집을 얼마나 사랑하게 됐는지 말도 못 한다. 웬디의 사랑은 유별났다. 땅속 집은 커다란 방 하나뿐이었는데, 사실 세상 모든 집이 다 이래야 한다. 이 집에선 낚시를 하고 싶으면 바닥을 파기만 하면 됐다. 바닥에는 또 억세고 알록달록 예쁜 빛깔 버섯들이 자라고 있어서 의자로 활용했다. 방 한가운데는 '네버'라는 나무가 자랐는데 아침마다 바닥 면에 맞춰 밑동을 잘랐다. 차를 마실 시간이 되면 나무는 오륙십 센티미터까지 자라 있었고, 그러면 그들은 문짝을 그 위에 놓아 테이블처럼 썼다. 차를 다 마시고 테이블을 치운 후 다시 밑동을 톱으로 잘라내면 노는 공간이 더 많이 생겼다. 벽난로는 정말 어마어마하게 커서 방 어디에서나 불을 피울 수 있었고, 웬디는 그 위를 가로질러 헝겊으로 만든 끈을 걸고 빨래를 널었다. 침대는 낮에는 벽에 세워 뒀다가 저녁 6시 30분에 끌어내렸는데, 크기가 방의 절반 가까이 차지했기 때문이다. 그 위에서 마이클을 뺀 아이들 모두가 통조림 속 정어리처럼 켜켜이 껴서 잤다. 그래서 돌아누울 때 반드시 지켜야 할 원칙이 있었는데 한 명이 신호를 보낼 때 다 함께 돌아누워야 한다는 것이었다. 마이클도 이 침대에서 같이 자야 옳았지만, 웬디가 무슨 일이 있어도 아기가 있어야 한다고 고집을 피웠으니 여자들은 알다가도 모를 존재라니깐. 아무튼 요점만 말하면 그런 이유로 마이클은 바구니 요람에 들어가 자야 했다.

네버랜드의 삶은 거칠고도 단순해서, 아기 곰들이 땅속에 만든 굴에서 사는 것과 환경이 똑같았다. 한 가지 다른 점은 벽에 움푹 들어간 구멍으로, 새장 크기만 한 이 공간은 팅커 벨이 혼자 사는 거처였다. 앙증맞은 커튼을 치면 큰 방과 완전히 차단되었고, 성격이 이만저만 가탈스럽지 않은 팅크는 옷을 갈아입을 때 반드시 커튼을 쳤다. 그리고 세상 어떤

여자에게도 없을 예쁜 내실과 침실을 갖추었다. 팅크가 소파
라 부르는 곤봉 모양의 다리가 달린 가구는 꿈을 지배하는
요정 퀸 마브가 실제로 썼던 것이었고, 침대보는 제철 과일
의 꽃잎으로 만들어 매번 바꿔 깔았다. 거울은 『장화 신은 고
양이』에 등장하는 제품으로, 요정 상인들 사이선 이제 깨
지거나 흠집 없는 건 딱 세 개만 남아 있다는 말이 돌았다. 파
이 껍질로 만든 팅크의 세면대는 뒤집어서 사용할 수도 있었
고, 서랍장은 샤르망 6세 시대의 진품이며 카펫은 마저리와
로빈 시대 초창기의 최고급품이었다. 티들리윙크스 샹들리
에도 있었지만 보기 좋으라고 달았을 뿐 팅크는 스스로 뿜어
내는 빛으로 방을 밝혔다. 그러니 팅크가 땅속 집의 나머지,
즉 아이들이 사는 방을 대단히 깔봐도 그럴 만하다는 생각이
든다. 하지만 팅크의 방은 아름다울진 몰라도 잘난 척하는
분위기가 배어 있었고 오만하기가 하늘을 찌를 것 같았다.

　내 생각이지만 웬디에겐 그게 그리 좋아 보였던 모양이
다. 하긴 천둥벌거숭이들 때문에 할 일이 태산이었으니 무리
도 아니다. 웬디는 저녁에 양말을 널 때를 빼고는 몇 주 내내
땅속에서만 지낼 때도 있었다. 그뿐인가, 밥을 짓느라 내내
솥을 들여다봐야 했다. 그들은 주로 구운 빵, 과일, 고구마,
코코넛, 구운 돼지고기, 마메이 열매, 타파롤, 바나나와 호리
병박에 담은 포포 음료를 곁들여 먹었다. 그런데 솥이 텅 비

어 있을 때조차, 아니, 솥이 없을 때조차 음식을 데울 때와 똑같이 들여다보고 있어야 했다. 진짜 음식을 먹게 될지, 아니면 그런 연극을 하게 될지 미리 예상 가능했던 적은 한 번도 없었다. 언제나 피터의 변덕에 따라 달라졌다. 피터는 놀이의 일환이라면 진짜로 먹어도 괜찮지만 단지 포만감을 위해 배부르게 먹는 건 있을 수 없는 일이라고 생각했다. 정작 아이들은 배불리 먹는 것을 제일 좋아했고, 그다음으로는 배불리 먹는 것에 대해 이야기하는 걸 좋아하는데 말이다. 피터에겐 그러는 척하는 놀이가 실제 상황과 똑같았고, 식사 시간에 피터를 볼 기회가 생긴다면 그의 배가 진짜로 볼록해지는 것을 볼 수 있을 것이다. 그건 당연히 맥빠지는 일이지만, 그가 하라는 대로 무조건 따라야만 했고 나무 구멍에 맞던 몸이 헐거워질 정도로 살이 빠졌음을 입증해야 그때 비로소 배불리 먹을 수 있었다.

웬디가 가장 좋아하는 시간은 아이들이 모두 잠든 후 바느질하고 수놓는 때였다. 웬디 말에 따르면 그 시간이 되어야 비로소 숨을 돌릴 시간이 나기 때문이었다. 이 시간에 웬디는 아이들의 새 옷을 만들었는데 무릎에는 천을 두 겹으로 덧댔다. 애들이 무릎이 성할 날이 없을 정도로 심하게 놀기 때문이었다.

뒤꿈치에 구멍 난 양말이 한가득 담긴 바구니 앞에 앉으면 웬디는 두 팔을 앞으로 내뿌리며 소리쳤다.

"맙소사, 가끔 드는 생각이지만, 혼자 사는 여자들은 얼마나 좋을까!"

입으론 이렇게 외치면서도 웬디의 입가엔 환한 미소가 감돌았다.

웬디가 사랑하는 늑대를 기억하는지? 늑대는 웬디가 섬에 오자마자 바로 알아차리고는 찾아왔고, 둘은 서로를 보자마자 얼싸안았다. 그런 후 늑대는 웬디가 가는 어디나 따라다녔다.

그런데 날이 갈수록 웬디가 떠나온 사랑하는 아빠 엄마 생각을 많이 하지는 않았느냐고? 어려운 질문이군. 네버랜드에서 시간이 흐르는 방식을 여러분에게 어떻게 설명한다? 네버랜드에선 달과 해를 가지고 시간을 계산하는데 그 수가 본토보다 훨씬 더 많다. 그리고 이렇게 말하려니 유감이지만 웬디는 부모님에 대해선 별달리 걱정하지 않았다. 엄마 아빠는 그들이 다시 돌아올 수 있도록 늘 창문을 활짝 열어두고 있을 거라 굳게 믿었고, 그래서 마음을 푹 놓았다. 그래도 존이 엄마 아빠를 잘 기억하지 못하고 언젠가 만났던 사람으로 여기는 것을 보며 가끔 심란해지긴 했다. 마이클은 숫제 웬디가 엄마라고 철석같이 믿고 있었다. 이런 상황이 얼마간 두려워진 웬디는 도리를 다해야 한다는 고귀한 발상 끝에 쪽지 시험을 쳐서 아이들의 마음속에 옛 기억을 심고자 했다. 쪽지시험은 웬디가 학교를 다닐 때 봤던 시험과 비슷했다. 다른 소년들은 이게 되게 재미있다고 생각해서 자기들도 끼워달라고 졸랐고, 알아서 석판을 준비해 테이블에 둘러앉았으며 웬디가 또 다른 석판에 적어서 돌린 시험 문제를 받아적으며 답을 찾으려고 열심히 고민했다. 웬디가 낸 문제는 아주아주 평범했다.

> 엄마의 눈 색깔은 무엇이었나요? 엄마와 아빠 중 누구 키가 더 컸나요? 엄마의 머리는 금발이었나요, 갈색이었나요?
>
> 가능하면 세 문제 모두 답하세요.

> '지난번 휴가' 또는 '아빠와 엄마의 성격 비교' 중 주제 하나를 골라 40자 이상의 글을 써보세요.

> (1) 엄마가 어떻게 웃었는지를 자세히 쓰세요.
> (2) 아빠가 어떻게 웃었는지를 자세히 쓰세요.
> (3) 엄마가 파티 때 입었던 옷에 대해 자세히 쓰세요.
> (4) 개집과 그 집에 살던 개에 대해 자세히 쓰세요.

이렇게 일상생활에 관한 단순한 질문들이었고, 답을 모르면 × 표시를 하게 했다. 존의 답안지엔 × 자가 등골이 서늘해질 정도로 많았다. 말할 필요도 없지만 모든 문제에 답을 단 소년은 슬라이틀리 한 명뿐이었다. 그래서 1등을 할 거라는 희망도 1등으로 생겼지만, 답이 하나같이 황당해서 실은 꼴찌를 기록하고 말았으니, 가슴 아프구나.

피터는 시험을 보지 않았다. 한편으론 웬디를 뺀 세상 모든 엄마를 경멸하기 때문이었고, 또 한편으론 네버랜드에서 피터만 글을 익히지 못해서였다. 피터는 그런 문제는 초월해 있었다.

문제는 과거시제로 이루어져 있었다. "엄마의 눈 색깔은 무엇이었나요?"처럼. 웬디도 기억이 희미해지고 있었던 것이다.

모험은? 아, 이제 알게 되겠지만, 모험은 하루가 멀다 하고 일어났다. 예전과 다른 건 피터가 웬디의 도움을 받아서 새로운 놀이를 발명했다는 점이다. 피터는 이 게임에 더없이 열을 올렸지만 예전에 내가 말했듯이 이번에도 어느 순간 갑자기 씻은 듯이 무관심해졌다. 그가 발명한 놀이 가운데 '모험을 하지 않는 척하기'가 있었는데 존과 마이클이 예전에 놀던 방식을 따라 하는 것이었다. 그래서 의자에 앉아 공 던지기, 서로 떠밀기, 산책하러 나가서도 곰 한 마리 사냥하는 일 없이 그냥 돌아오기를 했다. 의자에 앉아 아무것도 하지 않는 피터는 진짜 볼만했다. 이 놀이를 할 때면 피터는 엄숙해 보이려고 용을 썼다. 그에게 가만히 앉아 있기만 하는 건 너무도 웃기는 일이었기 때문이다. 그러면서 모험이 아니라 건강을 위해 산책에 나섰다고 뻐기기도 했다. 해가 몇 번 뜨는 동안은 이렇게 노는 것이 어떤 모험보다도 참신하게 느껴졌다. 이때는 존과 마이클도 즐거워하는 척해야 했다. 안 그러면 피터가 가만두지 않았다.

피터는 혼자서 집을 나설 때가 많았고, 돌아와서도 모험을 했는지 아닌지 말해주지 않는 경우가 있었다. 다 까먹은 건지 아무 말도 하지 않는데 밖에 나가보면 시체가 뒹굴고 있을 때도 많았다. 반대로 피터는 한참 떠들어대는데 정작 시체가 보이지 않을 때도 많았다. 머리에 붕대를 감고 돌아올 적도 가끔 있었고, 그러면 웬디는 엄마처럼 달래주며 미지근한 물로 상처를 닦아주었다. 그러는 동안 피터가 들려주는 이야기는 놀랄 만한 내용이었지만, 웬디는 곧이곧대로 믿을 수가 없었다. 그래도 진짜 일어난 모험담도 꽤 많았다. 웬디가 함께 겪은 것들이어서 믿을 수 있었다. 그렇지 않더라도 그럭저럭 믿어줄 만한 모험담도 있었는데 다른 소년들이 함께한 후에 전부 다 사실이라고 말해줬기 때문이다. 그 이야기들을 일일이 다 적으면 영어–라틴어 사전이나 라틴어–

영어 사전만큼 두꺼운 책 한 권은 나올 것이다. 지금 제일 좋은 방법은 섬에서 흔하게 일어나는 평범한 사례를 하나 골라 이야기하는 것이다. 그래도 딱 하나만 고르려니 난감하군. '슬라이틀리 협곡'에서 벌어진 네이티브 아메리칸과의 혈투를 이야기할까? 피비린내 나는 일화로, 피터의 기묘한 습성을 보여준다는 점에서 특히 흥미로웠다. 피터는 전투가 한창일 때 갑자기 편을 바꾸곤 했다. 협곡에서 승패를 가를 수 없을 정도로 막상막하일 때 피터가 갑자기 큰소리로 외쳤다.

"난 오늘 네이티브 아메리칸이다. 너는 뭐지, 투틀스?"

그러면 투틀스가 대답했다.

"나도 네이티브 아메리칸이다. 너는 뭐냐, 닙스?"

그러면 닙스가 말했다.

"나도 네이티브 아메리칸이다. 너는 뭐냐, 쌍둥이?"

이런 식이었고, 그렇게 모두 네이티브 아메리칸이 되었다. 진짜 네이티브 아메리칸들이 보기에도 재미있어 보인 나머지 이번 싸움에서만 자기들이 집 잃은 소년들이 되겠다고 제안하지 않았다면 싸움은 그대로 끝났을 것이다. 그렇게 싸움은 재개되었고, 전보다 훨씬 더 치열해졌다.

그러니까 이 모험의 결론은, 실은 이 경우도 앞으로 이야기할 모험에 껴줘야 할지 말지 아직 결정을 내리지 못했다는 것이다. 아무래도 네이티브 아메리칸 전사들이 야밤에 땅속 집을 습격한 사건이 더 좋은 예가 될 것 같다. 네이티브 아메리칸 전사 몇 명이 나무 구멍에 몸이 끼는 바람에 그들을 코르크마개 뽑듯이 뽑아낸 적이 있었거든. 아니면 피터가 '인어의 석호'에서 타이거 릴리의 목숨을 구하면서 타이거 릴리를 자기 편으로 만든 사건은 어떨까.

아니면 해적들이 소년들에게 먹여 전멸시키려고 만든 케이크 사건은 어떨까. 해적들은 교묘하게도 소년들이 딱 걸려들 만한 곳곳에 케이크를 놔두었지만, 웬디가 적시에 소년들의 손에서 케이크를 낚아챘다. 케이크는 시간이 지나면서 시럽이 굳어 돌덩이처럼 딱딱해졌고 소년들은 이것을 미사일로 활용했다. 후크가 깜깜한 밤에 길을 가다 거기 걸려 넘어지기도 했다.

이것도 아니면 피터의 친구였던 새들 이야기도 있다. 그중에 호수 위에 드리운 나무에 둥지를 튼 '네버'새 이야기는 어떨까. 그 둥지가 어쩌다 물에 빠지고 말았는지, 그런데도 어미 새가 어떻게 알을 품고 있었는지. 피터는 누구도 어미 새를 괴롭혀선 안 된다고 명령했다. 이것은 아름다운 일화이고, 결말에 이르면 어미 새는 피터에게 진심으로 고마워한다. 하지만 이 이야기를 하려면 석호에 관한 모험담을 죄다 꺼내놓아야 한다. 그러려면 이야기를 하나만 하는 게 아니라 두 개를 해야 한다. 그중 짧은 일화 쪽이 꽤 실감 나는데, 다름 아닌 팅커 벨의 이야기다. 팅커 벨은 거리의 요정 몇몇의 도움을 받아서 잠든 웬디를 거대한 나뭇잎에 띄워 본토로 보낼 계획을 세웠다. 다행히 웬디는 나뭇잎이 뒤집히는 바람에 잠에서 깼고, 목욕할 시간이었다고 생각하곤 그냥 헤엄쳐 땅속 집으로 돌아갔다. 이 이야기도 별로라면 피터가 사자와 맞선 일화는 어떨지. 당시 피터는 화살로 주변 땅바닥에 원을 그린 다음 사자들에게 원을 넘어와 보라며 큰소리쳤다. 소년들과 웬디가 나무에 매달려 숨죽이며 지켜보는 가운데 피터는 몇 시간이고 기다렸지만, 어떤 사자도 감히 원을 넘지 못했다.

이 중에 어떤 모험을 골라야 하나? 아무래도 동전을 던져 결정하는 게 좋겠다.

던졌다. 음, 석호 이야기가 뽑혔구나. 협곡의 전투나 케이크 사건, 팅크의 나뭇잎 사건이 뽑히길 바란 친구도 있을 것이다. 까짓것 동전을 한 번 더 던져서 세 개 중에 하나를 골라도 되겠지만, 공정하게 석호 이야기를 하는 게 좋겠다.

인어의 석호

눈을 꼭 감기를. 운이 좋으면, 어둠 속에서 형태를 알 수 없으면서도 옅고 아름다운 색이 넓게 펼쳐진 해만을 떠올릴 수 있을 것이다. 아까보다 눈을 더 질끈 감으면 그 잔잔한 바다가 모양을 취하면서 색깔도 더 밝아질 것이다. 또 한번 눈을 질끈 감으면 그 색이 불타오르는 것을 보게 될 것이다. 하지만 정말로 불타오르기 직전에 석호가 보일 것이다. 본토에 있는 우리가 석호에 최대한 가까이 갈 수 있는 건 여기까지고, 천국에 온 것 같은 이 기분도 한순간에 지나지 않는다. 한순간만 더 주어진다면 파도 소리와 함께 인어들의 노래도 들을 수 있을 텐데.

아이들은 기나긴 여름을 이 석호에서 수영도 하고 둥둥 떠 있기도 하고 물속에서 인어들과 놀이도 하면서 지냈다. 여기까지 듣고 혹여 인어들이 아이들과 친하다고 생각해선 큰코 다친다. 실은 정반대여서, 웬디는 네버랜드에서 지내면서 인어들이 단 한 번도 살갑게 말을 걸어 주지 않은 것이 두고두고 한스러웠다. 석호 가장자리까지 살금살금 다가갔을 때였다. '섬에 버려진 자들의 바위'에 앉아 일광욕을 즐기는 인어를 스무 명 정도 본 것 같았는데, 어찌나 게으르게 머리를 빗던지 보고 있던 웬디가 짜증이 날 정도였다. 웬디는 헤엄을 쳐서 가까이 다가갔다. 헤엄쳤다기엔 발끝으로 걸어갔다고 해야 옳겠지만 아무튼, 그렇게 인어들과 1미터 좀 못 되게 가까워졌을 때 눈치를 챈 인어들은 바다로 뛰어들었다. 그러면서 꼬리로 물을 쳐서 웬디에게 물벼락을 날렸는데 실수가 아니라 고의였다.

인어들은 소년들에게도 똑같이 대했다. 물론 피터는 예외였다. 피터는 '섬에 버려진 자들의 바위'에서 인어들과 몇 시간이고 수다를 떨었고, 인어들이 건방지게 굴면 꼬리를 깔고 앉았다. 피터는 웬디에게 인어들이 쓰는 빗을 하나 주었다.

인어가 잊을 수 없을 만큼 아름다워 보이는 시간은 달이 뜰 무렵이었다. 달이 뜰 때면 인어들은 묘한 여운이 남는 울음소리를 냈다. 그렇지만 그 시간대의 석호는 인간들에겐 위험했다. 그리고 우리가 이제부터 이야기하려는 날의 저녁까지 웬디는 달빛 아래 석호는 한 번도 본 적이 없었다. 당연히 피터가 함께 가줬을 테니 무서워서는 아니었다. 그보다는 웬디가 저녁 7시엔 무조건 잠자리에 들어야 한다는 규칙을 철저히 지켰기 때문이다. 그래도 비가 내린 후 맑게 갠 날이면 자주 석호를 찾았다. 그런 날은 정말 많은 인어들이 몰려와 물방울놀이를 했다. 인어들은 무지개 물로 만든 알록달록한 물방울들을 공처럼 꼬리로 튕기며 신나게 놀았고, 물방울이 터지기 전에 무지개 밑으로 넣으려 했다. 골문은 무지개의 양쪽 끝에 있었고, 골키퍼만 손을 쓸 수 있었다. 어떤 날은 석호에서 열 번 넘도록 몰아서 경기를 하기도 했는데 무척 예쁜 광경이 펼쳐졌다.

그럴 때 아이들은 껴보려 했지만 결국엔 자기들끼리 놀 수 밖에 없었다. 껴드는 순간 인어들이 바로 사라져버렸기 때문이다. 그렇지만 인어들이 이 침입자들을 몰래 지켜보는 데다 그들이 노는 것을 보며 새로운 아이디어를 얻는다는 증거가 있다. 존이 물방울을 칠 때 손을 쓰면 안 되니까 머리로 들이받는 방식을 도입했는데 인어들도 따라한 것이다. 이 방식은 존이 네버랜드에 남긴 하나의 유산이기도 하다.

아이들이 점심을 먹은 후 바위에 앉아 반 시간 정도 쉬는 모습 또한 참으로 정겨웠다. 웬디는 잊지 않고 이렇게 아이들을 쉬게 했는데 점심 식사가 역할극이었을 때도 쉬는 것만큼은 진짜였다. 그래서 아이들이 햇빛 속에서 반짝이는 몸을 뉘인 가운데, 웬디는 믿음직스러운 모습으로 그들 곁을 지켰다.

그날도 아이들은 모두 '섬에 버려진 자들의 바위'에 누워 있었다. 바위는 땅속 집의 거대한 침대처럼 널찍하진 않았지만 다들 자리를 많이 차지하지 않는 법을 알고 있었기 때문에 얕은 잠을 자거나 눈이라도 감고 누워 있었고, 웬디가 딴눈을 판다는 생각이 들면 이따금 서로를 꼬집기도 했다. 웬디는 바느질을 하느라 정신이 없었다.

웬디가 바느질을 하는 동안 석호의 풍경이 변하기 시작했다. 잔물결이 훑고 지나가더니 해가 모습을 감추었고 그림자가 물 위로 드리우며 공기가 싸늘해졌다. 문득 바늘에 꿸 실이 보이지 않아 고개를 든 웬디는 지금까지 웃음소리가 끊이지 않았던 석호가 어쩐지 무섭고 야멸치게 느껴졌다.

아직 밤이 되기 전이라는 건 알았지만, 밤처럼 어두운 무언가 다가와 있었다. 아니, 그보다 더 나빴다. 그것은 아직 오지 않았지만 바다로 잔물결을 일게 해 자기가 오고 있음을 예고한 것이다. 도대체 뭐지?

섬에 버려진 자들의 바위에 대해 들었던 이야기가 밀려들 듯 기억이 났다. 섬에 버려진 자들의 바위란 악독한 선장들이 저버린 선원들이 이 바위에 있다가 물에 빠져 죽으면서 생긴 이름이었다. 밀물 때면 바위가 물에 잠기기 때문에 죽은 것이다.

두말하면 잔소리지만 웬디는 그 즉시 소년들을 깨웠어야 했다. 알 수 없는 뭔가가 암암리에 그들에게 다가와서만이 아니라 차가워진 바위에서 자는 게 건강에 좋을 리 없으니 말이다. 하지만 웬디는 엄마였어도 이런 사실까지 헤아리기엔 너무 어렸다. 점심을 먹으면 무조건 반 시간 쉬는 원칙을 지킨다는 생각만 했고, 무서워서 남자 목소리를 듣고 싶은 마음이 간절해도 잠을 깨우지 않았던 것이다. 심지어 희미하게 노 젓는 소리가 들리고 심장이 입 밖으로 튀어나올 정도로 떨리는데도 깨우지 않았다. 그들이 다 잘 때까지 곁에 서 있었다. 이토록 당찬 소녀가 다 있을까?

소년들에겐 천만다행으로, 자는 동안에도 위험의 냄새를 맡을 수 있는 소년이 하나 있었다. 피터가 자다 깬 개처럼 벌떡 일어서더니 경고의 함성으로 나머지를 모두 깨웠다.

그는 미동도 없이 선 채 한 손을 귀에 가져다 댔다.

"해적이다!" 피터가 외치자 아이들이 그의 곁으로 모여들었다. 그 순간 피터의 얼굴에 생경한 미소가 떠올랐는데 웬디는 그 표정을 보고 몸서리를 쳤다. 피터가 그런 미소를 지으면 누구도 말을 걸 엄두를 내지 못하고 그의 명령에 따를 태세에 들어갔다. 명령을 내리는 목소리는 격렬하고 날카로웠다.

"물에 뛰어들어!"

다리들이 희끄무레하게 보이나 싶더니 다음 순간, 석호엔 아무도 없었다. 섬에 버려진 자들의 바위도 섬에 버려진 듯, 으스스한 바다에 동그마니 홀로 떠 있었다.

배가 가까이 다가왔다. 해적이 타고 다니는 작은 배엔 지금 세 명이 타고 있었는데, 스미, 스타키에 이어서 세 번째는 포로였으니, 다름 아닌 타이거 릴리였다. 타이거 릴리는 두 손과 발목이 묶여 있었고 자신의 운명을 예감하고 있었다. 바위에 버려져 죽을 것이고, 그것은 그의 부족에겐 불에 타 죽거나 고문으로 죽는 것보다 더 끔찍한 죽음이었다. 부족의 서에도 적혀 있지 않은가, 물의 길에는 네이티브 아메리칸 전사를 위한 행복한 사냥터가 없다고. 하지만 타이거 릴리의 표정엔 아무런 감정도 담겨 있지 않았다. 추장의 딸로 태어났으니 추장의 딸답게 죽는 것이 도리였다. 그 외엔 더 바랄 것도 없었다.

타이거 릴리는 칼을 입에 문 채 해적선에 오르다 붙잡혔다. 당시 배에서 망을 보는 해적은 한 명도 없었는데 후크가 자신의 명성이면 반경 2킬로미터 안에선 안전하다고 큰소리쳤기 때문이다. 이제 타이거 릴리의 운명이 그 명성을 더 높이게 될 것이고, 또 한 번의 울음소리가 밤바람을 타고 울려 퍼질 것이다.

두 해적은 저들이 몰고 온 어둠에 갇혀 있었고, 바위를 알아본 건 배가 부딪고 난 후였다.

"뱃머리를 바람 부는 쪽으로 돌려, 미련곰퉁이야."

아일랜드 억양으로 외친 해적은 스미였다.

"여기 바위가 있잖아. 자, 이제 우리가 할 일은 저 네이티브 아메리칸을 바위에 묶는 거야. 그럼 알아서 물에 빠져 죽을 거야."

아름다운 소녀를 바위에 내려놓는 잔인한 순간이었지만, 타이거 릴리는 자존심이 대단해서 헛된 저항은 하지 않았다.

바위와 꽤 가까우나 눈에는 보이지 않는 곳에 머리 두 개가 오르락내리락하고 있었다. 피터와 웬디의 머리였다. 웬디는 태어나 처음 보는 비극적인 광경 앞에서 울고 있었다. 피터는 이런 비극을 한두 번 본 게 아니었지만 죄다 까먹은 뒤였다. 그런데다 그는 웬디만큼 타이거 릴리를 딱하게 생각하지 않았다. 다만 두 사람이 한 사람을 해치려 한다는 사실에 화가 났고 그래서 그를 구할 생각이었다. 해적들이 떠날 때까지 기다리면 편하겠지만 피터가 편한 쪽을 택할 리 만무했다.

못하는 게 없는 피터는 이제 후크의 목소리를 흉내 냈다.

"이봐, 거기, 미련곰퉁이들!" 피터가 외쳤다. 절로 감탄이 날 만큼 후크와 똑같았다.

"선장님!" 두 해적은 그렇게 말하곤 놀라서 서로의 얼굴을 쳐다보았다.

"지금 우리 쪽으로 헤엄쳐 오고 계시는 거야!" 스타키가 말했고, 둘 다 두리번거리며 선장을 찾았지만 어디에도 보이지 않았다.

"지금 네이티브 아메리칸을 바위에 내려놓는 중이었어요." 스미가 외쳤다.

"걜 놔줘." 어안이 벙벙해질 만한 대답이었다.

"놔주라고요?"

"그래, 묶은 줄을 끊고 놔줘."

"아니, 선장님……."

"당장, 내 말대로 해!" 피터가 외쳤다. "안 그러면 갈고리로 쑤셔줄 테다."

"이거 이상한데!" 스미가 숨을 헐떡이며 말했다.

"선장 명령대로 하는 게 좋겠어." 스타키가 불안해하며 말했다.

"알겠습니다." 스미는 대답하며 타이거 릴리를 묶은 줄을 끊었다. 그 즉시 타이거 릴리는 한 마리 뱀장어처럼 스타키의 다리 사이를 미끄러지듯 빠져나가 물속으로 사라졌다.

당연하지만 웬디는 영리한 피터 덕에 의기양양해졌다. 하지만 이내 피터도 자기처럼 의기양양해 꼬끼오 소리를 내서 들통날 거란 예감에 얼른 손을 뻗어 피터의 입을 막으려 했다. 하지만 손을 뻗다 그대로 멈추고 말았으니 "거기 배!"라고 외치는 후크의 목소리가 석호를 가로질러 들려왔기 때문이다. 이번엔 피터가 말한 게 아니었다.

막 닭 울음소리를 내려던 피터는 깜짝 놀라는 바람에 바람이 새는 소리를 내며 얼굴이 구겨졌다.

"거기 배!" 다시금 후크의 목소리가 들려왔다.

그제야 웬디는 이해했다. 진짜 후크도 물속에 있었다.

후크는 배를 향해 헤엄쳐 오고 있었고, 부하들이 등불을 밝혀준 덕에 방향을 찾아 곧장 배까지 왔다. 불빛 속에서 웬디는 후크의 갈고리가 뱃전에 걸리는 것을 보았다. 물을 뚝뚝 흘리며 몸을 일으키는 후크의 사악하고 가무잡잡한 얼굴을 본 웬디는 와들와들 떨며 헤엄쳐 도망치고 싶었지만, 피터는 조금도 움직일 줄을 몰랐다. 좀이 쑤셔 온몸이 근질근질한 것 같았고, 스스로 대견해 어쩔 줄을 몰라 하는 것 같았다.

"나 끝내주지 않아? 와, 난 정말 끝내 줘!" 피터가 웬디에게 속삭였다. 웬디도 그렇게 생각했지만, 자기만 이 말을 들은 게 그의 명성엔 참 다행이다 싶었다.

피터가 귀 기울여 들으라는 신호를 보냈다.

두 해적은 선장이 여기까지 온 이유가 궁금해 죽을 지경 이었지만, 후크는 갈고리에 머리를 기대고 앉아 깊은 우수에 잠겨 있었다.

"선장님, 뭐 문제 있나요?" 둘이 소심하게 물어도 후크 는 땅이 꺼지도록 신음만 토해냈다.

"선장님이 한숨을 쉬네." 스미가 말했다.

"한숨을 한 번 더 쉬었어." 스타키가 말했다.

"세 번째로 한숨을 쉬었어." 스미가 말했다.

드디어 후크가 열을 내며 말했다.

"게임 끝!" 후크가 외쳤다. "놈들에게 엄마가 생겼어."

두려움에 떨면서도 웬디는 자부심에 가슴이 부풀어 올 랐다.

"재수 옴 붙은 날이다!" 스타키가 외쳤다.

"엄마가 뭐야?" 무식한 스미가 물었다.

웬디는 너무나 놀란 나머지 저도 모르게 버럭 소리를 질 렀다.

"어떻게 모를 수가 있지?"

그 후로 웬디는 해적을 키우게 된다면 스미를 고르겠다 고 생각하게 되었다.

피터가 웬디를 잡아 물속으로 끌어내렸다. 후크가 화들

짝 놀라 벌떡 일어나서 이렇게 소리쳤기 때문이다.

"방금 뭐지?"

"아무 소리도 못 들었는데요." 스타키가 말하며 등불을 들어 물 위를 비추었다. 주변을 살피던 해적들 눈에 이상한 광경이 들어왔다. 전에 여러분에게 한 번 말한 적이 있었지? 석호 위를 떠다니는 새 둥지 말이다. 그 둥지에 '네버'새가 앉아 있었다.

"봐." 후크가 스미의 질문에 답했다. "저게 엄마라는 거야. 대단한 교훈이 되겠는데! 저 둥지는 물에 빠진 게 분명해, 하지만 어미가 자기 알을 버릴 거 같아? 천만에."

이 말을 할 때 후크의 목소리가 갈라졌다. 순진했던 옛날을 떠올린 모양이었다. 하지만 이내 갈고리를 휘둘러 약해진 마음을 다잡았다.

스미는 감동에 겨워 떠내려가는 둥지에 앉은 새를 뚫어져라 쳐다보았지만, 의심 많은 스타키는 이렇게 말했다.

"저 새가 엄마라면 피터를 도와주려고 여기를 얼쩡거리는 건지도 몰라요."

후크가 얼굴을 일그러뜨렸다.

"그래." 후크가 말했다. "날 사로잡는 두려움의 정체도 그거야."

"선장님, 놈들의 엄마를 납치해서 우리 엄마로 삼으면

안 될까요?"

스미가 간절한 목소리로 이렇게 말하자 후크는 침울한 마음을 떨치고 일어섰다.

"거참 대범한 계략이로구나!" 후크가 외쳤다. 그 즉시 그의 뇌 속에서 원대한 계략은 실질적인 모양새를 갖추었다.

"아이들을 잡아 배로 끌고 간다. 그리고 널빤지 사형식으로 해치워버린 후 웬디를 우리의 엄마로 삼는다."

여기서 웬디는 또 한번 이성을 잃고 말았다.

"꿈 깨시지!"

웬디는 소리치고 얼른 물속으로 들어갔다.

"방금 무슨 소리지?"

아무것도 보이지 않았다. 그래서 후크는 나뭇잎이 바람에 날리는 소리였나 보다 생각했다.

"함께할 것인가, 나의 악당들이여!" 후크가 말했다.

"제 손을 걸고 함께하겠습니다." 두 해적 모두 한 마음으로 말했다.

"나는 내 갈고리를 걸지, 맹세하라!"

모두가 맹세했다. 해적들은 바위 위에 있었는데, 그제야 후크는 타이거 릴리를 떠올렸다.

"그 네이티브 아메리칸은 어디에 있지?" 후크가 느닷없이 캐물었다.

후크는 가끔 유쾌한 농담을 했기 때문에 해적들은 이 역시 농담이라고만 생각했다.

"걱정 마세요, 선장님. 풀어주었습니다." 스미가 혼자 뿌듯해선 말했다.

"풀어주다니!" 후크가 외쳤다.

"선장님이 그러라고 명령하셨잖아요." 갑판장이 말을 더듬었다.

"선장님이 저쪽에서 풀어주라고 큰 소리로 외치셨잖아요." 스타키가 말했다.

"무슨 개소리야!" 후크가 호통을 쳤다. "지금 무슨 허튼 수작을 부리는 거야!" 후크는 분노로 얼굴이 새카맣게 탔지만, 그들이 진심으로 하는 말임을 알아차리고 소스라치게 놀랐다.

"야." 후크는 살짝 몸을 떨면서 말했다. "난 그런 명령을 내린 적이 없어."

"일이 해괴하게 돌아가네요?" 스미가 말했다.

다들 마음을 졸이며 안절부절못했다. 후크가 언성을 높였지만, 떨리는 목소리였다.

"오늘 밤 이 어두운 석호를 떠도는 유령아." 후크가 외쳤다. "내 말 들리나?"

두말하면 잔소리지만 이때 피터는 가만히 입을 다물고

있어야 했다. 하지만 우리의 피터가 그럴 리 있나. 그는 곧바로 후크의 목소리를 흉내 내 대답했다.

"역경, 돈, 망치, 비밀결사대(1837년에 출간된 해적 소설 『스날리유, 개의 탈을 쓴 악마Snarleyyow; or, The Dog Fiend』에 등장하는 〈뱃사람의 노래〉 한 구절을 인용한 것으로, 산전수전을 다 겪었다는 뜻으로 짐작된다 – 옮긴이). 잘 들린다."

고비가 절정에 이른 순간에도 후크의 가무잡잡한 얼굴은 조금도 창백해지는 법이 없었지만 스미와 스타키는 겁이 나서 서로 찰싹 들러붙었다.

"누구냐, 낯선 자여? 말해라!" 후크가 명했다.

"난 제임스 후크." 목소리가 대답했다. "졸리 로저호의 선장이다."

"그럴 리 없어, 그럴 리 없어!" 후크가 잔뜩 쉰 목소리로 외쳤다.

"무슨 개소리야." 피터가 기세 좋게 받아쳤다. "다시 한 번 말해보거라, 그럼 네 면상으로 닻을 날려주마."

그러자 후크는 전보다 알랑방귀를 끼며 말했다.

"만약 댁이 후크라면 말입니다." 후크의 목소리는 가히 겸손하기까지 했다. "어디 말씀해주시죠, 그럼 난 누굽니까?"

"한 마리 대구." 목소리가 대답했다. "한 마리 대구에 지나지 않지."

"대구!" 후크는 멍청하게 따라 말했고, 바로 그 순간 이 전까지 자부심 가득했던 기백도 무너지고 말았다. 부하들이 슬슬 뒷걸음질치는 것이 눈에 들어왔다.

"그럼 우린 지금까지 대구를 선장으로 모신 거야?" 스미와 스타키가 투덜거렸다. "우리의 자존심이 이렇게 짓밟히나?"

그들은 지금 주인을 문 개처럼 행동하고 있었지만, 비극의 주연을 맡게 된 후크는 그들은 안중에 없는 것 같았다. 이토록 무시무시한 증거에 맞서기 위해 그에게 필요한 건 부하들의 믿음이 아니라 자신의 믿음이었다. 그는 자신의 자아가 새어나가는 것을 느꼈다.

"내 안의 악당아, 날 버리지 말아다오." 후크는 자아를 향해 쉰 목소리로 속삭였다.

속이 시커먼 후크의 내면에도 한 점 가녀린 감성이 숨어 있었으니, 무릇 위대한 해적들이 알고 보면 다 그러하며, 그 덕에 그도 가끔이나마 육감이라는 것을 발휘했다. 불현듯 그가 알아맞히기 게임을 생각해낸 것도 그래서다.

"후크!" 그가 외쳤다. "너 다른 목소리도 갖고 있나?"

피터는 게임의 유혹에 이긴 적이 없었고, 이번에도 분별 없이 자기의 본 목소리로 대답하고 말았다.

"그렇다."

"그렇다면 또 다른 이름도?"

"그럼, 그럼."

"식물?" 후크가 물었다.

"아니."

"광물?"

"아니."

"동물?"

"그래."

"성인 남자?"

"아니!" 조롱기 가득한 대답이 울려 퍼졌다.

"어린 남자?"

"그래."

"평범한 남자애?"

"아니!"

"멋진 남자애?"

웬디의 속이 타건 말건 이번에 울려 퍼진 대답은 "그래"였다.

"영국에 있나?"

"아니."

"여기에 있나?"

"그래."

후크는 도통 감을 잡을 수가 없었다. "너희가 좀 물어 봐." 부하들에게 떠넘기며 그는 땀이 밴 이마를 훔쳤다.

스미가 고민에 빠졌다.

"아무것도 생각이 안 나요." 그가 애석해하며 말했다.

"못 맞히네, 못 맞혀!" 피터가 닭 울음소리를 냈다. "포기 하는 거야?"

피터는 지나치게 잘난 척을 하느라 게임에 깊숙이 발을 들였고, 사악한 사내들은 그 기회를 노렸다.

"그래, 그래." 해적들이 열심히 대꾸했다.

"흠, 그렇다면." 피터가 외쳤다. "나는 피터 팬이다."

팬!

그 순간 후크는 본연의 모습을 되찾았고, 샘과 스타키도 다시 후크를 믿고 따르는 심복으로 돌아갔다.

"이제 놈은 우리 손아귀에 있다." 후크가 외쳤다. "물로 들어가, 스미. 스타키, 보트를 지켜라. 놈을 잡아 와, 죽여도 되고 산 채로 잡아 와도 돼."

후크가 껑충껑충 뛰어오르며 말했고, 동시에 피터의 쾌 활한 목소리가 들려왔다.

"준비되었나, 소년들?"

"네!" 석호 여기저기에서 대답이 들려왔다.

"그렇다면 해적들에게 뜨거운 맛을 보여주자."

전투는 짧고 강렬했다. 맨 처음 피를 본 건 존이었다. 존은 용감하게 배에 기어 올라가 스타키를 붙잡았다. 둘은 맹렬히 싸웠고, 해적의 손에서 단검이 떨어졌다. 스타키는 몸을 뒤틀어 배 밖으로 몸을 던졌고 존이 뒤따라 물로 뛰어들었다. 배는 두둥실 떠내려갔다.

바다 여기저기에서 머리들이 오르내렸고, 칼날이 번뜩였고 뒤이어 비명이나 환호성이 들렸다. 혼란 속에서 자기편을 공격하기도 했다. 스미의 마개따개가 투틀스의 네 번째 갈비뼈를 찔렀고, 대신 스미는 컬리의 칼에 찔렸다. 한편 바위에서 멀리 떨어진 곳에서는 스타키가 슬라이틀리와 쌍둥이를 짓누르고 있었다.

그러는 내내 피터는 어디 있었을까? 피터는 판이 더 큰 싸움을 찾고 있었다.

소년들 모두 용감했고, 해적 선장에게서 뒷걸음질쳤다고 비난받아선 안 된다. 후크는 물속에서 쇠갈고리 손을 휘둘러 죽음의 소용돌이를 만들어냈고, 소년들은 겁먹은 물고기처럼 달아났다.

하지만 후크를 두려워하지 않는 사람이 한 명 있었다. 그 소용돌이 안으로 들어갈 태세를 갖춘 사람 말이다.

얄궂게도, 둘이 만난 곳은 물속이 아니었다. 후크가 숨을 쉬려고 바위 위로 올라간 것과 동시에 피터도 반대편에서 바위 위로 기어올라왔다. 바위는 공처럼 미끄러워서, 둘은 바위를 타고 오르는 게 아니라 엉금엉금 기어야 했다. 둘다 반대편에서 상대가 올라오는 것을 알지 못하다가, 손으로 더듬어 잡을 만한 것을 찾던 중 그만 서로의 팔을 붙잡았다. 소스라치게 놀란 둘은 고개를 들다가 서로 얼굴이 닿을 뻔했다. 그렇게, 둘은 마주치게 된 것이다.

위대한 영웅 가운데 위기가 닥치기 직전에 기운이 빠지는 것을 느꼈다고 고백하는 이들도 있다. 그 순간 피터도 그런 느낌을 받았다면 나는 인정해주련다. 어쨌든 후크는 시쿡이 유일하게 두려워한 인물 아닌가. 하지만 피터는 기운이 빠지기는커녕 기쁠 뿐이었다. 즐거워서 고 예쁜 이를 뽀드득 갈았다. 그리고 눈 깜짝할 사이에 후크의 허리띠에서 칼을 낚아채선 그를 막 찌르려던 순간, 자기가 적수보다 높은 곳에 있음을 알아차렸다. 그러면 정정당당한 싸움이 아니었다. 피터는 후크에게 올라오라는 뜻에서 손을 내밀었다.

후크가 피터를 깨문 건 바로 그 순간이었다.

피터는 얼떨떨했지만, 아파서가 아니라 반칙을 예기치 못해서였다. 한순간 어찌할 바를 몰랐고, 충격에 잠겨 멍하니 쳐다보기만 했다. 아이들은 처음으로 부당한 취급을 받게 되면 누구나 이런 반응을 보인다. 아이들이 누군가에게 다가갈 때는 마땅히 공정한 대접을 받을 거라고 생각한다. 그런데도 부당한 대우를 받게 되면 훗날 다시 사랑하게 되어도 처음으로 돌아가진 못한다. 누구도 처음 억울하게 당한 일을 완전히 털어버리지 못한다. 피터만 빼고. 피터는 자주 부당한 일을 겪었지만, 늘 잊어버렸다. 이 점이야말로 피터와 다른 사람들의 진정한 차이인 것 같다.

고로 피터는 이번 일도 첫경험으로 받아들였다. 그래서 멍하니, 어찌할 바를 모르고 쳐다보기만 했다. 그러는 가운데 후크의 쇠갈고리 손이 두 번째로 그를 할퀴었다.

몇 초 뒤, 소년들은 후크가 물속에서 미친 듯 허우적거리며 배를 찾는 모습을 보았다. 못된 얼굴은 의기양양함이 사라지고 공포로 하얗게 질려 있었으니, 악어가 집요하게 그를 쫓아왔기 때문이다. 평소였다면 소년들은 그 주위를 헤엄치며 응원했겠지만, 지금은 피터와 웬디를 찾지 못해 불안에 휩싸인 채 둘의 이름을 부르며 석호를 샅샅이 뒤지고 있었다. 해적의 작은 배를 발견해 그걸 타고 가면서 소리 높여 "피터!" "웬디!" 계속 외쳤지만 들려오는 건 인어들의 비웃는 소리뿐이었다.

"피터랑 웬디는 헤엄치거나 날아서 돌아올 거야." 소년들은 그렇게 결론지었다. 피터를 철석같이 믿기에 심각하게 걱정되진 않았다. 잘잘 시간이 한참 지난 걸 알자 어린아이들이 그렇듯 그들도 낄낄거렸다. 이게 다 엄마 웬디 잘못

이야!

소년들의 목소리가 사라지자 석호에는 싸늘한 침묵이
깔렸고, 잠시 후 희미한 외침이 들렸다.

"도와줘, 도와줘!"

작은 형체 둘이 바위에 부딪히고 있었다. 소녀는 실신해
소년의 팔에 안겨 있었다. 피터는 마지막 남은 힘을 쥐어짜
웬디를 바위에 올렸고 자기도 그 옆에 올라가 누웠다. 피터
는 기운을 잃어가는 가운데 바닷물이 차오르는 것을 보았다.
곧 물에 빠져 죽으리라는 걸 알았지만 손가락 하나도 움직일
수 없었다.

둘이 그렇게 나란히 누워 있는데, 인어 하나가 웬디의
발을 잡고 가만히 물속으로 끌어 내리기 시작했다. 옆에 있
던 웬디가 스르르 미끄러져 내리는 것을 느끼고 퍼뜩 정신을
차린 피터는 웬디가 빠지기 직전에 다시 끌어 올렸다. 이젠
진실을 말해야 했다.

"우리는 지금 바위 위에 있어, 웬디." 피터가 말했다. "하
지만 바위가 점점 작아지고 있어. 곧 물에 완전히 가라앉을
거야."

웬디는 그때까지도 상황을 이해하지 못했다.

"그럼 가야지." 웬디가 거의 발랄한 어조로 말했다.

"그래." 피터가 힘없이 말했다.

"헤엄쳐 갈까, 아니면 날아서 갈까, 피터?"

피터는 웬디에게 말해야만 했다.

"웬디, 헤엄을 치건 날 건 섬까지 갈 수 있겠어? 내 도움 없이?"

웬디는 자신이 너무 지쳤다는 것을 인정해야 했다.

피터가 신음을 내뱉었다.

"왜 그래?" 더럭 그가 걱정이 된 웬디가 물었다.

"널 도와줄 수 없어, 웬디. 후크가 내게 상처를 입혔어. 그래서 날지도 못하고 헤엄칠 수도 없어."

"우리 둘 다 물에 빠져 죽을 거라는 뜻이야?"

"물이 얼마나 빨리 차오르는지를 봐."

둘 다 보지 않으려고 두 손을 들어 눈을 가렸다. 이제 죽게 되었다는 생각이 둘 모두를 엄습했다. 그렇게 앉아 있으려니, 키스처럼 가벼운 것이 피터를 살짝 스치더니 '내가 도와줄 수 있는 건 없을까?'라고 묻듯이 곁에 머물렀다.

그건 연의 꼬리였다. 며칠 전 마이클이 만든 것으로 그의 손에서 떨어져 나와 어디론가 날아가버렸다.

"마이클의 연이잖아." 피터가 심드렁하게 말했지만, 다음 순간 손으로 움켜잡아선 자기 쪽으로 끌어당겼다.

"그때 얘가 마이클을 하늘로 들어 올렸지!" 피터가 외쳤다. "그러니 너도 할 수 있을 거야."

"우리 둘 다!"

"두 명은 안 될 거야. 마이클과 컬리가 그때 해봤었어."

"제비뽑기로 결정하자." 웬디가 용감하게 말했다.

"넌 숙녀야. 안 돼." 피터는 그새 연의 꼬리를 웬디의 몸에 둘러 묶어놓은 터였다. 웬디는 피터에게 찰싹 달라붙었고, 그 없인 가지 않겠다고 말했다. 하지만 "안녕, 웬디"라는 말을 끝으로 피터는 웬디를 바위에서 밀쳤다. 몇 분 뒤, 웬디는 연에 실려 피터의 시야에서 사라졌다. 피터만이 석호에 혼자 남았다.

그러는 사이 바위는 정말 작아졌다. 곧 물에 가라앉을 터였다. 은은한 빛줄기들이 물 위를 가만가만 가로질렀다. 얼마 후 세상에서 가장 감미롭고 가장 구슬픈 선율이 들려올 것이다. 인어들이 달을 부르는 소리.

피터는 다른 소년들과는 차원이 달랐다. 하지만 이번엔 피터도 겁이 났다. 바다를 훑고 지나는 잔물결처럼, 전율이 피터의 온몸을 훑고 지나갔다. 하지만 바다의 잔물결은 서로 이어지며 수백 번 계속되지만 피터는 단 한 번 느꼈을 뿐이다. 다음 순간 피터는 다시 바위에 우뚝 서 있었다. 그의 얼굴엔 예전의 미소가 다시 찾아왔고, 가슴속에선 북이 둥둥 울렸다. 그 소리는 이렇게 말하고 있었다.

"죽는 건 정말 대단한 모험일 거야."

네버새

피터는 혼자 남기 전에 마지막으로 인어들이 차례대로 바다 밑 침실로 돌아가는 소리를 들었다. 너무 멀리 떨어져 있어서 인어들이 문 닫는 소리는 듣지 못했지만 그들이 사는 산호 동굴은 문마다 (영국의 내로라하는 근사한 저택이 다 그렇듯) 작은 종이 달려 있어서 문을 여닫을 때마다 딸랑거렸고, 그 소리는 피터에게 들렸다.

물은 꾸준히 차올라 피터의 발을 적셨다. 바다에 먹히는 마지막 순간까지 시간을 때울 셈으로 피터는 석호에 유일하게 남은 것을 지켜보았다. 처음엔 연에서 떨어져 나온 종잇조각이 떠다닌다고 생각했고, 저렇게 둥둥 떠서 섬까지 가려면 얼마나 걸릴까 시름없이 궁금해했다.

얼마 안 가서 그 이상한 것이 뭔가 확실한 목적이 있어서 석호에 떠내려온 것임을 알아차렸다. 그것은 물살에 맞서

버티면서 이따금 거슬러 넘어서기도 했다. 언제나 약자에게 마음을 주는 피터는 그것이 물살을 거스를 때마다 저도 모르게 박수를 쳤다. 참으로 용감한 종잇조각이구나.

　사실 그건 종잇조각이 아니었다. 그건 네버새였고, 둥지를 튼 채 온 힘을 다해 피터에게 다가가고 있었다. 둥지가 물에 빠진 이후 새롭게 연마한 날갯짓으로 이를테면 둥지 배라고 해야 할 이 요상한 탈것을 어느 정도 조종할 수 있게 된 것이다. 하지만 피터가 알아봤을 즈음엔 지칠 대로 지친 상태였다. 네버새는 피터를 구할 셈으로 오고 있었다. 새는 피터에게 둥지를 내주고자 했다. 둥지엔 알들이 있었는데도 말이다. 네버새의 속내를 이해할 수 없는 건, 그간 피터가 잘 해주긴 했었으나 괴롭힌 적도 있었기 때문이다. 달링 부인과 다른 사람들처럼 나로선 네버새 또한 피터가 아직도 이갈이를 하기 전이라는 사실에 마음이 약해졌다고밖에는 달리 헤아릴 길이 없다.

　네버새는 피터에게 자기가 온 이유를 큰 소리로 밝혔고, 피터도 큰 소리로 거기서 뭐 하고 있느냐고 물었다. 당연하지만, 둘은 서로의 말을 알아듣지 못했다. 환상 동화라면 사람은 새들과 자유롭게 대화할 수 있을 것이고, 나 역시 지금이 이야기가 환상 동화인 것처럼 피터가 네버새의 말을 알아듣고 대답했다고 말하고 싶다. 하지만 사실을 말하는 게 최선이고, 나 역시 실제로 일어난 일만 말하려 한다. 그래서 말하는데, 둘은 서로의 말을 알아듣지 못했고 예의를 갖추는 것도 까먹었다.

"난―네가―이―둥지에―타면―좋겠어." 네버새는 최대한 느리고 분명하게 말했다. "그러면―이게―널―태우고―해변까지―갈―거야―그런데―내가―너무―피곤해서―더는―너―있는―데까지―가져갈―수―없어―그러니―네가―이쪽으로―헤엄쳐―와야―해."

"뭐라고 꽥꽥대는 거야?" 피터가 대답했다. "둥지가 그냥 떠내려가게 내버려두지 그래?"

"난―네가―이―" 네버새는 했던 말을 다시 했다.

그러자 피터도 느리고 분명하게 말하려 했다.

"뭐라고―꽥꽥대는―거야?"

이런 식이었다.

네버새는 짜증이 나기 시작했다. 네버새들은 성미가 아주 급하다.

"이 멍청이 어치 같은 놈아!" 네버새가 외쳤다. "내 말대로 그냥 하라고!"

네버새가 욕한다고 느낀 피터는 열 받아서 쏘아붙였다.

"너도 마찬가지야!"

와중에도 희한하게 둘은 똑같은 말을 내뱉었다.

"입 닥쳐!"

"입 닥쳐!"

그런데도 네버새는 어떻게든 피터를 구하자고 마음먹었다. 마지막 남은 힘을 쥐어짜 둥지를 바위 쪽으로 몰고 갔다. 그리고 자기 뜻을 확실히 알리기 위해 알까지 저버리고 위로 날아올랐다.

그제야 알아차린 피터는 둥지를 움켜쥐었고 머리 위에서 파닥파닥 날고 있는 네버새에게 손을 흔들어 고마움을 표했다. 네버새가 하늘을 맴돈 건 피터에게 고맙다는 말을 듣기 위해서가 아니었다. 네버새는 피터가 둥지에 올라타는 것도 보지 않았다. 피터가 자기 알을 어떻게 하는지 지켜볼 뿐이었다.

둥지 안에는 크고 새하얀 알 두 개가 놓여 있었다. 피터는 두 개의 알을 들어 올리고는 잠시 생각에 잠겼다. 네버새는 예비 자식들의 최후를 보고 싶지 않아서 날개로 얼굴을 가렸다. 그러면서도 어쩔 수 없이 깃털 사이로 피터를 훔쳐보았다.

내가 전에 이 바위에 막대기가 하나 꽂혀 있다는 말을 했던가? 아주 오래전 활약했던 해적들이 보물 묻은 곳을 표시하려고 막대기를 꽂아놓았다. 이후 소년들이 번쩍거리는 금은보화를 발견했고, 장난을 치고 싶어지면 포르투갈 금화,

다이아몬드, 진주, 스페인 은화를 갈매기들에게 던지며 놀았다. 갈매기들은 먹이인 줄 알고 달려들었다 날아가면서 치졸한 속임수에 놀아난 것에 치를 떨었다. 막대기는 여전히 바위에 꽂혀 있었는데 스타키가 바닥이 깊고 챙이 넓은 방수 모자를 거기다 걸어놓았다. 피터는 이 모자 속에 새알을 넣은 뒤 석호에 띄웠다. 모자는 보기 좋게 두둥실 떴다.

네버새는 피터가 하려는 행동의 의미를 바로 알아차렸고, 감탄한 나머지 탄성을 질렀다. 그러자 이런, 피터 역시 동감하는 뜻에서 꼬끼오 울음소리를 냈다. 잠시 후 피터는 둥지에 탔고, 막대기를 돛대처럼 세우고 돛 대신 자기 셔츠를 달았다. 동시에 네버새는 날개를 파닥거리며 모자 위로 내려가 알을 포근하게 품어 안았다. 네버새와 피터는 각자 다른 방향으로 떠내려가면서 서로를 응원했다.

뭍에 다다른 피터는 당연히도 네버새가 찾기 쉬운 곳에 배를 대놓았다. 하지만 네버새는 모자가 너무도 마음에 들어서 둥지를 저버렸다. 그래서 둥지는 이리저리 흘러가다가 산산이 흩어져버렸고, 스타키는 석호 가장자리까지 와서 자기 모자에 새 둥지를 튼 새를 쓸쓸한 심경으로 지켜보아야 했다. 네버새가 등장하는 건 이번이 마지막이기 때문에 지금 한마디 해두는 게 좋겠는데, 그 후로 모든 네버새들은 모자 모양의 둥지를 지어서 알을 까고 나온 아기새가 챙 위에서 바람을 쐴 수 있게 했다.

웬디가 연에 매달려 정처 없이 하늘을 날다 집에 돌아온 직후에 피터가 땅속 집에 도착했다. 모두의 기쁨은 이루 말할 수 없었다. 소년들은 저마다 겪은 모험을 이야기하고 싶어 했다. 하지만 그중에서도 제일 대단한 모험은 잠잘 시간을 이미 몇 시간이나 넘겼다는 사실이었다. 이 사실에 한껏 달뜬 소년들은 붕대를 감아달라는 등 조금이라도 늦게 자려고 떼를 썼으나 웬디는 잠잘 시간을 넘긴 것이 못마땅해서 결국 큰소리를 내고 말았다.

"자자! 자야지!"

아이들로선 따를 수밖에 없는 목소리였다. 하지만 다음 날이 되자 웬디는 언제 그랬냐는 듯 다정해졌고, 모두에게 붕대를 감아주었다. 아이들은 절뚝거리고 팔걸이 붕대를 건 채 잠자리에 들 때까지 놀았다.

행복한 집

석호 전투가 불러온 한 가지 중대한 결과는 아이들이 네이티브 아메리칸 전사들과 친구가 되었다는 것이다. 피터는 타이거 릴리를 무서운 운명에서 구했고, 이제 타이거 릴리와 네이티브 아메리칸 전사들은 피터를 위해서라면 무엇이든 할 기세였다. 밤이 다 하도록 전사들은 땅바닥에 앉아 땅속의 집을 지키며 머지않아 틀림없이 들이닥칠 해적들의 대대적인 공격에 대비했다. 낮에도 어슬렁거리면서 평온히 담배를 피우는 모습을 보면 뭔가 먹고 싶은 것도 같았다.

전사들은 피터를 '위대한 백인 아버지'라 부르며 그의 앞에 엎드렸다. 피터는 이런 대접을 말도 못하게 좋아했는데 이것이 그의 정신건강엔 좋지 않았던 것 같다.

피터는 자기 앞에 엎드린 전사들에게 대단히 당당한 목소리로 말하곤 했다.

"피카니니 전사들이 위대한 백인 아버지의 집을 지키는 모습을 보니 참으로 기쁘구나."

그러면 아름다운 타이거 릴리가 답했다.

"나 타이거 릴리, 피터 팬이 날 구한다, 나는 그의 매우 좋은 친구. 나는 해적들이 해치지 못해."

눈부시게 예쁜 타이거 릴리가 이렇게 굽신대는 건 어울리지 않았지만 피터는 그래야 마땅하다고 생각했고, 짐짓 생색을 내며 답했다.

"좋다. 피터 팬이 말했노라."

그가 '피터 팬이 말했노라' 하면 다들 입을 다물고 자기 말을 겸허히 받아들이라는 뜻이었다. 그렇지만 전사들은 다른 소년은 결코 존중하는 법 없이 그저 평범한 전사라고 생각했다. 마주치면 '안녕'이라고 했고, 다른 경우도 비슷하게 인사했다. 소년들은 피터가 그래도 괜찮다고 생각하는 것 같아서 부아가 치밀었다.

웬디는 그런 아이들이 내심 안쓰러웠지만 더없이 충실한 주부로서 아버지에 대한 불만을 마냥 들어주기만 할 수는 없었다.

"아빠가 제일 잘 알아."

자기 의견이 어떻건 웬디는 입버릇처럼 이렇게 말했다. 웬디의 개인적 의견이라면 네이티브 아메리칸 전사들이 자기를 '네이티브 아메리칸 여자'라고 불러선 안 된다는 것이었다.

이제 우리 이야기는 모험과 결말의 성격상 '밤중의 밤'이라 불리게 될 그날 저녁에 이르렀다. 그날은 일찍부터 말 없이 힘을 모으기라도 하듯 이렇다 할 일 없이 흘러갔다. 바야흐로 네이티브 아메리칸 전사들은 몸에 담요를 두른 채 땅 위에 있는 자기들 경계 구역에 있었고, 아이들은 땅속 집에서 저녁 식사를 하고 있었다. 피터만 몇 시나 됐는지 알아보려고 밖에 나가 있었다. 네버랜드 섬에서 시간을 알려면 악어가 있는 곳을 찾아 시계 소리가 들릴 정도로 가까운 곳에서 기다려야 했다.

식사는 가짜로 마시는 차였다. 그들은 문짝 테이블에 둘러앉아 게걸스레 들이켰다. 그리고 정말이지 웬디 말을 빌리면 아이들이 수다를 떨고 말싸움하는 소리로 귀가 먹먹해질 지경이었다. 웬디는 시끄러운 건 전혀 신경 쓰지 않았지만 아이들이 서로의 물건을 빼앗고선 투틀스가 팔꿈치를 밀쳐서 그랬다고 둘러대는 건 봐주지 않았다. 식사 시간에 서로 때리는 일은 절대 없어야 한다는 확고한 원칙이 있었지만, 따져볼 여지가 있는 경우에는 공손히 오른팔을 들고 웬디에게 이렇게 말해야 했다.

"이러이러한 점이 불만이에요."

하지만 실상은 아이들이 이 말을 까먹거나 너무 많이 써 먹는 경우가 대부분이었다.

"조용." 웬디는 여러 명이 한꺼번에 말하지 말라고 스무 번은 주의를 준 뒤에 결국 이렇게 소리쳤다. "차 다 마신 거니, 슬라이틀리?"

"좀 남았어요, 엄마." 슬라이틀리가 상상의 머그를 들여다보며 말했다.

"슬라이틀리는 우유를 한 방울도 안 마셨어요." 닙스가 끼어들었다.

이 고자질에 슬라이틀리는 기회를 놓치지 않았다.

"나는 닙스에게 불만이 있습니다." 슬라이틀리가 곧바로 외쳤다.

하지만 존이 먼저 손을 들었다.

"왜 그러니, 존?"

"피터 의자에 앉아도 돼요? 지금 피터는 없으니까요."

"아빠 의자에 앉겠다고, 존?" 웬디가 화를 내며 말했다. "절대 안 돼."

"피터는 진짜 우리 아빠가 아니잖아. 내가 가르쳐주기 전까진 아빠가 뭐 하는 사람인지도 몰랐어."

이번엔 푸념이었다.

"우리는 존에게 불만이 있습니다." 쌍둥이가 외쳤다.

투틀스가 손을 들었다. 투틀스는 아이들 중에 제일 겸손했다. 사실, 유일하게 겸손한 아이였고, 그래서 웬디가 각별히 아끼는 아이였다.

"나는 내가……." 투틀스가 소심하게 말했다. "아빠가 못 될 것 같아요."

"맞아, 투틀스."

평소에 말이 없는 투틀스는 말을 하기 시작하면 엉뚱한 이야기를 꺼내곤 했다.

"내가 아빠가 될 수 없어서 하는 말인데." 투틀스가 침울하게 말했다. "내가 마이클 너 대신 아기가 되면 안 될까?"

"아니, 안 돼." 여전히 바구니 속에서 마이클이 매몰차게 답했다.

"내가 아기가 될 수 없어서 하는 말인데." 투틀스는 더 침울하고 더 침울하고 또 침울해진 목소리로 말했다. "내가 쌍둥이가 될 수 있다고 생각해?"

"아니, 절대 안 돼." 쌍둥이가 대답했다. "쌍둥이로 사는 게 얼마나 힘든데."

"내가 중요한 사람이 될 수 없으니까 하는 말인데." 투틀스가 말했다. "너희 중에 내가 마술하는 거 보고 싶은 사람 있어?"

"없어." 다 함께 말했다.

그제야 투틀스도 포기했다. "사실 기대도 안 했어."

못된 고자질이 다시 시작되었다.

"슬라이틀리가 식탁에 대고 기침해요."

"쌍둥이가 치즈케이크를 먹기 시작했어요."

"컬리가 버터와 꿀을 다 뺏어가요."

"닙스가 입 한가득 음식을 먹은 채로 말해요."

"나는 쌍둥이에게 불만이 있습니다."

"나는 컬리에게 불만이 있습니다."

"난 닙스에게 불만이 있습니다."

"아이구, 아이구." 웬디가 외쳤다. "이럴 땐 정말 결혼 안 한 여자가 부럽다니까."

웬디는 아이들에게 식탁을 깨끗이 치우라고 말한 뒤 일감이 든 바구니 앞에 앉았다. 바구니에는 늘 그렇듯 무릎마다 구멍 뚫린 긴 양말들이 한가득 들어 있었다.

"웬디." 마이클이 항의했다. "난 너무 커서 요람이 너무 작아."

"그럼 어떡하니, 요람에서 자는 사람이 꼭 있어야 하는데." 웬디가 핀잔 주듯 말했다. "그리고 네가 제일 어리잖아. 요람이 하나는 있어야 진짜 가정집 분위기가 난단 말이야."

웬디가 바느질하는 동안 아이들은 옆에서 놀았다. 아이들의 행복한 얼굴과 춤추는 팔다리가 벽난로의 낭만적인 불빛 속에서 환히 빛났다. 땅속 집에선 매우 익숙한 광경이었지만, 이 모습도 지금 우리가 보는 게 마지막이 될 것이다.

머리 위에서 발걸음 소리가 들렸다. 짐작했겠지만 웬디가 제일 먼저 들었다.

"얘들아, 아빠 오시는 소리가 들렸어. 문 앞으로 마중 나가 있으면 아빠가 좋아하실 거야."

땅 위에서는 네이티브 아메리칸 전사들이 피터 앞에 무릎을 꿇었다.

"전사들. 피터 팬이 말하노니, 빈틈없이 감시하도록."

그런 뒤에, 전에도 자주 그랬지만 신이 난 아이들이 피터를 나무에서 끌어내렸다. 이제까진 거의 늘 그랬지만 이젠 두 번 다시 할 수 없을 것이다.

피터는 웬디를 위해선 정확한 시간을 알아 왔고 소년들을 위해서는 견과류를 가져왔다.

"피터, 아이들 버릇 나빠지잖아, 알면서." 웬디가 억지웃음을 지었다.

"아, 잔소리꾼." 피터가 총을 걸어놓으며 말했다.

"엄마를 잔소리꾼이라고 부른다는 걸 알려준 게 나야." 마이클이 컬리에게 속삭였다.

"나는 마이클에게 불만이 있습니다." 컬리가 곧바로 말했다.

쌍둥이 가운데 첫째가 피터에게 다가갔다. "아빠, 춤추고 싶어요."

"저리 가서 춰, 꼬마 신사." 피터가 말했다. 오늘 아주 기분이 좋은 모양이었다.

"아빠도 춤추면 좋겠는데."

피터는 사실 소년들 가운데 춤 솜씨가 으뜸이었지만 그 말에 소스라치게 놀라는 척을 했다.

"내가? 뼈가 삭아서 덜그럭거릴 텐데!"

"엄마도 춰요."

"뭐라고?" 웬디가 외쳤다. "할 일이 산더미인 엄마한테 춤까지 추라고?"

"그래도 토요일 밤이잖아요." 슬라이틀리가 상기시켰다.

사실 그날은 토요일 밤이 아니었다, 그럴 확률이 없는 건 아니었지만, 아이들은 날짜를 세지 않고 지낸 지 오래였기 때문이었다. 그래도 뭔가 특별한 걸 하고 싶으면 하기 전에 늘 토요일 밤이라고 말했다.

"그러게, 오늘 토요일 밤이잖아, 피터." 웬디가 애틋한 마음에 말했다.

"우린 체격도 작잖아, 웬디!"

"가족끼리인데 뭐 어때."

"맞아요, 맞아요."

그래서 아이들은 춤을 춰도 된다는 허락을 받았지만, 우선 잠옷으로 갈아입어야 했다.

"아, 잔소리꾼." 피터는 웬디한테만 들리도록 나직이 말하며 난롯가에서 몸을 녹였고, 자리에 앉아 양말을 뒤집는 웬디를 굽어보았다.

"하루 일과를 끝내고 저녁이 되어 이렇게 어린 자식들과 함께 난로가에 앉아 쉬는 것만큼 좋은 게 있을까?"

"정말 좋지, 피터?" 더없이 즐거워진 웬디가 말했다. "피터, 컬리가 당신 코를 닮은 거 같아."

"마이클은 당신을 닮았어."

웬디는 피터에게 다가가 어깨에 손을 얹었다.

"사랑하는 피터." 웬디가 말했다. "대가족을 일구느라 이제 난 볼품 없어졌지만, 그래도 다른 여자를 원하는 건 아니겠지, 그렇지?"

"당연하지, 웬디."

확실히 피터는 다른 여자를 원하는 건 아니었지만, 불편한 표정으로 웬디를 바라보며 두 눈을 깜빡이는 것이 지금 이 상황이 진짜인지 꿈인지 분간이 가지 않는 것처럼 보였다.

"피터, 왜 그래?"

"생각 좀 하느라고." 피터가 살짝 겁먹은 듯 말했다. "이

건 그냥 역할극이잖아, 그렇지? 내가 쟤네 아빠라는 거."

"아, 그럼." 웬디가 가탈스럽게 말했다.

"있잖아." 피터가 변명하듯 말했다. "내가 쟤네들의 진짜 아빠면 너무 늙은 게 아닐까."

"하지만 우리 자식이 맞는걸, 피터. 너와 나의 아이들."

"하지만 진짜는 아니지, 웬디?" 피터가 초조하게 물었다.

"네가 원하지 않는다면 그렇지." 그때 웬디는 피터가 안도의 한숨을 내쉬는 걸 분명히 들었다. "피터." 웬디는 확실히 해두려고 애쓰며 물었다. "나에 대해 정확히 어떤 감정을 갖고 있는 거야?"

"착한 아들의 감정이지, 웬디."

"그럴 줄 알았어." 웬디는 그렇게 말하고는 방의 맨 끝으로 가서 떨어져 앉았다.

"너 정말 이상하다." 피터가 정말로 혼란스러워하며 말했다. "타이거 릴리도 꼭 이러더라. 뭐가 되고 싶은 게 있다고 나한테 말하는데 내 엄마가 되는 건 아니라고 하고."

"그래, 그런 건 절대 아니지." 웬디가 더없이 강조하며 대답했다. 이쯤 해서 웬디가 무슨 이유로 네이티브 아메리칸 전사들에 대해 색안경을 끼고 보게 되었는지 알 수 있다.

"그럼 뭔데?"

"그건 숙녀가 먼저 말하는 게 아니야."

"아, 알았어." 피터가 다소 골이 나서 말했다. "팅커 벨은 말해줄지도 모르지."

"아, 그래. 팅커 벨이라면 말해주겠네." 웬디가 조롱하듯 쏘아붙였다. "걔는 버림받은 꼬맹이니까."

그 순간, 자기 침실에서 엿듣던 팅크가 뭔가 건방진 말을 큰 소리로 내뱉었다.

"팅크는 버림받은 걸 영광으로 생각한대." 피터가 통역해주었다.

그 순간 피터는 생각이 떠오른 모양이었다. "혹시 팅크가 내 엄마가 되길 원하는 걸까?"

"바보 멍청이!" 팅크가 열 받아서 소리쳤다.

팅크가 입에 달고 다니다시피 하는 말이라 웬디에겐 통역이 필요 없었다.

"팅크가 왜 저런 말을 하는지 이제 이해가 가네." 웬디가 쏘아붙였다. 흠잡을 데 없는 웬디가 쏘아붙이다니! 하지만 웬디는 참고 참다 터뜨렸을 뿐이고, 그날 밤이 다 가기 전까지 무슨 일이 일어날지도 알지 못했다. 만약 알았더라면 피터에게 그렇게 쏘아붙이는 일은 없었을 것이다.

아무도 알지 못했다. 차라리 모르는 게 나았을 것이다. 몰랐기 때문에 그들은 한 시간을 더 즐겁게 보낼 수 있었다. 아이들이 섬에서의 마지막 60분을 즐겁게 보냈다는 사실에

감사하자. 아이들은 잠옷 차림으로 노래하고 춤췄다. 그 노래는 재미로 무서워하는 노래였기 때문에 아이들은 자기 그림자를 보며 겁을 내는 척했지만, 곧 그림자가 자기를 덮치고, 진짜 두려움으로 몸이 움츠러들 거라는 건 예감하지 못했다. 떠들썩하니 즐겁게 춤을 추었고 또 침대에서나 침대 밖에서나 서로 치고받으며 놀았다. 그건 춤이라기보다는 베개 싸움이었고, 다 끝난 후에도 베개들은 마치 앞으로 영영 볼 일이 없는 친구처럼 한 번 더 하자고 우겼다. 웬디가 잠자리에서 이야기를 들려주기 전에 아이들이 하는 이야기들이란! 그날 밤은 슬라이틀리마저 이야기를 하겠다고 나섰는데, 시작부터 너무나 지루해서 아이들만이 아니라 슬라이틀리 본인까지 우울해져서 이렇게 말했다.

"그래, 시작부터 지루하네. 그래서 말인데, 지금이 결말인 척하자!"

그런 후 마침내 그들은 웬디의 이야기를 듣기 위해 잠자리에 누웠다. 아이들은 제일 좋아하지만 피터는 질색하는 이야기여서, 웬디가 이야기를 들려주기 시작하면 피터는 보통 방을 나가거나 손으로 귀를 막았다. 만약 그날도 피터가 둘 중 한 가지 행동을 했다면 아이들은 지금도 네버랜드에 남아 있을지 모른다. 하지만 오늘 밤 피터는 그냥 의자에 앉아 있었다. 이제 무슨 일이 일어날지를 지켜보자.

웬디가 들려주는 이야기

"그럼 이야기 시작할게." 웬디가 이야기를 들려주기 시작했다.

마이클은 웬디의 발치에, 그리고 일곱 소년은 침대에 누워 있었다.

"옛날에 어느 신사가 있었어⋯⋯."

"신사가 아니라 숙녀면 더 좋았을걸." 컬리가 말했다.

"난 흰쥐였으면 좋겠어." 닙스가 말했다.

"조용." 엄마가 아이들을 타일렀다. "숙녀도 있어. 그리고⋯⋯."

"아, 엄마." 쌍둥이 중 첫째가 외쳤다. "숙녀도 있다는 말이죠? 숙녀가 죽은 거 아니죠?"

"아, 그럴 리 없지."

"죽지 않았다니 한결 마음이 놓인다. 너도 좋아, 존?" 투틀스가 물었다.

"당연히 좋지."

"너도 좋으니, 닙스?"

"그렇다고 해두지."

"너희도 좋아, 쌍둥이야?"

"좋아."

"애들아, 좀." 웬디가 한숨을 쉬었다.

"좀 조용히 해." 피터가 버럭 소리를 질렀다. 웬디가 이야기를 할 수 있게 해줘야 한다는 판단이 들어서였다. 여전히 그 이야기가 거지 같다고 생각하면서도.

웬디가 계속 말했다.

"신사의 이름은 달링 씨였어. 숙녀의 이름은 달링 부인이었고."

"나 그 사람들 알아." 존이 한마디를 더해 다른 소년들의 원성을 샀다.

"나도 아는 거 같아." 마이클은 자신감이 떨어지는 목소리로 말했다.

"두 사람은 부부였단다. 알고 있겠지만." 웬디가 설명했다. "그런 후 둘 사이에 뭐가 생겼을 것 같니?"

"흰쥐요." 닙스가 깨달았다는 듯 큰 소리로 외쳤다.

"아니야."

"진짜 헛갈린다." 투틀스는 이 이야기를 다 외우고 있으면서도 그렇게 말했다.

"조용, 투틀스. 부부에게는 세 명의 자식이 생겼어."

"자식이 뭐예요?"

"음, 너도 자식의 하나란다, 쌍둥이야."

"들었어, 존? 난 자식이야."

"자식은 자손의 다른 말이야." 존이 말했다.

"이런, 이런." 웬디가 한숨을 쉬었다. "자, 세 아이에겐 충직한 돌보미가 있었는데 이름이 나나였어. 하지만 달링 씨는 나나에게 화풀이한답시고 나나를 마당에 쇠사슬로 묶어버렸어. 그래서 아이들이 다 하늘로 날아가버렸어."

"진짜 너무 멋진 이야기다." 닙스가 말했다.

"애들이 날아가버렸단다." 웬디가 계속 말했다. "네버랜드로, 집 잃은 아이들이 사는 곳으로."

"방금 딱 그렇게 생각했는데." 컬리가 신이 나서 껴들었다. "어떻게 생각해냈는진 나도 몰라. 하지만 딱 그런 생각이 떠오르더라고!"

"앗, 웬디 엄마." 투틀스가 외쳤다. "집 잃은 아이 중에 투틀스라는 애도 있나요?"

"그럼, 있지."

"내가 이야기에 나오네, 만세! 야호, 내가 이야기에 등장한대, 닙스."

"쉿. 이제 아이들이 모두 날아가버린 후 불행해진 엄마, 아빠의 마음이 어떨지 생각해봤으면 좋겠구나."

"흐응!" 아이들은 모두 끙끙거렸지만 정작 불행한 엄마 아빠의 마음 같은 건 눈곱만큼도 헤아리고 있지 않았다.

"텅 빈 침대를 떠올려봐!"

"우우!"

"너무 슬프다." 쌍둥이 중 첫째가 발랄하게 말했다.

"이런 이야기 결말이 행복할 것 같지 않은데." 쌍둥이 중 둘째가 말했다. "넌 어떻게 생각해, 닙스?"

"난 너무너무 걱정이 돼."

웬디가 득의만만한 표정으로 말했다. "엄마의 사랑이 얼마나 위대한지 안다면 하나도 두려울 게 없어." 웬디는 슬슬 피터가 지긋지긋해하는 대목에 이르고 있었다.

"난 엄마의 사랑이 진짜 좋아." 투틀스가 베개로 닙스를 치며 말했다. "너도 엄마의 사랑이 좋니, 닙스?"

"나도 좋아." 닙스도 투틀스를 베개로 되받아치며 말했다.

"애들아." 웬디가 만족해선 말했다. "우리의 여주인공은 아이들이 언제든 날아서 돌아오길 바라며 엄마가 창문을 늘 열어둔다는 걸 알고 있었어. 그래서 세 아이는 안심하고 몇

년 동안 멀리 떨어진 곳에서 즐겁게 살았단다."

"그럼 다시 돌아간 거예요?"

"그 이야기가 궁금하다면…….' 웬디는 공을 들여야 할 대목에 앞서 힘을 모았다. "앞으로 어떻게 될지 다 함께 살짝 들여다볼까?"

그러자 아이들은 편한 자세로 들여다보려고 살짝 몸을 꼬았다.

"시간이 흐르고 또 흐른 뒤의 런던역에서 내리는 저 우아하고 몇 살인지 짐작하기 힘든 숙녀는 누굴까?"

"와, 웬디 엄마, 누군데요?" 닙스가 정말 하나도 모르는 것처럼 흥분해서 외쳤다.

"누굴까… 어쩌면… 그래… 아니… 그건… 아름다운 웬디야!"

"와!"

"그리고 웬디 옆의 품격 넘치고 당당한 체격을 가진, 이제 어른이 된 남자는 누굴까? 혹시 존과 마이클? 그렇네!"

"와!"

"'동생들아, 저기 보이니?' 웬디가 위를 가리키며 말했어. '저기 창문이 지금도 열려 있잖니. 아, 엄마의 사랑에 대한 숭고한 믿음을 저버리지 않았기에 이런 보상을 받게 된 거야.' 그런 후 세 남매는 하늘로 날아올라 엄마와 아빠한테

갔어, 그 행복한 만남은 어떤 말로도 표현할 수 없으니, 여기서 이야기의 막을 내리자꾸나.”

그것으로 이야기는 끝이 났고, 아이들은 즐거워했으며, 이야기를 해준 웬디 또한 기분이 좋았다.

모든 게 예정대로 무탈했다. 우리는 세상에 둘도 없을 만큼 매정하게 달아나버리지만, 그런 게 또 아이들의 성정이고, 그럼에도 참으로 귀엽다. 우리는 더없이 이기적으로 굴다가도 각별한 관심이 필요해지면 당당하게 돌아가서 요구하며, 그럴 때 엄마에게 매를 맞는 게 아니라 더 큰 사랑으로 보답받을 거라 믿어 의심치 않는다.

마찬가지로 저들 또한 엄마의 사랑을 철석같이 믿었고, 그러니 조금만 더 자기 마음대로 굴어도 된다고 생각했다.

하지만 그들보다 뭘 더 잘 아는 사람이 한 명 있었으니, 그는 웬디의 이야기가 끝나자 마음에도 없는 신음을 내뱉었다.

“왜 그래, 피터?” 피터가 아프다고 생각한 웬디가 그에게 달려가며 외쳤다. 그리고 걱정스레 피터의 가슴 아래를 더듬었다. “어디가 아파, 피터?”

“아파서 이러는 게 아니야.” 피터가 사납게 대답했다.

“그럼 왜 그러는데?”

“웬디, 넌 엄마에 대해 착각하고 있어.”

놀란 아이들이 피터의 주변으로 몰려들었다. 피터의 선동에 꽤나 동요하고 있었다. 과연, 피터는 지금껏 숨기고 있었던 사실을 가감 없이 들려주었다.

"옛날 이야기야." 피터가 말했다. "나도 너처럼 엄마가 날 기다리며 늘 창문을 열어둘 거라고 생각했어. 그래서 달이 뜨고 지고 뜨고 지고 또 뜨고 지는 동안 가출해 있다가 나중에야 돌아갔는데, 창문이 잠겨 있더라. 엄마가 나를 까맣게 잊어버렸기 때문이지. 그리고 내 침대에는 다른 어린 남자애가 자고 있었어."

피터가 사실을 이야기했는지 나로서는 장담할 수 없지만, 피터는 그렇다고 믿었다. 그래서 아이들은 겁을 먹었다.

"정말 모든 엄마가 다 그래?"

"그래."

이것이 엄마의 진실이었다. 무서워라!

그런 점에서 정신 바짝 차리는 게 최선이다. 그리고 아이들은 누구보다 포기할 때를 가장 빨리 알아차린다.

"웬디, 우리 집에 가자." 존과 마이클이 외쳤다.

"그래." 웬디가 동생들을 부여잡으며 말했다.

"오늘 밤에 가는 건 아니지?" 집 잃은 소년들이 당황해서 물었다. 말은 그렇게 해도 그들은 '마음'이라 부르는 세계 속에서 엄마가 없어도 잘 살 수 있다는 사실을 알고 있었다.

아이들이 그럴 수 없다고 생각하는 건 엄마들뿐이라는 것 또한 알고 있었다.

"지금 당장 갈 거야." 웬디가 결연히 말했다. 무시무시한 생각이 들었기 때문이다. "지금쯤 우리의 장례를 치르고 상복을 입고 지내고 있을지도 몰라."

웬디는 두려움 때문에 피터가 어떤 기분일지는 안중에도 없었다. 그래서 다소 앙칼지게 말했다. "피터, 우리 떠날 준비 좀 해줄래?"

"원한다면." 피터는 웬디가 땅콩 좀 달라고 말한 것처럼 선뜻 대답했다.

이렇게 헤어지다니 슬프다는 말 한마디 하지 않았다! 웬디가 헤어져도 상관없다고 생각한다면, 피터 또한 마찬가지임을 알려줄 작정이었다.

당연하지만 피터는 이만저만 아쉬운 게 아니었다. 어른들이 미워서 견딜 수가 없었다. 어른들은 언제나 모든 걸 망쳐놓는다. 피터는 자기 나무 구멍으로 들어가자마자 작정하고 1초에 다섯 번 숨을 쉬었다. 네버랜드에선 숨을 한 번 쉴 때마다 어른 한 명이 죽는다는 말이 있다. 피터는 원한에 차서 어른들을 최대한 빨리 죽이고 있었다.

잠시 후 피터가 네이티브 아메리칸 전사들에게 필요한 지령을 내리고 집에 돌아와보니 자리를 비운 사이에 창피한 소동이 벌어지는 중이었다. 웬디를 잃는다는 생각에 눈앞이 캄캄해진 아이들이 웬디를 위협하며 몰아세우고 있었다.

"웬디가 오기 전보다 더 나빠질 거야." 아이들이 외쳤다.

"웬디가 그냥 가게 놔둬선 안 돼."

"웬디를 감옥에 가두자."

"그래. 사슬로 묶자."

궁지에 몰리자 웬디는 본능적으로 누구에게 매달려야 할지 알았다.

"투틀스!" 웬디가 외쳤다. "날 좀 봐줘."

웬디가 뭘 잘못 먹은 걸까? 하필이면 제일 얼뜬 투틀스한테 매달리다니.

그런데 투틀스의 대답은 호기로웠으니, 그 한순간만큼은 얼뜬 모습을 버리고 위엄에 넘쳤다.

"난 그냥 투틀스야." 투틀스가 말했다. "내가 뭐라건 다들 눈 하나 깜짝 안 하지. 그렇지만 웬디에게 영국 신사처럼 예의를 갖추지 않는 자는 피바다를 구경할 줄 알라고."

투틀스가 허리띠에서 단검을 뽑아 들었다. 그 순간만큼은 투틀스가 가장 눈부시게 빛났다. 다른 아이들은 겁을 내며 뒤로 물러났다. 바로 그 순간 피터가 돌아온 것이었고, 아이들은 피터가 도와주지 않으리라는 사실을 단박에 알았다. 피터는 싫다는 여자애를 네버랜드에 묶어둘 사람이 아니었다.

"웬디." 피터가 큰 걸음으로 오가며 말했다. "네이티브 아메리칸 전사들에게 말해뒀으니 숲속으로 따라가. 날아가면 힘이 빠질 테니까."

"고마워, 피터."

"그런 다음……." 피터는 명령하는 것에 이골이 난 사람답게 무뚝뚝하고 날카로운 목소리로 계속 말했다. "팅커 벨이 바다를 건널 때 도와줄 거야. 팅크를 깨워, 닙스."

팅크는 닙스가 두 번이나 문을 두드린 후에야 문을 열어주었다. 실은 침대에 앉아 이야기를 엿듣고 있었으면서.

"누구야? 어디서 감히 문을 두드려? 꺼져." 팅크가 소리쳤다.

"일어나, 팅크." 닙스가 외쳤다. "웬디를 안내해줘."

팅크야 당연히 웬디가 떠난다는 말을 듣고 신이 났지만 웬디를 안내하는 건 절대로 하지 않겠다고 결심했다. 그래서 이번엔 훨씬 더 못된 말을 내뱉고는 다시 잠든 척했다.

"팅크가 안 하겠대!" 반항하는 팅크 때문에 겁이 난 닙스가 큰 소리로 말했다. 이에 피터는 인정사정 보지 않고 철없는 숙녀의 침실 쪽으로 갔다.

"팅크." 피터가 꾸짖었다. "지금 당장 일어나 옷 입지 않으면 내가 커튼을 열어젖힐 거야. 우리 모두 잠옷 바람인 널

보게 될 거야."

이 말을 들은 팅크는 바닥으로 훌쩍 뛰어내렸다.

"내가 안 일어나겠다고 누가 그래?" 팅크가 외쳤다.

그러는 동안 소년들은 버림받은 표정으로 존, 마이클과 떠날 채비를 마친 웬디를 바라보았다. 아까와 달리 소년들은 낙담해 있었다. 이제 웬디를 잃게 되었다는 사실 때문만이 아니라 웬디가 자기들 초대받지 못한 멋진 세상으로 간다는 생각이 들어서였다. 그들에게 새로운 세계는 언제나 유혹의 손짓을 보냈다.

소년들을 사랑하는 마음이 지극한 웬디는 가슴이 미어졌다.

"얘들아." 웬디가 말했다. "나와 함께 가면 우리 엄마 아빠한테 너희를 입양해달라고 어떻게든 설득해볼게."

웬디는 특히 피터를 염두에 두고 제안한 것이었지만, 다른 소년들은 자기들 생각만 하고선 기뻐서 깡충깡충 뛰어다녔다.

"하지만 그분들이 우릴 귀찮게 생각하지 않을까?" 한창 뛰는 와중에도 닙스가 물었다.

"아, 아니야." 웬디가 재빨리 생각하며 말했다. "응접실에 침대 몇 개 더 갖다 놓으면 돼. 첫 번째 목요일에만 칸막이로 가리면 되고."

"피터, 우리 가도 돼?" 소년들은 한목소리로 애원했다. 저들이 가면 피터도 당연히 같이 갈 거라고 생각했지만, 사실 아무래도 상관없었다. 아이들은 새로운 세계가 문을 두드리면 가장 사랑하는 사람이라고 해도 가차 없이 버릴 수 있는 존재들이다.

"가." 피터는 쓴웃음을 지으며 대답했고, 그 말이 떨어지기 무섭게 소년들은 서둘러 짐을 싸러 갔다.

"그럼, 피터." 모든 문제를 해결했다고 생각한 웬디가 피터에게 말했다. "출발하기 전에 약 줄 테니까 먹어."

웬디는 아이들에게 약 주는 일을 정말 좋아했는데, 확실히 너무 많이 주는 편이었다. 물론 약은 사실 물에 불과했지만, 병에 든 것을 착실히 따라 주었고 그럴 때마다 웬디는 병을 흔든 다음 약효가 확실히 나타나도록 한 방울 한 방울 일일이 셌다. 그런데 이번에 웬디는 피터에게 물약을 줄 수가 없었다. 약을 따른 후 문득 피터의 표정을 보았다가 심장이 쿵 내려앉았기 때문이다.

"짐 싸야지, 피터." 몸을 떨며 웬디가 외쳤다.

"싫어." 피터는 관심 없는 척하며 대답했다. "난 너랑 같이 안 가, 웬디."

"같이 가야지, 피터."

"안 가."

피터는 웬디가 떠나도 아무렇지 않다는 것을 보여주려고 위아래로 홀쩍홀쩍 뛰어다녔고 애먼 피리를 신나게 불어댔다. 웬디는 체면을 구기면서도 그런 피터를 쫓아다녔다.

"네 엄마를 찾아야지." 웬디가 피터를 구슬렸다.

피터에게 엄마가 있다손 쳐도, 피터는 더 이상 엄마를 그리워하지 않았다. 엄마 없이도 얼마든지 잘 살 수 있었다. 엄마에 대해서라면 생각할 만큼 했고, 나쁜 기억 말고는 남지 않았다.

"아니, 아니." 피터는 흔들림 없는 태도로 웬디에게 말했다. "엄마를 만나도 내가 너무 컸다고 할걸. 난 영원히 어린아이로 남아서 재미나게 살 거야."

"하지만 피터⋯⋯."

"싫다고."

이제 다른 소년에게도 이 사실을 알려야 했다.

"피터는 안 간대."

피터가 안 간다고! 소년들은 막대기에 보따리를 매달아 등에 멘 채 멍하니 피터를 바라보았다. 그들의 머릿속에 제일 먼저 떠오른 생각은 피터가 가지 않으면 아까 한 말과 달리 그들도 못 가게 할 거라는 것이었다.

하지만 그러기에 피터는 자존심이 너무 셌다. "각자 엄마를 찾으면." 피터가 음산하게 말했다. "마음에 들기를 바란다."

이 지독한 냉소에 아이들은 심란해졌고, 슬슬 의심이 들기 시작했다. 표정을 보아하니 '가고 싶으면 멍청한 건가?'라고 묻는 것 같았다.

"자, 그럼." 피터가 외쳤다. "유난 떨지 말고, 엉엉 울지 말고, 잘 가라 웬디." 그렇게 말한 피터는 쾌활하게 손을 내밀었는데, 자기는 중요한 할 일이 있으니 지금 당장 떠나라는 투였다.

웬디는 어쩔 수 없이 피터가 내민 손을 잡았다. 피터가 골무를 원하는지도 알 수 없었다.

"속바지 갈아입는 것 잊지 않을 거지, 피터?" 웬디는 그렇게 미적미적 말하면서 시간을 끌었다. 여기 있을 때 살뜰하게 속바지를 챙겼던 웬디였다.

"응."

"그리고 약도 잘 챙겨 먹을 거지?"

"응."

더는 할 말도 남아 있지 않고 어색한 침묵이 뒤따랐다. 하지만 남들 앞에서 약해진 모습을 보일 피터가 아니었다.

"준비됐지, 팅커 벨?" 피터가 외쳤다.

"그럼, 그럼."

"그럼 앞장서."

팅크는 제일 가까운 나무로 쏜살같이 날아갔다. 정작 누구도 뒤따라가지 않았다. 바로 그 순간 해적이 네이티브 아메리칸 전사에게 무시무시한 공격을 감행했기 때문이다. 그간 땅 위에선 모든 것이 잠들어 있었건만, 지금은 비명과 금속이 쨍강쨍강 부딪치는 소리로 가득했다. 땅 밑에선 죽음 같은 침묵이 흘렀다. 모두 떡 벌어진 입을 다물지 못하고 있었다. 웬디는 주저앉듯 무릎을 꿇었지만, 두 팔은 피터를 향해 벌린 채였다. 소년들 역시 갑자기 피터 쪽으로 쏠린 듯 두 팔을 뻗었다. 피터에게 우릴 저버리지 말라고 말 없는 탄원을 보내고 있었다. 그 순간 피터는 바비큐를 죽인 후크의 칼을 움켜쥐었다. 두 눈은 전투에 대한 갈망으로 가득했다.

아이들, 납치당하다

해적의 공격은 꿈에도 생각지 못했기에 더없는 충격으로 다가왔다. 파렴치한 후크가 도의에 어긋난 짓을 저질렀다는 확실한 증거였다. 네이티브 아메리칸 전사를 덮치면서 도의를 지키는 건 백인에겐 불가능한 지혜인 것이다.

네이티브 아메리칸 전사가 전투에 임할 때의 불문율에 따르면 먼저 공격하는 쪽은 언제나 네이티브 아메리칸이며, 태생적으로 지략이 뛰어난 이 종족은 동트기 직전에 공격을 감행한다. 이때 백인들의 사기가 제일 떨어지기 때문이다. 그동안 백인들은 개울이 흐르는 기슭의 구불구불한 언덕 꼭대기에 얼기설기 울타리를 세운다. 물가여야 하는 건 네이티브 아메리칸 전사들은 물에서 너무 멀리 떨어지면 죽는다고 생각하기 때문이다. 그런 후 백인들은 네이티브 아메리칸 전사들의 맹공격을 기다리는데, 경험이 없는 자는 권총을 힘껏 움켜쥐고 나뭇가지를 소리 나게 밟지만, 노련한 자는 동트기 직전까지 두 발 쭉 뻗고 잠을 잔다. 길고 암흑 같은 밤 내내 네이티브 아메리칸 정찰병은 풀잎 하나 건드리는 법 없이 뱀처럼 풀숲을 누빈다. 그들이 헤치고 지나가는 관목숲은 두더지가 뛰어든 모래밭처럼 소리 없이 열렸다 닫힌다. 그들이 실감 나게 흉내 내는 코요테의 외로운 울음을 빼면 아무 소리도 들리지 않는다. 그 울음소리에 다른 전사들이 응답한다. 몇 명은 우는 소리가 시원치 않은 진짜 코요테보다 더 그럴듯한 울음소리를 낸다. 그렇게 으스스한 시간이 흐르면서 불안도 계속되면 전투에 처음 임하는 허연 얼굴의 신참은 무섭고 불안해 죽을 지경이 된다. 하지만 베테랑에게는 그런 소름 끼치는 울음소리도, 그보다 훨씬 더 소름 끼치는 적막도 밤이 시간을 타고 행군하고 있다는 암시에 지나지 않는다.

이것이 전투의 일상적인 과정이라는 것을 후크는 누구보다 잘 알고 있었으니, 몰라서 그랬다는 변명은 통하지 않는다.

피카니니 부족 측에선 후크가 명예를 지키리라고 굳건히 믿었기에 그날 밤 부족이 따른 노선은 실제 후크의 노선과 확연히 달랐다. 그들은 하나부터 열까지 부족의 명성에 걸맞게 행동했다. 피카니니 부족은 문명인에게 감탄과 비통

한 열등감을 동시에 안겨주는 특유의 민첩한 감각으로 해적 중 한 명이 마른 나뭇가지를 밟은 순간부터 놈들이 섬에 있음을 알아차렸다. 그 즉시, 정말 믿기 힘들 정도로 순식간에 코요테의 울음소리가 울려 퍼지기 시작했다. 앞에도 굽이 달린 모카신을 신은 네이티브 아메리칸 전사들은 후크가 부하들을 상륙시킨 지점과 땅속 집 사이 공간을 빈틈없이, 그러면서도 누구에게도 들키는 일 없이 뒤져 기슭에 개울이 흐르는 낮은 산을 찾아냈다. 그런 곳은 딱 한 곳밖에 없었기 때문에, 후크로선 달리 선택의 여지가 없을 것이고 거기서 자리잡고 동이 틀 때까지 기다릴 거라는 점 또한 확신할 수 있었다. 진저리가 쳐질 만큼 영악한 계산을 거쳐 모든 것을 파악한 후, 네이티브 아메리칸 전사 본대는 담요를 몸에 두른 채 아이들의 집 위에 앉았다. 그리고는 네이티브 아메리칸 전사에게는 귀중한 덕목인 무덤덤한 태도를 고수하며, 그들이 받아들여야 할 허망한 죽음을 불러올 냉혹한 순간을 기다렸다.

지금 그들은 두 눈을 부릅뜨고 동이 트면 적에게 절묘하게 고통을 안겨주리라는 꿈을 꾸고 있으나, 그토록 자신만만한 전사들이 저 간악한 후크에게 발각될 줄이야. 대학살에서 용케 빠져나온 정찰병들의 후일담을 들어보니, 후크는 침침한 빛 속에서 분명히 낮은 산을 봤음에도 잠깐 멈춰 서지조차 않았던 모양이다. 공격을 당할 때까지 마냥 기다린다는 계획은 그의 불가해한 속셈에선 단 한 번도 떠오른 적이 없었던 모양이다. 하물며 밤이 다하도록 시간을 끌 생각도 없었던 듯하다. 이렇다 할 전략도 없이 무작정 쳐들어간 것이다. 그러니 세상의 전법을 두루 꿰고 있어도 이런 공격은 처음이라 허를 찔린 정찰병들이 무엇을 할 수 있었겠는가. 별수 없이 종종걸음으로 후크를 쫓아가면서 위험천만하게 모습을 드러낸 채 청승맞은 코요테 울음소리를 낼 수밖에.

용맹한 타이거 릴리의 주변에는 내로라하는 건장한 전사 열두 명이 있었는데, 예기치 못한 때에 비겁한 해적의 공격을 받은 순간, 그들 눈에 승리의 환상을 덧씌웠던 비늘도 떨어져 나가고 말았다. 이제 그들은 원수를 말뚝에 묶고 고문하지 못할 터였다. 그들이 승리하리라 생각했던 사냥터는 지금 이곳이었다. 그러나 그들은 전사의 후예로서 본분을 지켰다. 그 순간도 늦은 건 아니었다. 얼른 떨쳐 일어나기만 했어도 뚫기 힘든 밀집대형을 짤 수 있었을 것이다. 하지만 그건 부족의 전통을 위반하는 행위였다. 부족의 서에 적혀 있기를, 고결한 네이티브 아메리칸 전사는 무슨 일이 있어도 백인 앞에서 놀라는 감정을 드러내선 안 되었다. 해적들이 느닷없이 나타났을 때 소스라치게 놀랐음에도, 그런 이유로 그들은 마치 원수들이 초대를 받아 들르기라도 한 것처럼 움찔하는 반응조차 보이지 않았다. 그렇게 용감무쌍하게 전통의 기치를 쳐든 후에야 전사들은 무기를 손에 쥐었고, 전투의 함성이 공기를 갈랐지만, 너무 늦은 뒤였다.

싸움이 아닌 학살을 묘사하는 건 우리가 할 일이 아니다. 이 전투에서 피카니니 부족의 꽃다운 청춘이 무수히 스러져갔다. 그렇다고 모두가 복수할 기회도 없이 개죽음을 당한 건 아니었으니, '마른 늑대'는 앨프 메이슨을 쓰러뜨려서 카리브해에 평화를 안겨주었다. 그 외에도 지오 스커리, 채스, 털리, 알자스 출신의 포거티가 한 줌의 먼지로 돌아갔다. 가공할 토마호크로 털리를 한 방에 죽인 '흑표범'은 타이거 릴리를 비롯해 몇 명 남지 않은 네이티브 아메리칸 전사들을 데리고 해적의 포위망을 뚫고 길을 내는 데 결정적인 역할을 했다.

이번 전투에서 후크의 전술이 어느 정도 비판받을지는 역사가들이 결정할 일이다. 만약 후크가 낮은 산에서 적당한 때를 기다렸다면 부하들과 함께 네이티브 아메리칸 전사들의 손에 도살되었을 것이다. 이 점을 참작하지 않는다면 후크에 대한 공정한 평가는 이루어질 수 없다. 적들에게 이번 전투에서 새로운 전법을 쓸 예정이라고 미리 고했으면 좋았을지도 모르겠다. 하지만 그 경우 불시에 습격할 수 없을 테니 전술이 쓸모없어질 것이고, 그를 역사의 심판에 맡기는 것 자체가 힘들어진다. 부정할 수 없는 사실은 그가 참으로 철면피한 계략을 꾸며냈으며, 그걸 실행에 옮길 정도로 잔악한 천재성을 발휘했다는 것이다.

그런 승리를 거둔 순간 후크 본인의 심정은 과연 어땠을까? 그를 따르는 개들도 숨을 몰아쉬고 단검을 닦으면서 못내 알고 싶은 눈치라, 그의 갈고리와 신중하게 거리를 두고 저들끼리 모여 족제비 같은 눈으로 이 비범한 사내를 곁눈질했다. 후크의 속내는 하늘 높은 줄 모르고 의기양양했겠지만, 표정엔 그런 기색이 전혀 드러나지 않았다. 속을 도통 알 수 없는 음흉하고 고독한 사람이라 영혼도 육신도 아랫것들과는 멀리 떨어져 있었다.

그날 밤의 위업은 달성되지 않았으니, 후크가 애초 죽이려고 나선 건 네이티브 아메리칸 전사들이 아니었다. 후크에게 네이티브 아메리칸은 꿀을 손에 넣기 위해 연기를 피워 쫓아낼 꿀벌에 지나지 않았다. 후크가 원한 건 피터 팬과 웬디와 아이들이었는데, 한 명만 꼽으라면 피터 팬이었다.

피터 같은 꼬마를 다 큰 어른이 왜 그렇게 미워하는지 궁금한 친구도 있을 것이다. 피터가 후크의 팔을 잘라 악어밥으로 던져준 건 맞지만, 그 일, 그리고 이후에 그를 죽어라 쫓아다니는 악어로 인해 죽을 확률이 커졌다는 불안감만으로는 후크가 그토록 냉혹하고 악에 받친 복수심을 품게 된 이유가 온전히 설명되지 않는다. 진짜 이유는 이 해적 선장을 미치고 팔짝 뛰게 만드는 피터의 어떤 면모에 있었다. 그건 피터의 용기도 아니었고, 매력적인 용모도 아니었으며, 그렇다고……. 아, 빙빙 돌리지 말자. 여러분도 나도 그게 뭔지 잘 알고 있으니, 속 시원히 밝혀 마땅하다. 그건 바로 피터의 건들건들한 매력이었다.

다름 아닌 바로 그 건들건들한 매력이 후크의 비위를 거스른 것이다. 바로 그 건들건들한 매력이 후크의 쇠갈고리 손에 경련을 일으켰고, 밤이 되면 벌레처럼 꼬여 그를 괴롭혔다. 피터가 살아 있는 한, 이 고뇌에 찬 사내는 참새가 알짱거리는 우리에 갇힌 사자로 사는 기분이었다.

이제 남은 문제는 나무 구멍을 타고 어떻게 내려갈지, 혹은 부리는 개들을 어떻게 내려보낼지였다. 후크는 탐욕에 가득 찬 눈을 부라리며 졸개들 중 제일 마른 놈을 찾았다. 부하들은 거북스레 꾸무럭거렸다. 선장이 자기를 인정사정 없이 나무 구멍 속에 처넣고 장대로 쑤셔댈 걸 알았기 때문이다.

그나저나 소년들은 무얼 하고 있을까? 우리가 아까 봤을 때, 소년들은 처음에 무기가 쨍그랑쨍그랑 부딪치는 소리를 듣고선 돌조각상으로 변한 것처럼 입만 떡 벌리고서 피터를 향해 애원하듯 두 팔을 벌렸다. 지금 다시 가서 보니 다들 입은 다물었고, 두 팔도 옆구리에 떨구고 있었다. 땅 위의 대혼란은 시작되자마자 거의 동시에 끝이 났으니, 마치 돌풍이 한번 훅 휩쓸고 지나간 것 같았다. 하지만 소년들은 그렇게 지나간 돌풍이 그들의 운명을 결정했음을 알았다.

어느 편이 이겼을까?

나무 구멍에 귀를 대고 열심히 듣던 해적들은 소년들이 질문을 하고, 뒤이어 아뿔싸, 피터가 대답하는 소리를 듣게 되었다.

"만약 네이티브 아메리칸들이 이겼다면." 피터가 말했다. "톰톰(손으로 두드리는, 좁고 아래위로 기다란 북-옮긴이)을 두들길 거야. 네이티브 아메리칸 전사는 승리하면 늘 북소리로 신호를 보내니까."

마침 스미가 톰톰을 발견하고 막 그 위에 앉으려던 참이었다.

"네놈들은 두 번 다시 톰톰 소릴 듣지 못할 거야."

스미가 협박하듯, 하지만 당연히 누구에게도 들리지 않도록 목소리를 낮추어 말했다. 찍소리도 내지 말라는 명을 받았기 때문이다. 그런데 후크가 톰톰을 두드리라는 신호를 보내자 그로선 놀랄 수밖에 없었다. 한참 뒤에야 그 명령에 담긴 무시무시한 악의를 이해했는데, 이 고지식한 사내에게 그 순간만큼 후크가 위대해 보인 적도 없을 것이다.

스미는 톰톰을 두 번 두드리고는 의기양양하게 귀를 기

울였다.

"톰톰 소리다." 사악한 사내들 귀에 피터의 외침이 들렸다. "네이티브 아메리칸들이 이겼다!"

아이들은 운명에 드리운 어둠을 알지 못한 채 환호성을 질렀고, 그 소리는 땅 위에 있는 속이 시꺼먼 작자들에겐 음악처럼 들렸다. 소년들은 뒤이어 피터에게 이별을 고하고 또 고했다. 이 대목에서 해적들은 무슨 일인가 싶었지만, 원수들이 곧 나무 구멍을 통해 위로 올라오리라는 데 생각이 미치자 치졸하게 기뻐하며 온갖 잡생각은 말끔히 잊어버렸다. 그들은 서로를 쳐다보며 능글맞게 웃고 두 손을 비벼댔다. 후크는 말없이 신속하게 명령을 내렸고, 한 사람당 나무 구멍을 하나씩 맡아서 막아섰으며, 나머지는 2미터 정도 간격을 두고 정렬했다.

요정을 믿나요?

이런 무서운 이야기는 빨리 하고 치워버리는 것이 상책이다. 제일 먼저 나무에서 나온 건 컬리였다. 컬리는 나무 구멍을 빠져나와 고대로 체꼬의 팔에 안겼고, 체꼬는 컬리를 스미에게 휙 넘겼고, 스미는 스타키에게, 스타키는 빌 주크스에게, 빌 주크스는 누들러에게 던져 컬리는 결국 가무잡잡한 해적의 발밑에 엎어지게 되었다. 소년들 모두 각자의 나무에서 뽑혀 나왔고, 그중 몇 명은 짐짝처럼 손에서 손으로 던져지기도 했다.

웬디는 맨 마지막에 나왔는데 대접이 달랐다. 후크는 웬디를 보고는 비아냥 섞인 정중한 태도로 모자를 들어 올렸고 에스코트를 청하는 의미에서 한 팔을 내민 후, 다른 아이들에게 한창 재갈을 물리고 있는 곳으로 인도했다. 그의 행동은 더럭 겁이 날 정도로 기품이 넘쳐 웬디는 비명을 지를 생각조차 잊어버릴 정도로 홀딱 반하고 말았다. 하긴, 웬디도 철부지 소녀에 지나지 않는걸.

후크가 한순간이나마 웬디의 마음을 빼앗았다고 한다면 우린 고자질쟁이밖에 안 된다. 그러니 웬디가 잠깐 실수한 것이 이상한 결과를 낳았다고만 말하자. 만약 그때 웬디가 후크의 손을 기운차게 뿌리쳤다면(그랬다면 우린 열광하며 기록했어야 한다) 웬디 또한 다른 아이들처럼 해적들 손에서 공중으로 던져졌을 것이고, 아이들을 묶고 있는 지점까지 후크가 가는 일도 없었을 것이고, 그랬다면 슬라이틀리의 비밀을 알아차리는 일도 없었을 것이고, 그 비밀을 몰랐다면 피터의 목숨을 빼앗기 위한 저 사악한 시도도 못 했을 것이다.

해적들은 소년들이 날아서 도망치지 못하도록 무릎이 귀에 닿도록 몸을 굽혀 묶어놓았다. 후크는 미리 밧줄을 같은 길이로 아홉 개가 되게 잘라놓았고, 슬라이틀리 차례가 되기 전까진 아무 문제가 없었다. 그런데 슬라이틀리의 몸통을 둘러 감고 나자 매듭을 묶을 길이가 모자랐다. 슬라이틀리는 졸지에 성가신 꾸러미 신세가 되었다. 해적들은 화가 나서 정말 꾸러미를 걷어차듯 슬라이틀리를 걷어찼는데(엄밀히 말하면 줄을 걷어차야 옳겠지만), 안 믿기겠지만 부하들에게 폭력을 멈추라고 말한 건 후크였다. 후크는 악의에 차서 승리를 만끽하느라 입 끝이 말려 올라가 있었다. 후크의 개들은 가엾은 슬라이틀리를 묶어봤지만 한쪽을 동여매면 다른 쪽이 비어져 나와서 진땀을 뻘뻘 흘렸다. 그러는 동안 후크의 원대한 정신은 슬라이틀리의 겉모습이 아닌 내면 깊은 곳으로 들어가 결과가 아닌 원인을 탐사하고 있었다. 잠시 후 뛸 듯이 기뻐하는 걸 보니 원인을 찾아낸 모양이었다. 슬라이틀리는 후크에게 비밀이 발각된 것을 눈치채고는 얼굴이 새하얗게 질려버렸으니, 문제의 비밀이란 보통 체격의 남자도 장대로 쑤셔주어야 간신히 통과할까 말까인 나무 구멍을 그처럼 비대한 소년이 통과할 리가 없다는 사실이었다. 가엾은 슬라이틀리, 네버랜드의 어린이 중 가장 비참한 신세로 전락한 그는 피터가 걱정되어 덜덜 떨면서 자기가 저지른 짓을 뼈아프게 후회했다. 날씨가 더워 미친 것처럼 물을 마셔댔더니 어느새 물살이 통통하게 쪄서, 자기 나무 구멍에 맞게 살을 빼는 대신 아무도 모르게 나무를 자기 몸에 맞게 깎아냈던 것이다.

흡족한 후크는 마침내 피터를 손아귀에 넣었다고 큰소리를 칠까 하다가, 내면 깊은 바닥에 뚫린 동굴 속에서 이제 막 모양을 갖춘 음험한 계획에 대해선 단 한마디도 꺼내지 않기로 했다. 부하들에게 포로들을 배에 태우게 하고 자신은 혼자 있겠다고 신호를 보냈을 뿐이다.

해적들은 아이들을 어떻게 배에 태우려나? 쭈그려 앉은

상태에서 밧줄로 묶은 아이들을 큰 통을 언덕에서 굴리듯 내려보낼 수도 있었지만, 배까지 가는 길은 늪 천지였다. 이번에도 후크의 천재성 덕분에 난제를 해결할 수 있었다. 후크는 웬디의 작은 집을 탈것처럼 쓰라고 지시했다. 아이들을 집 안으로 던진 뒤에, 건장한 해적 네 명이 어깨에 집을 짊어지고 나머지는 그 뒤를 따르는 요상한 행렬이 이어졌다. 그렇게 숲을 헤치고 나아가면서 그들은 듣기만 해도 진저리쳐지는 해적의 노래를 불렀다. 그때 울음을 터뜨린 아이가 있었는지 모르겠지만, 설령 울었대도 해적들의 노래에 묻혀버렸을 것이다. 그래도 작은 집은 숲속으로 사라지는 와중에 굴뚝으로 한 줄기 작지만 용감한 연기를 피워 올렸는데 후크에게 굴하지 않겠다는 의지의 표현처럼 보였다.

후크도 연기를 보았고, 피터에게는 이것이 결과적으로 악재가 되었다. 그걸 보면서 이 해적의 격분한 가슴속에 남아 있었을지 모르는 동정심이 남김없이 말라버렸기 때문이다.

빠르게 땅거미가 지는 가운데 혼자 남은 후크는 제일 먼저 발끝걸음으로 슬라이틀리의 나무로 다가가 그곳 구멍이 자기도 드나들 수 있을 만큼 넓은지 확인했다. 그런 후에도 한참을 고민했다.

불길한 징조의 상징인 그의 모자는 풀밭에 놓여 있어

서, 때마침 불어온 은은한 바람이 그의 머리칼을 상쾌하게 훑어줄 것 같았다. 그의 생각은 어두웠고, 파란 눈은 빙카꽃처럼 연약했다. 후크는 정신을 똑바로 차리고 땅 밑에서 들려올 만한 소리에 귀를 기울였지만 땅 밑은 위만큼 조용했다. 땅속 집은 텅 빈 것 같았다. 소년은 잠들어 있을까? 아니면 슬라이틀리의 나무 발치에 서서 단검을 쥐고 기다리고 있을까?

내려가보지 않고선 알 길이 없었다. 후크는 망토를 벗어 땅 위에 가만히 내려놓았고, 음탕한 피가 배어나올 정도로 입술을 꽉 깨물고선 나무 구멍으로 들어갔다. 그는 용감한 사내였지만, 잠깐 멈춰 서서 땀이 촛농처럼 떨어지는 이마를 훔쳐야만 했다. 그런 후 가만히, 미지의 세계로 들어갔다.

아무 탈 없이 나무 구멍을 통해 맨 밑까지 내려간 후크는 다시 멈춰 서서 턱 끝까지 차오르는 숨을 참았다. 어둑어둑한 불빛에 눈이 적응하자 집 안의 갖가지 물건들이 보이기 시작했다. 하지만 후크의 탐욕스러운 눈길이 유일하게 멈춘 곳은 오래도록 찾은 끝에 발견한 커다란 침대였다. 그 침대 위에 피터가 곤히 잠들어 있었다.

땅 위 무대에서 어떤 비극이 펼쳐졌는지 꿈에도 모른 채, 피터는 아이들이 떠난 뒤에도 한동안 즐겁게 피리를 불었다. 두말하면 잔소리지만 아이들이 떠나도 상관없다는 것을 스스로에게 증명하려는 처량한 몸부림이었다. 그런 후 웬디를 가슴 아프게 할 생각에 약을 먹지 않겠다고 마음먹었다. 그러고도 웬디를 더 괴롭히고 싶어서 이불도 덮지 않은 채 침대에 누웠다. 웬디는 한밤중에 추울까봐 언제나 이불을 덮어주었다. 그래서 하마터면 울음이 터질 뻔했지만, 이럴 때일수록 웃어야 웬디가 약이 오를 거라는 생각에 오만하게 웃어댔고, 그렇게 웃다가 잠이 들었다.

피터는 자주는 아니어도 이따금 꿈을 꾸었다. 다른 아이들은 잘 꾸지 않는 고통스러운 꿈이었다. 몇 시간이고 헤어나올 수 없는 꿈속에서 그는 애처롭게 울었다. 내 생각에 그 꿈은 피터의 출생의 비밀과 관련이 깊은 듯하다. 아무튼 피터가 그럴 때마다 웬디는 피터를 침대에서 끌어 내려 무릎을 베게 한 후 오로지 웬디만 해줄 수 있는 다정한 방법으로 달래주었다. 그러면 피터는 차분해졌고, 웬디는 피터가 나중에라도 아기 취급을 당했다고 창피해하지 않도록 아직 잠결일 때 다시 침대에 눕혀주었다. 그러면 피터는 곧장 잠에 빠져들었고 꿈 같은 건 일절 꾸지 않았다. 지금 피터는 팔 하나는 침대 밖으로 떨구고 다리 하나는 굽힌 채 누워 있었고, 웃다 말고 잠든 입이 살짝 벌어져 작은 진주알 같은 이가 엿보였다.

그렇게, 후크가 발견한 피터는 무방비 상태로 자고 있었다. 후크는 나무 발치에 말없이 서서 방 건너편의 원수를 바라보았다. 후크의 거무튀튀한 가슴 속엔 연민의 감정으로 흔들릴 여지가 전혀 없었을까? 후크가 뼛속까지 나쁜 놈은 아니었다. 그는 꽃을 사랑하고(내가 듣기론 그렇다고 한다) 아름다운 음악을 사랑했다(하프시코드 연주 실력이 수준급이었다). 과연 그는 눈앞의 정겨운 모습에 가슴 깊이 싱숭생숭한 상태였다. 선한 내면에 마냥 끌려간다면야 어쩔 수 없이 도로 나무 구멍으로 들어가 땅 위로 올라갔겠지만, 한 가지가 발목을 잡았다.

후크를 그 자리에 붙잡아놓은 건 자면서도 건들건들해 보이는 피터의 모습이었다. 벌어진 입이며 아무렇게나 늘어뜨린 팔, 굽힌 무릎. 그런 부위들이 건들건들한 태도의 전형으로 집대성되었으니 예민한 사람이라면 두 번 다시 보고 싶지 않을 정도로 비위에 거슬렸다. 후크는 마음을 다잡았다. 만약 그가 분노로 폭발해 백 개의 조각으로 산산이 부서졌다면, 그 조각 하나하나는 그간 무슨 사정이 있었건 잠자는 원수에게 달려들었을 것이다.

램프에서 흘러나오는 빛이 침대를 희미하게 비추었지만 후크가 서 있는 곳은 어둠 속이었고, 살그머니 첫발을 내딛는데 발에 걸리는 것이 있었으니 다름 아닌 슬라이틀리의 나무 구멍에 달린 문이었다. 문이 나무 구멍보다 작았던 덕분에 지금껏 그 틈새로 방 안을 들여다보고 있었던 것이다. 손으로 이리저리 더듬어 잡을 것을 찾던 후크는 문고리가 너무 낮은 곳에 있어 손을 뻗어도 닿지 않자 머리끝까지 화가 났다. 혼란스러운 머릿속에서 짜증 나는 피터의 얼굴과 몸이 눈에 보일 정도로 커지고 있었기에 그는 문을 마구 흔들어대다가 급기야 몸을 날려 들이받기까지 했다. 이렇게 원수 놈을 눈앞에서 놓치는 건가?

잠깐, 저건 뭐지? 충혈된 후크의 눈이 포착한 건 손만 뻗으면 닿을 선반 위에 놓인 피터의 약이 담긴 컵이었다. 후크는 그게 뭔지 감으로 바로 알았고, 잠든 소년이 자기 손안에 있음을 동시에 깨달았다.

후크는 생포될 경우를 대비해 늘 독약을 품고 다녔다. 치명적인 독을 입수하는 족족 모아두었다가 직접 섞고 펄펄 끓여 만든 노란색 물약은 과학계엔 알려진 바가 없지만 사상 최악의 독극물일 것이다.

후크는 피터의 컵에 독약을 다섯 방울 떨어뜨렸다. 손이 떨렸지만, 부끄러워서가 아니라 짜릿해서였다. 독약을 떨어뜨리면서 원수의 얼굴을 보지 않으려 한 건 혹여 연민에 마음이 약해질까 봐서가 아니라 한 방울이라도 컵 밖으로 흐를까 봐서였다. 이윽고 후크는 자못 만족한 표정으로 자신의 희생양을 한 번 쳐다본 다음 돌아서서 나무 속을 벌레처럼 꿈틀대며 올라갔다. 나무 구멍 밖으로 나온 그는 마치 지하 구멍에서 튀어나온 악령처럼 보였다. 제일 멋져 보이는 각도로 모자를 쓰고 망토를 몸에 두른 후 한쪽 끝자락을 끌어당겨 잡았는데, 마치 어두운 밤의 존재 중에서도 가장 어두운 본색을 숨기려는 것처럼 보였다. 그러고는 혼자 이상한 말을 중얼거리며 숲속으로 슬그머니 사라졌다.

피터는 내내 잠들어 있었다. 램프의 불꽃이 펄럭거리다 꺼지면서 집이 어둠에 잠겼는데도 깨어날 줄 몰랐다. 그러다 갑자기 알지 못할 이유로 벌떡 일어나 앉았을 때는 악어 시계가 10시도 넘은 시각을 가리키고 있었다. 피터의 잠을 깨운 건 나무 문을 가만히 소심하게 톡톡 두드리는 소리였다.

가만하고 소심했지만, 적막 속에선 불길하게 들렸다. 피터는 더듬거려 단검을 찾아 거머쥐었다. 그리고 말했다.

"누구야?"

한참 동안 대답이 없었다. 이윽고 다시 문 두드리는 소리가 났다.

"누구냐니까?"

답이 없었다.

피터는 오싹했고, 오싹하는 걸 즐겼다. 두 걸음 만에 그는 문 앞으로 갔다. 슬라이틀리의 문과 달리 피터의 문은 틈새가 없을 만큼 구멍과 딱 맞아서 뒤를 볼 수 없었고, 그 뒤에서 노크하는 사람도 피터를 볼 수 없었다.

"누군지 말 안 하면 문 안 열어준다." 피터가 외쳤다.

마침내 손님은 입을 열고 영롱한 방울 소리 같은 목소리로 말했다.

"나 들여보내줘, 피터."

팅크였다. 피터는 얼른 문을 열어주었다. 팅크는 흥분해서 날아들었는데, 얼굴은 발갛게 달아올랐고 옷은 진흙으로 얼룩져 있었다.

"무슨 일이야?"

"아, 상상도 못할 거야!" 팅크는 외쳤고, 피터에게 세 번의 알아맞힐 기회를 주었다.

"그냥 말해!" 피터가 버럭 소리를 지르자, 팅크는 문법도 안 맞고 마법사들이 입에서 뽑아내는 리본처럼 하나로 길게 이어진 문장으로 웬디와 소년들이 붙잡혔다고 말했다.

팅크의 이야기를 듣는 피터의 심장이 벌떡벌떡 뛰었다. 웬디가 묶여 있다고, 그것도 해적선에! 모든 것이 바르고 확실해야 직성이 풀리는 웬디가!

"내가 웬디를 구할 거야!" 피터가 큰 소리로 외치며 무기를 잡으려고 몸을 날렸다. 몸을 날리는 와중에도 웬디를 기쁘게 할 일을 떠올렸으니, 약 먹기였다.

피터의 손이 죽음을 부를 컵에 가까이 다가갔을 때였다.

"안 돼!" 팅커 벨이 앙칼지게 외쳤다. 여기 오기 전 숲에서 후크가 혼잣말로 자기가 한 짓을 이야기하는 걸 들었기 때문이다.

"왜 그래?"

"거기 독이 들었어."

"독? 누가 독을 탔다는 거야?"

"후크."

"바보 같긴. 후크가 무슨 수로 여길 내려온다고?"

속이 타는구나. 팅커 벨은 설명할 수가 없었다. 슬라이틀리의 나무에 얽힌 어두운 비밀은 팅크도 알지 못했기 때문이다. 그럼에도 후크가 한 말에 대해선 일말의 의심을 할 필요가 없었다. 컵에 독을 탄 게 확실했다.

"게다가." 피터가 꽤나 자신 있게 말했다. "내가 잠도 안 자고 두 눈 똑바로 뜨고 있었는데."

피터가 컵을 들어 올렸다. 이젠 말할 시간이 없었다. 행동에 옮길 때였다. 그래서 팅크는 번갯불처럼 쏜살같이 피터의 입술과 컵 사이로 들어가선 독약을 한 방울도 남기지 않고 마셔버렸다.

"뭐 하는 거야, 팅크? 감히 내 약을 먹어?"

팅크는 대답하지 않았다. 벌써 허공에 뜬 채 비틀대고 있었다.

"너 왜 그래?" 피터는 더럭 겁이 나서 버럭 소리쳤다.

"독이 들어 있었다고, 피터." 팅크가 꺼져가는 목소리로 말했다. "그래서 난 곧 죽을 거야."

"아, 팅크, 날 살리려고 네가 마신 거야?"

"응."

"왜, 팅크?"

팅크는 날개에 힘이 빠져 허공에 떠 있기도 힘이 들었고, 피터의 어깨에 내려앉아 다정하게 피터의 코를 깨물고는 귀에 대고 속삭였다.

"바보 멍청이."

그러고는 자기 침실로 들어가 침대에 누웠다.

피터는 태산 같은 걱정을 안고 무릎을 꿇었고, 팅크의 방 네 번째 벽이 다 가려지도록 얼굴을 들이댔다. 시시각각 팅크의 빛이 희미해지고 있었다. 피터는 빛이 꺼지면 팅크도 사라진다는 것을 알았다. 팅크는 피터의 눈물이 너무도 좋아 아름다운 손가락을 대고 눈물이 타고 흐르게 했다.

이제 팅크의 목소리가 너무 낮아서, 피터는 처음엔 알아들을 수 없었지만 마침내 알아들었다. 팅크는 말하고 있었다. 세상의 아이들이 요정을 믿으면 살아날지도 모른다고.

피터는 두 팔을 활짝 벌렸다. 그곳엔 아이들이 없었다. 시간도 늦은 밤이었다. 하지만 네버랜드를 꿈꾸는 한 우리 생각과 달리 그의 곁에 있을 세상의 모든 아이에게 피터는 말했다. 잠옷 차림의 소년 소녀, 나무에 매달린 바구니에 누운 발가벗은 갓난아기에게.

"요정을 믿니?" 피터가 외쳤다.

팅크는 자기 운명을 결정할 대답을 들으려는 일념으로 벌떡 일어나 앉았다. 팅크의 귀에 믿는다는 말이 들린 것 같았지만, 이내 의심스러워졌다.

"피터는 어떻게 들었어?" 팅크가 피터에게 물었다.

"요정을 믿는다면 손뼉을 쳐줘." 피터가 아이들을 향해 외쳤다. "팅크가 죽게 내버려두지 마."

많은 아이들이 손뼉을 쳤다.

치지 않는 아이들도 몇 명 있었다.

짐승만도 못한 것들은 우우 야유하기도 했다.

그러다 갑자기 손뼉 소리가 멈췄다. 마치 세상의 모든 엄마들이 도대체 뭔 일이 일어났나 놀라서 아이들 방으로 뛰쳐들어간 것 같았다. 하지만 팅크는 이미 되살아난 후였다.

먼저 목소리에 생기가 돌았고, 곧이어 침대에서 톡 튀어나왔으며 그다음엔 여느 때보다도 쾌활하고 도도하게 이리 번쩍 저리 번쩍 방 안을 날아다녔다. 팅크는 요정을 믿어준 아이들에게 고마운 마음은 눈곱만큼도 없었지만 야유를 보낸 것들만큼은 잡아내고 싶었다.

"이제 웬디를 구하러 가자!"

피터가 위험천만한 구출 작전을 위해 옷도 제대로 입지 않은 몸에 무기만 줄줄이 두른 채 나무 속을 타고 올라왔을 때 하늘에 뜬 달은 구름 속을 지나고 있었다. 다른 날 밤이라면 출정에 나서지 않았을 것이다. 피터는 땅에 가까이 날아가면서 뭔가 수상한 게 있으면 살펴볼 생각이었다. 하지만 구름이 달빛을 가렸다 드러냈다 하는 이런 밤에 낮게 날면 그림자가 나무마다 드리워질 것이고, 그러면 새들이 짜증을 낼 것이며, 눈에 불을 켜고 있는 적들에게 자기가 간다고 알리는 꼴이 될 것이다.

피터는 과거에 섬의 새들에게 해괴한 이름을 지어준 것을 이제야 후회하고 있었다. 그 때문에 새들의 원한을 샀고, 근처에 얼씬도 할 수 없게 되었으니 말이다.

이렇게 된 마당에야 네이티브 아메리칸 전사의 방식대로 밀어붙이는 수밖에 없었다. 다행히 피터가 잘하는 방식이었다. 하지만 어느 방향으로 가야 하지? 아이들이 배로 끌려갔는지도 확신할 수 없었다. 가볍게 내린 눈이 발자국을 모두 뒤덮어버렸다. 게다가 섬은 얼마 전 있었던 대학살에 경악한 자연이 잠시 얼어붙기라도 한 듯 죽음과 같은 적막에 휩싸여 있었다. 피터는 타이거 릴리와 팅커 벨이 가르쳐준 숲에 관한 구전 지식을 아이들에게도 얼마간 가르쳐주었는데, 비록 무시무시한 상황에 처해 있어도 그들이 그 지식을 잊어버렸을 것 같지는 않았다. 그러니 슬라이틀리는 기회가 있었으면 나무껍질에 표적을 새겼을 것이고, 컬리는 씨앗을 길에 떨어뜨렸을 것이며, 웬디는 중요한 지점이 나타나면 손수건을 떨어뜨렸을 것이다. 그런 표식을 찾으려면 아침까지 기다려야 했지만 피터는 기다릴 수 없었다. 땅 위의 세계는 피터를 불러놓고는 아무런 도움을 주지 않으려 했다.

악어가 피터를 지나쳤지만, 그밖에는 살아 있는 어떤 것도, 심지어 소리나 움직임조차 찾을 수 없었다. 하지만 피터는 죽음이 바로 저 앞 나무에서 그에게 덤벼들 수도, 그의 뒤를 몰래 밟고 있을 수도 있음을 알았다.

피터는 소름 끼치는 맹세를 했다.

"이번엔 후크가 죽든가 내가 죽든가 둘 중 하나다!"

그런 후 그는 한 마리의 뱀처럼 기어서 앞으로 나아갔다. 그러다 갑자기 벌떡 일어나선 달빛이 까부는 곳으로 훌쩍 날아올랐다. 한 손가락을 입술에 대고 언제든 단검으로 찌를 태세를 갖춘 채 날아가면서, 피터는 온몸에 전율이 일 정도로 행복했다.

해적선

해적의 강어귀 가까이에 있는 '키즈 크리크' 위로 실눈을 뜬 것 같은 가느다란 초록 불빛이 바다에 낮게 뜬 쌍돛대 범선 '졸리 로저호'를 가리키고 있었다. 날렵하게 잘 빠진 범선은 선체만 지저분한 게 아니라 갑판을 버티는 가로들보도 하나같이 더러운 것이 마치 땅바닥에 깃털을 뿌리고 짓이겨놓은 꼴이었다. 졸리 로저호는 바다 위 식인종과 같은 존재였지만 망을 볼 필요도 없었는데, 자자한 악명 덕에 누구도 공격할 엄두를 내지 못했기 때문이다.

　밤의 장막이 뒤덮은 배에선 어떤 소리가 나도 해안까지 닿지 못했다. 사실 배에서 거의 아무 소리도 들리지 않았고, 언제나 부지런하고 순종적이어서 딱하게도 진부함의 진액 취급을 받는 스미가 재봉틀을 윙윙 돌리는 소리가 그나마 듣기 나쁘지 않았다. 스미가 어쩌다 그렇게까지 딱한 인간이 됐는지는, 스스로 그 사실을 자각하지 못한다는 점 말고는 나로선 달리 설명할 길이 없다. 군센 성격의 사람도 스미를 보면 황급히 고개를 돌렸으니, 후크의 눈물샘까지 자극해 닭 똥 같은 눈물을 줄줄 쏟게 한 여름밤이 몇 번 있을 정도였다. 이 사실을 스미 본인은 다른 경우와 마찬가지로 전혀 의식하지 못했다.

해적 몇 명이 갑판 난간에 몸을 기댄 채 밤의 불온한 분위기에 취해 술을 마시고 있었다. 다른 해적들은 술통 옆에 아무렇게나 주저앉아서 주사위나 카드놀이를 하는 중이었다. 작은 집을 떠메고 오느라 진이 다 빠진 해적 넷은 갑판 위에 엎어져 자고 있었는데, 자는 와중에도 후크 손의 사정거리에 들지 않으려고 몸을 교묘히 이리저리 굴리고 있었다. 후크가 지나가면서 무심코 쇠갈고리로 긁을까 봐서였다.

후크는 생각에 잠겨 갑판 위를 걷고 있었다. 아, 참 알다가도 모를 사내로구나. 그에겐 승리의 시간이건만. 인생 행로에서 피터를 영원히 제거했고, 나머지 소년들도 모두 포로가 되어 이곳으로 끌려왔으니 널빤지 위를 걷다 물귀신이 될 것이다. 해적 바비큐를 굴복시킨 날 이래로 가장 잔악한 쾌거였다. 인간이 허영에 찬 존재임은 우리 모두 알고 있으니, 후크가 성공에 한껏 취해 한시도 가만히 있지 못하고 갑판을 쏘다닌다 한들 눈 하나 깜짝할 일인가.

하지만 후크의 발걸음엔 일말의 승리감도 묻어나지 않았으니, 그의 거무칙칙한 마음과 보조를 맞추는 중이었다. 후크는 한없이 바닥으로 가라앉고 있었다.

해적선에서 적적한 밤을 맞이할 때 후크는 자신과 대화를 나누다 이런 기분에 빠질 때가 잦았다. 그건 사무치는 외로움 때문이었다. 이 수수께끼 같은 사내는 졸개들에 둘러싸여 있을 때 더더욱 고독했다. 같이 어울리기에 졸개들은 신분이 비천했다.

후크라는 이름은 본명이 아니었다. 이제 와 그의 신분을 밝힌다면 이 나라가 발칵 뒤집힐 것이다. 행간을 읽을 줄 아는 독자라면 이미 눈치챘겠지만, 후크는 명문 사립학교 출신이었다. 명문의 전통은 그에게 옷처럼 달라붙어 있었는데, 실제로 옷을 중시하는 학교이기도 했다. 그래서 처음 이 범선을 차지하려고 전투를 벌였을 때 입었던 옷을 아직도 입고 승선한다는 것이 못마땅했고, 아직도 모교 학생들 특유의 구부정한 자세로 걷는 태도를 고수했다. 무엇보다도 그는 품위에 대한 열정을 간직하고 있었다.

품위! 후크는 오늘날 이 지경으로 전락했을지언정 예법을 진정 중시하는 사람이었다.

내면 아득히 깊은 곳에서 녹슨 철문이 삐걱거리는 소리가 들려왔다. 그 소리에 섞여 집요하게 쾅쾅 두드리는 소리,

한밤의 망치질 소리처럼 잠 못 이루게 만드는 소리가 도드라졌다.

"오늘 너는 품위를 지켰는가?" 그 소리가 변함없이 던지는 단 하나의 질문이었다.

"명성, 명성, 겉만 번쩍거리는 싸구려, 지금 내가 차지한 것의 실체다." 후크가 외쳤다.

"수단과 방법을 가리지 않은 끝에 남보다 튀면 과연 품위를 얻었다 할 수 있는가?" 그가 모교를 다니던 시절이 똑똑 두드리는 소리로 묻고 있었다.

"내가 누군가. 바비큐가 유일하게 두려워했던 자다. 바비큐는 천하의 플린트도 두려워했다." 후크가 황급히 주장했다.

"바비큐, 플린트 중 어느 가문 출신이지?" 가차 없는 반박이 돌아왔다.

그의 마음을 가장 심하게 뒤흔드는 생각은 이것이었다. 품위에 연연하는 것처럼 품위 없는 짓이 있을까?

이 고민은 후크를 심각하게 괴롭혔다. 그의 강철 갈고리 손보다 더 날카로운 갈고리가 그의 마음에 박혀 있었다. 갈고리가 내면을 찢어발기면 기름진 얼굴로 땀방울이 뚝뚝 흘러 윗옷을 타고 내렸다. 그는 수시로 소매로 얼굴을 훔쳤지만, 둑이 터진 듯 쏟아지는 땀을 막기엔 역부족이었다.

아, 그도 참 딱한 인생이다.

문득 후크는 제명에 죽지 못하리란 예감이 들었다. 피터 팬의 소름 끼치는 맹세가 배에 함께 있는 것만 같았다. 후크는 나중에 시간이 없을지도 모른다는 생각에 유언을 전해야 한다는 비장한 욕구를 느꼈다.

"후크의 야망이 그를 갉아먹었으니 오호 통재라." 더없이 우울한 생각에 시달릴 때면 후크는 자신을 3인칭으로 말하며 거리를 두었다.

"세상 어느 아이도 나를 사랑하지 않는구나!"

뜬금없는 생각이었다. 전에는 한 번도 신경 쓴 적이 없었던 문제였는데, 아무래도 재봉틀 소리 때문에 마음에 스며든 모양이었다. 지금까지 한참을 혼잣말을 하면서 스미를 쳐다보았는데, 스미는 아이들은 모두 자길 무서워한다고 철석같이 믿으며 차분히 감치기에 열중하고 있었다.

스미를 무서워하다니! 스미를 무서워하다니요! 범선으로 끌려온 아이들은 모두가 대번에 스미와 사랑에 빠졌다. 스미는 아이들에게 무서운 이야기를 늘어놓았고, 애들이라 차마 주먹질은 못 하고 손바닥으로 철썩철썩 때렸는데 그럴수록 아이들은 그에게 더 매달렸다. 마이클은 그의 안경을 써보려고 조르기까지 했다.

가엾은 스미에게 그가 아이들의 사랑을 독차지하고 있

다고 말해줄까! 후크는 그러고 싶어 온몸이 근질거렸지만 너무 못된 짓 같았다. 대신 마음속으로 이 수수께끼를 곱씹어 보았다. 아이들은 스미의 어떤 점이 그리 좋은 걸까? 늘 그렇듯 그는 경찰견처럼 이 문제를 물고 늘어졌다. 스미가 매력적이라면, 도대체 그 매력이란 게 뭐지? 그 순간 무시무시한 대답이 절로 튀어나왔다.

"품위?"

갑판장 놈이 저도 모르는 새에 품위를 갖추게 됐다고? 그거야말로 품위의 최고 경지 아닌가?

문득 후크는 '팝'(영국의 내로라하는 이튼칼리지의 사교 토론 클럽 – 옮긴이)의 회원이 되려면 의식적으로는 얻을 수 없는, 몸에 밴 품위를 갖춰야 한다는 사실을 기억해냈다.

머리끝까지 화가 난 그는 버럭 고함을 치며 스미의 머리 위로 갈고리 손을 내뻗었다. 하지만 그를 갈기갈기 찢진 않았다. 자성의 목소리가 만류한 것이다.

"누군가 품위를 갖추었다는 이유로 쇠갈고리질을 하는 게 도대체 사람이 할 짓인가?"

"천박한 놈이나 하는 짓이지!"

비참해진 후크는 물에 빠진 듯 무기력해진 나머지 가지가 잘린 꽃처럼 앞으로 풀썩 엎어졌다.

두목이 잠시 딴눈을 판다고 생각한 졸개들은 금세 기강

이 해이해져선 흥청망청 마시고 춤을 추기 시작했다. 그 소리에 후크는 언제 그랬냐는 듯 팔딱 일어났으니, 한바탕 물벼락을 맞은 후 인간적인 나약함을 말끔히 씻어낸 것처럼 보였다.

"시끄러워, 이것들아!" 후크가 버럭 외쳤다. "입 안 다물면 닻을 던져 짓이겨주마."

과연 물을 끼얹은 듯 사방이 조용해졌다.

"어린 것들은 모두 사슬에 묶었지? 못 날아가게?"

"그럼요."

"그럼 끌고 올라와."

가엾은 포로들이 웬디만 빼고 선창에서 위로 끌려 올라와 후크 앞에 일렬로 섰다. 한동안 후크는 아이들이 앞에 없는 것처럼 굴었다. 태평하게 널브러져선 상스러운 노래의 한 대목을 음정도 안 맞는 콧노래로 흥얼거리며 카드 한 벌을 만지작거렸다. 이따금 시가 불빛이 그의 얼굴을 환하게 물들였다.

"자, 골목대장 놈들아." 후크가 무뚝뚝하게 말했다. "너희 중 여섯은 오늘 밤 널빤지 위를 걷게 될 거야. 그런데 마침 선실의 급사가 두 명 모자라거든. 어느 놈이 그 자리에 어울리려나?"

"쓸데없이 후크의 비위를 거슬러선 안 돼."

선창에 있을 때 웬디는 아이들에게 다짐시켰다. 그래서 투틀스는 공손한 자세로 앞으로 나섰다. 투틀스는 후크 같은 놈을 섬기며 노래한다는 생각만 해도 속이 메스꺼웠지만 그 자리에 없는 자에게 책임을 전가하는 것이 신중하게 대처하는 길임을 본능으로 알았다. 어리숙한 데가 있긴 해도 투틀스는 엄마가 언제나 방패가 되어준다는 것을 알고 있었다. 세상의 모든 아이들은 엄마의 이런 점을 꿰뚫어보고 있으며, 바로 그런 점에서 엄마를 무시하지만 늘 이용해먹는다.

투틀스는 신중하게 설명하기 시작했다.

"저기요, 선장님. 해적이 되면 우리 엄마가 안 좋아할 것 같아요. 넌 어때, 슬라이틀리? 네가 해적이 되면 엄마가 좋아할까?"

투틀스는 슬라이틀리에게 살짝 윙크했고, 슬라이틀리는 구슬프게 말했다.

"아닐걸." 무척 서운한 말투였다. "쌍둥이야, 너희가 해적이 되면 엄마가 좋아할까?"

"아닐걸." 다른 아이 못지않게 영리한 쌍둥이가 말했다. "닙스, 너는 엄⋯⋯."

"개소리들 집어치워!" 후크가 포효했고, 해적들이 아이들을 뒤로 잡아끌었다.

"야, 너." 후크가 존을 가리키며 말했다. "넌 결단력이 좀 있어 보이는데. 해적이 되고 싶단 생각을 한 번이라도 해 본 적이 있니, 아가?"

이런, 존은 가끔이지만 수학 숙제를 하다가 해적을 꿈꾼 적이 있었다. 게다가 후크가 자길 지목하자 우쭐해졌다.

"전 제 이름을 '빨간 손 잭'이라 지을까 생각한 적이 있어요." 존이 수줍게 말했다.

"거참 멋진 이름이구나. 우리 편에 오면 그 이름으로 불러주마, 골목대장."

"네 생각은 어때, 마이클?" 존이 물었다.

"내가 밑에 들어가면, 뭐라고 부를 건데요?" 마이클이 물었다.

"검은 수염 조."

마이클은 당연히 감명을 받았다.

"존, 어쩌지?" 마이클은 존이 결정해주길 바랐고, 존은 마이클이 결정해주기를 바랐다.

"해적이 되어도 우리는 계속 왕을 따르는 백성인가요?" 존이 물었다.

후크는 이를 악다물고 대답했다.

"너흰 이렇게 맹세해야 해. '왕을 타도하라.'"

존은 이제껏 품행이 대단히 바르다고는 할 수 없었으나, 지금은 빛을 뿜어냈다.

"그럼 난 안 할래요." 존은 큰 소리로 외치며 후크 앞에 있는 술통을 쾅 하고 찼다.

"나도 안 할래요!" 마이클이 외쳤다.

"대영제국 만세!" 컬리도 꽥꽥 댔다.

불같이 화가 난 해적들은 아이들 입을 막았고, 후크는 고래고래 소리를 질러댔다.

"그 말이 너희의 운명을 봉인하였다! 놈들의 엄마를 끌고 와. 널빤지를 준비해."

아직 어린 소년들은 주크스와 체꼬가 숙명의 널빤지를 준비하는 것을 보고 얼굴이 하얗게 질렸다. 그래도 아이들은 웬디가 끌려오는 것을 보고 꿋꿋한 모습을 보여주려고 노력했다.

웬디가 해적들을 얼마나 경멸하는지를 굳이 설명해야 할까. 어린 남자애들은 그래도 해적이라는 직업에 매혹을 느꼈지만, 웬디의 눈에 보이는 건 몇 년 동안 청소 한 번 안 한 범선뿐이었다. 배의 둥근 창은 죄다 검댕으로 뒤덮여서 손가락으로 '더러운 돼지'라고 글씨를 써도 될 정도였고, 아닌 게 아니라 이미 몇 군데 쓰여 있는 터였다. 하지만 아이들이 몰려들자 웬디는 다른 생각은 다 잊어버리고 오로지 아이들에게만 집중했다.

"우리 미녀가 오셨군." 후크가 설탕에 절인 것 같은 목소리로 말했다. "이제 그대의 아이들이 널빤지를 걷는 광경을 보여드리지."

후크는 우아한 신사였지만 공동생활에 이골이 나다 보니 주름 깃이 더러워진 것도 몰랐다가, 문득 웬디가 그 부분을 뚫어져라 쳐다보고 있음을 알았다. 당황한 그는 얼른 감추려 했지만 너무 늦었다.

"아이들이 죽는다고요?" 웬디가 물었는데, 후크가 기겁할 정도로 경멸에 가득 찬 표정으로 쳐다보고 있었다.

"그렇답니다." 후크는 으르렁거렸다. "다들 조용히!" 그가 고소해 죽겠다는 표정으로 다시 외쳤다. "어머니가 자식들에게 마지막으로 고할 말씀이 있으시단다."

바로 그 순간, 웬디는 위대해졌다.

"내가 마지막으로 고할 말은 이거란다, 내 아이들아." 그가 결연히 말했다. "너희의 진짜 어머니가 해주신 말씀을 내 입으로 전하고 싶구나. 그 메시지는 이거란다. '우리 아들들이 영국의 신사답게 죽기를 바란다.'"

해적들까지도 경외감을 느끼는 순간이었고, 투틀스가 발작적으로 외쳤다.

"어머니 뜻대로 따를 거야. 닙스, 넌 어쩔 거야?"

"나도 어머니의 뜻대로 따를 거야. 존 넌⋯⋯."

하지만 후크가 다시 끼어들며 외쳤다.

"저 여자앨 묶어!"

웬디를 돛대에 묶은 건 스미였다.

"날 봐, 아가야." 그가 속닥거렸다. "내 엄마가 되어준다고 약속하면 살려줄게."

설령 스미라 해도 웬디는 그런 약속은 해줄 수 없었다.

"그럴 바엔 아이가 없는 쪽을 택하지 않을까?" 웬디가 경멸을 담아 말했다.

스미가 웬디를 돛대에 묶는 동안 소년들 누구도 웬디를 쳐다보지 않았다. 모두의 눈은 널빤지를 향해 있었다. 이제 그 위에서 마지막 몇 걸음을 걸을 터였다. 남자답게 걷기를 바랄 여력도 남아 있지 않았다. 그럴 생각을 할 능력이 다 사라진 것이다. 다만 널빤지를 응시하며 벌벌 떨 뿐이었다.

후크는 소년들을 쳐다보며 이를 악다문 채 미소 짓고는 웬디 쪽으로 한 걸음 나섰다. 소년들이 차례대로 널빤지를 걸을 때 웬디의 얼굴을 붙잡고 어떻게든 그쪽을 보게 할 생각이었다. 하지만 그는 웬디에게 끝내 다가갈 수 없었고, 웬디를 쥐어짜서라도 듣고 싶었던 고통의 절규도 끝내 들을 수 없었다. 그 대신 다른 소리가 들려온 것이다.

무시무시하게 째깍째깍하는 악어의 소리였다.

후크만이 아니라 다들, 그러니까 해적들, 소년들, 웬디까지 모두 그 소리를 들었다. 그러자마자 모두의 고개가 한쪽

235

으로 돌아갔다. 소리가 들리는 바닷가가 아니라, 후크를 향해서. 곧 그 사내 혼자한테만 들이닥칠 일을 모두가 알았다. 지금껏 배우 역할을 하다 갑자기 관객이 되고 만 셈이었다.

후크에게 일어난 변화는 보는 것만으로도 소름이 쪽쪽 끼쳤다. 그는 마치 뼈의 연결 부위가 전부 다 잘린 사람처럼 쓰러졌고, 신체의 부위가 차곡차곡 쌓여 작은 더미를 이루었다.

째깍째깍 소리는 시시각각 가까워지고 있었지만 오싹한 생각이 먼저 들었다.

"이제 악어가 배에 오를 거야!"

후크의 쇠갈고리조차 맥없이 늘어져 있었다. 공격해오는 존재가 바라는 게 자기가 아니라는 사실을 아는 것 같았다. 그렇게 두려운 상황에 혼자 던져진다면 다들 눈을 질끈 감은 채 쓰러질 것이다. 그러나 후크의 두뇌는 불굴의 의지로 여전히 작동하고 있었고, 뇌의 안내에 따라 그는 갑판을 기어 째깍째깍 소리에서 최대한 멀어졌다. 해적들은 그가 지나갈 수 있도록 공손히 길을 비켜주었다. 마침내 난간에 몸을 지탱하고서야 후크는 입을 열었다.

"나 좀 숨겨줘." 그는 쉰 목소리로 외쳤다.

해적들은 그의 주위를 에워쌌다. 그리고 뭔가 배 위로 올라오는 것을 보고도 보지 않으려고 눈길을 피했다. 맞서

싸울 생각은 추호도 없었다. 이건 운명으로 받아들일 수밖에 없었다.

후크가 해적들에 가려져 보이지 않게 되자 소년들은 호기심이 동해 팔다리가 풀려선 뱃전으로 우르르 달려가 기어올라오는 악어를 보려 했다. 그 순간, 그들을 기다린 건 밤중의 밤에서도 가장 이례적인 충격이었다. 그들을 구하기 위해 기어오르고 있는 건 악어가 아니었다. 피터였다.

피터는 의혹을 불러일으키지 않도록 절대 환성을 지르지 말라는 신호를 보냈다. 그런 뒤에 계속 째깍째깍 소리를 냈다.

이번엔 후크가 죽든가 내가 죽든가

인생을 살다 보면 온갖 이상한 일을 겪는데도 얼마간 그런 일이 있었는지조차 의식하지 못할 때가 있다. 예를 들면 갑자기 한쪽 귀가 먹먹해졌는데도 한동안, 대략 30분 정도 전혀 의식하지 못할 때가 있다. 자, 그날 밤에 피터도 그런 경험을 했다. 우리가 마지막으로 보았을 때 피터는 한 손가락을 입술에 대고 단검을 쥔 채 누구도 모르게 섬을 가로지르고 있었다. 악어가 지나가는 걸 봤을 땐 별다른 생각이 없었지만, 잠시 후 악어에게서 평소의 째깍째깍 소리가 들리지 않았음을 깨달았다. 처음에는 섬뜩한 기분이 들었지만, 이내 시계가 멈췄다는 결론에 이르렀다.

가장 가까운 반려를 하루아침에 잃은 악어의 마음을 피터가 헤아렸을 리는 만무하고, 그는 악어의 재앙을 어떻게 자신의 행운으로 바꿀지 고민하기 시작했다. 그리고 직접 째깍째깍 소리를 흉내 내야겠다고 결심했다. 맹수들이 그를 악어로 착각해 털끝 하나 건드리지 않고 지나가게 해줄 거라고 생각했기 때문이다. 그리고 정말 감쪽같이 째깍째깍 소리를 냈는데, 전혀 예기치 못한 결과가 일어났다. 맹수들 사이에 있던 악어가 그 소리를 듣고 피터를 따라온 것이다. 잃어버린 것을 되찾으려 했는지, 아니면 시계가 다시 째깍거린다고 믿고 친구로서 반가워 따라온 건지는 전혀 알 길이 없다. 고정관념에서 헤어나오지 못하는 노예처럼, 악어도 별수 없는 아둔한 동물인 것이다.

피터는 무사히 바닷가에 도착했고 곧장 앞으로 나아갔다. 두 다리가 땅에서 물로 들어갔어도 차이를 전혀 느끼지 못했다. 동물들이야 그렇게 스스럼없이 뭍에서 물로 들어가지만, 내가 아는 인간 가운데 그러는 사람은 피터 말고는 없다. 그는 헤엄치는 내내 오로지 한 가지 생각에만 사로잡혀 있었다.

"이번엔 후크가 죽든가 내가 죽든가 둘 중 하나야."

피터는 너무 오랫동안 째깍째깍 소리를 내다 보니 이젠 의식도 못 하는 채 계속하고 있었다. 의식했다면 멈췄을 것이다. 그 소리를 이용해 해적선에 오른다는 건 획기적인 아이디어였지만, 사실 그가 떠올린 생각은 아니었다.

피터 딴엔 생쥐처럼 찍소리도 내지 않고 뱃전까지 기어

올라갔다고 생각했다. 그래서 해적들이 마치 악어 소리를 들은 것처럼 무너진 후크를 둘러싼 채 잔뜩 위축되어 있는 모습을 보고 깜짝 놀랐다.

악어! 악어를 떠올리기 무섭게 째깍째깍 소리가 들려왔다. 처음엔 정말 악어가 내는 소리라고 생각한 그는 황급히 뒤돌아보았다. 그제야 자기가 흉내 내고 있음을 알아차렸고 상황이 이해되었다.

'난 어쩜 이렇게 머리가 좋지!' 피터의 머리에 곧바로 떠오른 생각이었고, 그래서 아이들에게 박수를 치면 안 된다는 신호를 보냈다.

그때 조타수 에드 테인트가 선원실에서 나오더니 갑판으로 나섰다. 자 여러분, 각자 시계를 보며 이제 펼쳐질 활약의 시간을 재보길 바란다. 피터는 에드를 정확하게, 그리고 깊숙이 찔렀다. 비운의 해적이 숨이 넘어가며 신음을 토하자 존이 얼른 그의 입을 두 손으로 막았다. 에드는 그대로 고꾸라졌다. 이번엔 소년 넷이 달려들어 그의 몸이 바닥에 부딪쳐 쿵 소리를 내기 전에 얼른 붙잡았다. 피터가 신호를 보냈고, 소년들은 배 밖으로 시체를 던졌다. 풍덩 소리 한 번에 사위가 고요해졌다. 지금까지 잰 시간은?

"하나!"(슬라이틀리가 해치운 해적의 수를 세기 시작했다.)

피터는 적당한 순간에 까치발을 하고 선실로 사라졌다.

해적 몇 명이 사라진 용기를 끌어 올려 주변을 둘러보았다. 이제 무시무시한 소리는 지나가고 그들의 귀엔 서로의 괴로운 숨소리가 들렸다.

"놈이 갔어요, 선장님." 스미가 안경을 닦으며 말했다. "다시 조용해졌네요."

후크는 주름 깃에 파묻었던 얼굴을 들고선 귀를 기울였는데, 어찌나 열심히 듣는지 시계 소리의 메아리까지 들을 수 있을 것 같았다. 더는 아무 소리도 들리지 않자 그제야 후크는 몸을 꼿꼿이 세우며 일어났다.

"그렇다면 이제 널빤지 처형식을 올릴 때다!" 후크가 뻔뻔하게 외쳤다. 지금처럼 아이들이 미웠던 적도 없었다. 그의 연약한 내면을 다 봤기 때문이다. 후크는 극악무도한 노래를 부르기 시작했다.

요 호, 요 호, 통통 튕기는 널빤지,
그 위를 걸으면 함께 통통 튀지.
그러다 아래로 쑥 빠지면, 너희도 쑥 빠지지.
바다귀신이나 만나거라!

포로들을 더 겁줄 생각에 후크는 스타일이 구겨지는 것도 아랑곳하지 않고 상상 속 널빤지에서 춤을 추는 시늉을 하며 우거지상으로 노래를 불렀다. 노래를 다 부른 후엔 기세 좋게 외쳤다.

"널빤지를 걷기 전에 고양이의 뜨거운 맛 좀 보여줄까?"

아이들은 무릎을 꿇었다.

"싫어, 싫어!" 아이들의 처량한 울음소리에 모든 해적이 실실 웃었다.

"고양이를 잡아 와, 주크스." 후크가 말했다. "선실에 있어."

선실! 선실에는 피터가 있었다! 아이들은 서로를 쳐다보았다.

"예, 선장님." 주크스는 발랄하게 말하고 힘차게 선실로 걸어갔다. 아이들의 눈길은 일제히 주크스에게 향했다. 그러느라 후크가 다시 노래를 부르기 시작했고 부하들도 따라 부른다는 사실을 알아차리지 못했다.

요 호, 요 호, 할퀴는 고양이,
알겠지만 꼬리가 아홉 개니
네 등짝을 후려치면…….

그 노래의 마지막 소절은 결코 알 수 없을 것이다. 갑자기 선실에서 들린 끔찍한 비명과 함께 노래가 멈췄기 때문이다. 비명은 배 전체에 울려 퍼지다가 잦아들었다. 이윽고 꼬끼오 소리가 들렸는데, 소년들은 그 소리를 딱 알아차렸지만 해적들에게는 비명보다 더 섬뜩할 뿐이었다.

"저게 뭔 소리지?" 후크가 외쳤다.

"둘." 슬라이틀리가 엄숙하게 말했다.

이탈리아인 체꼬가 잠시 주저하다 선실로 들어갔다. 그리고 초췌해져선 휘청이며 나왔다.

"빌 주크스는 어떻게 됐어, 이 자식아!" 후크가 체꼬를 내려다보며 쉰 소리로 물었다.

"그게 어떻게 됐느냐면요, 죽었어요. 칼에 찔려서요." 공허한 목소리로 체꼬가 말했다.

"빌 주크스가 죽었다고!" 해적들이 소스라치게 놀라 외쳤다.

"선실은 칠흑처럼 깜깜했어요." 체꼬가 더듬대며 말했다. "하지만 그 안에 뭔가 끔찍한 게 있어요. 꼬끼오 소리를 내던 거요."

후크의 눈에 환희에 찬 아이들과 고개를 떨구는 해적들 모습이 동시에 들어왔다.

"체꼬." 후크가 더없이 냉혹한 목소리로 말했다. "다시 가서 닭 소리 나는 걸 가져와."

체꼬는 용감한 무리 가운데서도 용감한 사내였지만, 선

장 앞에서 잔뜩 움츠러들었고 울면서 말했다.

"싫어요, 싫어요." 하지만 후크는 쇠갈고리 손을 보며 낮고 기분 좋은 소리로 달랠 듯 말했다.

"방금 간다고 말한 거지, 체꼬?" 후크가 생각에 잠겨 물었다.

체꼬는 절망스럽게 두 손을 내뿌리고는 선실로 갔다. 더 이상 노래를 부르는 사람은 없었으며 다같이 귀를 기울이고 있었다. 이윽고 또 한 번의 죽음을 알리는 절규가 들려왔고, 또 한 번의 꼬끼오 소리가 들려왔다.

슬라이틀리 외에는 아무도 입을 뻥긋하지 않았다.

"셋." 슬라이틀리가 말했다.

후크는 손짓으로 졸개들을 불러 모았다.

"이 멍청이 잡놈들아!" 후크가 불호령을 내렸다. "어느 놈이 저 꼬끼오를 내 앞에 끌고 올 테냐?"

"체꼬가 나올 때까지 기다리시죠." 스타키가 목구멍을 긁는 것 같은 소리로 외쳤고, 다른 해적들도 목청을 돋우어 거들었다.

"네가 자원한 것 같은데, 스타키?" 후크가 다시 낮고 기분 좋은 목소리로 떠보았다.

"그럴 리가요, 절대 아니에요!" 스타키가 외쳤다.

"내 쇠갈고리 손은 그렇다고 생각하는데?" 후크가 스타키에게 다가갔다. "쇠갈고리손 앞에서 이랬다 저랬다 변덕을 떠는 게 과연 권장할 만한 짓일지 모르겠네, 스타키?"

"저길 가느니 차라리 목을 매달겠어요." 스타키가 완강한 태도로 대답했고, 선원들은 이미 스타키의 편을 들고 있었다.

"반란을 일으키고 있는 건가?" 후크가 더없이 유쾌하게 물었다. "스타키가 주동자로군!"

"선장님, 자비를!" 이제 스타키는 온몸을 부들부들 떨며 훌쩍훌쩍 울었다.

"악수하자, 스타키." 후크가 쇠갈고리 손을 내밀며 말했다.

스타키는 주변을 두리번거리며 도움을 요청했지만 모두 외면했다. 스타키가 한 걸음 물러서자 후크가 한 걸음 다가갔다. 이제 후크의 두 눈에서는 불똥이 튀고 있었다. 결국 스타키는 절망에 찬 절규를 내지르며 롱톰 위로 뛰어올랐고 그대로 바다에 몸을 던졌다.

"넷." 슬라이틀리가 말했다.

"자, 이제." 후크가 자상하게 말했다. "아까 또 어느 신사가 반란을 입에 올리셨더라?" 등불을 움켜쥐고 쇠갈고리를 쳐들어 협박하듯 휘두르면서 후크가 말했다. "내가 직접 들어가 저 헛소리 내는 것을 잡아 오지." 그리고는 냉큼 선실로 들어갔다.

'다섯.' 슬라이틀리는 이 말을 얼마나 외치고 싶었던가? 슬라이틀리는 입술을 적시고 언제든 그 말을 할 태세를 갖췄다. 하지만 후크는 비틀거리며 밖으로 나왔고, 그의 손엔 등불이 들려 있지 않았다.

"뭔가가 불을 껐어." 후크가 살짝 불안한 목소리로 말했다.

"뭔가가!" 멀린스가 따라 말했다.

"체꼬는요?" 누들러가 물었다.

"체꼬도 주크스처럼 죽었어." 후크는 짤막하게 답했다.

후크는 다시 선실에 들어갈 마음이 없는 것 같았고, 그 모습에 불길한 기운을 감지한 부하들 사이에서 아까처럼 반항심 담긴 불만이 터져 나왔다. 해적은 모두 미신을 믿었으니, 쿡슨이 한마디 더했다.

"배에 원래 헤아린 머릿수보다 한 사람 더 많으면 그 배는 빼도 박도 못하고 저주를 받게 된대."

"나도 들은 적 있어." 멀린스가 중얼거렸다. "해적선에 늘 마지막으로 타는 자라고 하더라. 꼬리도 있나요, 선장님?"

쿡슨이 버르장머리 없이 후크에게 묻자, 다른 해적들도 하나둘씩 악을 쓰기 시작했다.

"이 배는 이제 끝장난 거야!"

해적들이 동요하는 모습을 본 아이들은 참지 못하고 환호하기 시작했다. 그 바람에 포로들에 대해선 까맣게 잊고 있던 후크가 그들 쪽으로 몸을 홱 돌렸고 다시금 환한 표정을 지었다.

"애들아!" 후크가 졸개들에게 외쳤다. "선실 문을 열고 저것들을 다 처넣는 건 어떨까? 저것들을 꼬끼오와 목숨 걸고 싸우게 하는 거야. 놈들이 꼬끼오를 죽이면 우리에겐 경사지. 꼬끼오가 저것들을 죽여도 우린 손해 볼 것 없고."

마지막으로 졸개들은 진심으로 후크를 우러러보았고 성심을 다해 명을 따랐다. 아이들은 발버둥 치는 척하며 선실로 끌려 들어갔고 해적들은 문을 잠갔다.

"자, 이제 듣기만 하면 돼!"

후크가 소리쳤고, 모두 귀를 기울였다. 하지만 다들 겁이 나서 선실 문은 똑바로 쳐다보지 못했다. 아니, 딱 한 명은 예외였다. 바로 지금껏 돛대에 묶여 있던 웬디였다. 웬디가 주시하는 건 비명을 지르는 광경도, 꼬끼오도 아니었다. 웬디가 기다리는 건 다시 나타날 피터였다.

웬디의 기다림은 오래가지 않았다. 선실에서 피터는 찾던 것을 손에 넣은 터였다. 아이들의 손목에 채워진 수갑을 풀 열쇠 말이다. 아이들은 선실을 샅샅이 뒤져 찾아낸 무기로 무장하고 몰래 그곳을 빠져나왔다. 피터는 먼저 아이들에게 숨으라고 신호를 보낸 뒤 웬디를 묶은 밧줄을 끊었다. 이제 남은 건 다 함께 날아가는 것뿐이니 식은 죽 먹기나 다름없었다. 그전에 한 가지가 발목을 잡았다. '이번엔 후크가 죽든가 내가 죽든가 둘 중 하나'라는 맹세 말이다. 피터는 웬디의 결박을 풀어주면서 소년들과 숨어 있으라고 속삭였고, 웬디가 묶여 있던 자리에 서서 웬디처럼 보이려고 웬디의 망토를 몸에 둘렀다. 그런 후 크게 숨을 들이마신 뒤 꼬끼오 소리를 냈다.

해적들에게 그 목소리는 선실로 끌려간 소년들이 다 죽었다는 우렁찬 알림이었다. 그들은 공황 상태에 빠졌다. 후크가 사기를 높이려고 용을 썼지만, 졸개들은 개떼처럼 후크에게 송곳니를 드러내 보였다. 후크는 지금 한눈을 팔면 그들이 당장이라도 달려들 것임을 알았다.

"얘들아."

후크는 상황에 따라 구워삶든지 두들겨 팰 각오를 했지만, 단 한 순간도 주눅 드는 법이 없었다.

"아무래도 이 배에 요나(『구약성경』에 등장하는 예언자로 하느님의 명령을 어기고 도망쳐 배에 오르나 폭풍으로 배가 난파할 위기에 처하자 자신의 죄를 고백하고 희생 제물로 바다에 몸을 던진다. 이후 하느님이 보낸 물고기의 배 속에서 회개하고 용서받은 후 물고기 밖으로 나오게 된다-옮긴이)가 탄 게 분명해."

"아하." 부하들이 으르렁댔다. "그 요나가 쇠갈고리 손을 가진 남자 맞죠?"

"아니, 얘들아. 나 말고 저 여자애. 여자가 해적선에 타서 재수가 좋았던 적이 한 번도 없어. 저 여자애를 없애고 나면 다 바로잡을 수 있을 거야."

졸개 중 몇 명이 플린트도 같은 말을 했던 것을 기억해 내고는 애매하게 말했다.

"해보지 뭐."

"여자애를 배 밖으로 던져."

후크가 외치자 해적들은 망토를 뒤집어 쓴 형체에게 달려갔다.

"이제 널 구해줄 사람은 없어, 아가씨." 멀린스가 조롱했다.

"한 명 있는데." 망토를 뒤집어쓴 형체가 말했다.

"그게 누군데?"

"피터 팬. 복수의 칼을 받아라!" 끔찍한 대답이 돌아왔다. 그와 동시에 피터는 망토를 벗어 던졌다. 그제야 해적들을 지금까지 선실에서 동료들을 죽인 게 누군지 알게 되었다. 후크는 말을 꺼내려고 두 번 시도했지만 매번 말문이 막혔다. 내 생각엔 그 무시무시한 순간에 후크의 흉포한 심장이 부서진 게 아닌가 싶다.

마침내 그는 목이 터져라 외쳤다.

"저놈의 가슴을 쪼개버려!" 하지만 이미 자신감을 잃은 목소리였다.

"내려와! 얘들아! 공격이다!" 피터의 목소리가 울려 퍼졌고, 다음 순간 무기들이 부딪치는 소리가 배 안을 가득 채웠다. 해적들이 똘똘 뭉쳐 싸웠다면 틀림없이 이겼을 텐데, 침착성을 잃은 상태에서 공격을 받았기 때문에 이리 뛰고 저리 뛰면서 마구 찔러대면서 자기가 해적 가운데 마지막 생존자라는 생각을 하고 있었다. 일대일로 싸우면 해적 쪽이 힘이 셌지만 몸을 사리는 데 급급하느라 소년들은 둘씩 편을 먹고 사냥감을 찾아다니며 싸울 수 있었다. 어떤 해적은 바다로 뛰어들었다. 어떤 해적은 어둡고 후미진 곳에 숨었다. 하지만 싸우지 않는 슬라이틀리가 찾아내 달려와서 등불을 얼굴에 들이대면 해적들은 불빛 때문에 앞을 잘 보지 못했고, 그 틈에 다른 소년들은 피비린내 나는 칼로 손쉽게 찌를 수 있었다. 들리는 건 무기가 부딪치는 소리, 이따금 비명을 지르거나 바다에 첨벙 빠지는 소리, 그리고 슬라이틀리가 단조롭게 "다섯, 여섯, 일곱, 여덟, 아홉, 열, 열하나" 하고 숫자를 세는 소리뿐이었다.

사나운 소년들이 후크를 에워싼 건 다른 해적들을 다 소탕한 뒤였던 것 같다. 그런데도 그들은 후크가 불의 고리로 스스로를 보호하는 마법의 존재라도 되는 듯 가까이 다가가지 못했다. 소년들은 후크의 졸개를 모두 해치웠지만 이 사내는 그들 전부와 일당백으로 싸울 수 있을 것처럼 보였다. 소년들이 에워싼 범위를 계속 좁혀갔지만 후크는 그럴 때마다 어김없이 자신의 공간을 확보했다. 그는 아까부터 한 소년을 쇠갈고리 손으로 들어 올린 후 방패로 삼아 싸우고 있었는데, 지금 막 멀린스를 칼로 찌른 다른 소년이 싸움판에 훌쩍 끼어들었다.

"칼을 거둬, 애들아." 끼어든 소년이 외쳤다. "이자는 내가 상대한다."

그 말과 함께 후크는 피터와 정면으로 맞서게 되었다. 다른 소년들은 물러나선 둘을 고리 모양으로 에워쌌다.

원수지간인 후크와 피터는 한참 동안 서로를 바라보았다. 후크는 살짝 떨고 있었고, 피터는 묘한 미소를 띠고 있었다.

"자, 팬." 마침내 후크가 입을 열었다. "이건 다 네가 한 짓이지."

"그래, 제임스 후크." 단호한 대답이 돌아왔다. "다 내가 한 거야."

"어린놈이 오만하고 시건방지기만 해서." 후크가 말했다. "이제 네 놈의 운명을 받아들여라."

"음흉하고 사악한 아저씨." 피터가 대답했다. "그 운명은 너의 것이야."

대화는 그것으로 끝내고 그들은 결투를 시작했다. 얼마간은 우열을 가릴 수가 없었다. 뛰어난 검객인 피터는 감탄이 절로 나올 만큼 재빠르게 공격을 받아넘겼고 이따금 속임수를 곁들여 훅 찌르기 공격으로 후크의 방어를 허물기도 했지만, 상대적으로 팔이 짧아서 불리했고 후크를 제대로 찌르지도 못했다. 반면 후크는 검술로는 피터와 마찬가지로 눈부셨으나 손목을 유연하게 놀리진 못했고 공격에 무게를 실어 피터에게 위압을 가했다. 그러면서 오래전 리우데자네이루에서 바비큐에게 배웠고 이후 가장 좋아하게 된 찌르기 수법으로 단번에 결투의 막을 내리려 했다. 그러나 찌를 때마다 엉뚱하게 빗나가자 그는 크게 놀랐다. 그래서 이번엔 피터에게 가까이 다가가 지금껏 허공만 허투루 긁던 쇠갈고리 손으로 결정타를 날리려 했다. 하지만 피터는 잽싸게 몸을 굽혀 쇠갈고리를 피하면서 후크의 갈빗대 사이를 맹렬한 기세로 힘껏 찔렀다. 여러분은 후크의 피가 특이한 색깔이라는 것을 기억할 것이다. 그런 자기 피가 역겨워 후크는 그만 칼을 떨어뜨렸다. 이제 그의 운명은 피터의 손에 달려 있었다.

"지금이야!"

소년들이 일제히 외쳤지만, 피터는 위풍당당한 태도로

원수에게 다시 칼을 집을 기회를 주었다. 후크는 곧바로 칼을 집어 들었지만 품위가 무엇인지를 보여준 피터 때문에 비참한 기분이 들었다.

그는 지금까지 피터가 자기를 적대시하는 악마라고만 생각했다. 그런데 지금 그런 생각에 어두운 의혹이 밀려드는 것이었다.

"팬, 너는 누구이며 뭐 하는 놈이냐." 후크가 쉰 목소리로 외쳤다.

"나는 젊음, 나는 기쁨이다." 피터가 입에서 나오는 대로 말했다. "난 알을 깨고 나온 작은 새다!"

당연하지만 피터도 무슨 뜻인지 모르고 하는 말이었다. 하지만 불운한 후크에게 이는 피터가 스스로 누구인지, 어떤 됨됨이를 갖추었는지 알지 못한다는 증거였으며, 그런 의미에서 품위의 최고봉 그 자체였다.

"다시 싸우자." 후크가 절망에 차서 외쳤다.

이제 후크는 인간 도리깨가 된 것처럼 싸웠고 무시무시한 칼을 휘두를 때마다 어른이건 어린이건 가로막았다면 칼이 두 동강 날 듯했다. 하지만 피터는 후크 주위를 나비처럼 날아다니는 것이 마치 후크의 칼이 일으키는 바람에 밀려 후크의 공격 반경을 벗어나는 것처럼 보였다. 그러면서 줄곧 급격히 달려들어 칼을 찔렀다.

후크는 이제 희망 없이 싸우고 있었다. 열의가 넘쳤던 심장은 목숨을 구걸할 생각이 없었다. 하지만 한 가지 소원을 갈망하고 있었다. 그의 심장이 영원히 식기 전에 피터가 품위를 구기는 걸 보는 것이었다.

후크는 결투를 포기하고 화약고로 달려가 불을 질렀다.

"2분 후면 이 배는 산산조각 난다!" 그가 외쳤다.

지금이야, 지금이야. 후크는 생각했다. 놈의 본색이 드러날 거야.

하지만 피터는 화약고로 들어가더니 두 손으로 포탄을 들고 나왔고 침착하게 배 밖으로 던져버렸다.

후크가 지닌 품위는 어떤 것일까? 어쩌다 탈선한 사내지만, 그가 결국 본분에 맞게 처신한다면 우린 동정하는 게 아니라 진심으로 기뻐할 텐데 말이다. 한편 다른 소년들은 후크의 주변을 날아다니며 모욕과 조소를 퍼부었다. 후크는 갑판을 비틀비틀 오가며 그들을 향해 맥없이 칼을 쑤셔댔지만 마음은 다른 곳을 향해 있었다. 그의 마음은 오래전 어느 날 고개를 숙이고 학교 운동장을 걸었던 기억, 착한 일을 해서 교장의 부름을 받았던 기억, 모교의 전설적인 월 경기(이튼 스쿨에서 행하던, 코트 내의 벽에 공을 치고 던지는 게임 ─ 옮긴이)를 관람하던 기억을 향했다. 그 시절 그는 신발을 제대로 신었다. 조끼도 나무랄 데 없었으며, 넥타이도, 양말도 모두 품위에 걸맞

왔다.

제임스 후크, 그대 뼛속까지 악한은 아니었으니, 이제 잘 가기를.

이런 인사를 하는 건 이제 후크의 마지막 순간이 우리를 기다리고 있기 때문이다.

피터가 자신을 향해 단검을 고쳐 잡고 여유 있게 날아오는 것을 보고 후크는 바다에 몸을 던질 셈으로 갑판 난간 위로 훌쩍 뛰어올랐다. 밑에서 악어가 기다리고 있음을 그는 알지 못했다. 혹여 그가 결심을 바꾸는 일이 없도록 우리가 악어의 배 속 시계를 멈춰놓았기 때문이지. 마지막으로 그에게 존경을 표하고 싶은 우리의 작은 배려인 셈이다.

후크는 최후에 하나의 승리를 거두었다. 그렇다고 그를 못마땅해하진 말자. 난간에 선 후크는 어깨 너머로 바람을 가르며 날아오는 피터에게 자길 발로 걷어차라는 신호를 보냈다. 피터는 그의 뜻대로 칼로 찌르는 대신 발로 걷어찼다.

그로서 후크는 그토록 염원하던 바를 마지막에야 이루게 되었다.

"품위를 구겼군!" 후크는 큰 소리로 조롱한 후 바다로 떨어져 악어 밥이 되었다.

그렇게 제임스 후크는 사라졌다.

"열일곱." 슬라이틀리가 큰 소리로 고했다. 하지만 슬라이틀리는 숫자를 잘못 말했다. 그날 밤 해적 열다섯 명은 벌을 받았지만 두 명은 뭍으로 도망쳤기 때문이다. 도망친 스타키는 네이티브 아메리칸 전사에게 붙잡혔고, 전사들은 그에게 갓난아기 돌보는 일을 시켰다. 해적으로서는 서글프게 전락한 꼴이다. 스미는 안경을 쓰고 세상을 떠돌아다녔는데, 제임스 후크가 유일하게 두려워한 사람이 자기라고 떠벌리고 다니며 한시도 안심할 수 없는 인생을 살았다.

웬디는 해적과의 전투에 직접 뛰어들지 않아도 빛나는 눈으로 피터의 일거수일투족을 지켜보았다. 하지만 모든 것이 마무리되자 다시금 맨 앞에 나섰다. 우선 소년들을 하나하나 칭찬해주었고, 마이클이 자기가 해적을 죽인 곳을 가르쳐주자 몸서리치면서도 즐거워하는 모습을 보여주었다. 그런 후 그들을 후크의 선실로 데려가선 후크가 못에 걸어둔 손목시계를 가리켰다. 시계는 '1시 반!'을 외치고 있었다.

시간이 그렇게까지 늦었다는 사실이야말로 그날 있었던 모든 일을 통틀어 가장 큰일이었다. 그래서 여러분도 짐작했겠지만 웬디는 서둘러 아이들을 해적들의 2층 침대에 재웠다. 피터만 빼고. 피터는 거드름을 피우며 갑판 위를 오락가락하다 결국 롱톰 옆에서 잠이 들었다. 그리고 자주 꾸는 악몽에 시달리며 오래도록 훌쩍였지만, 웬디가 꼭 안아주었다.

집으로

종이 세 번 울리고 아침이 되자 모두 일어나 요란스레 오갔다. 그들 앞에 펼쳐진 거대한 바다의 풍경 때문이었다. 갑판장이 된 투틀스는 손에 밧줄 한쪽 끝을 들고 담배를 씹고 있었다. 소년들은 해적이 입던 옷을 각자 무릎에 맞춰 잘라 입고 잽싸게 면도까지 한 후, 파도에 흔들리는 배 위에서 휘청대며 바지춤을 끌어올렸다.

선장이 누구인지를 말할 필요가 있을까? 닙스와 존이 각각 일등과 이등 항해사가 되었다. 여자도 한 명 타고 있었다. 나머지는 평선원이 되어 배 앞쪽의 선원 전용 선실에서 지냈다. 피터는 벌써 키를 잡고 있었지만 호각을 불어 모두를 갑판으로 집합시킨 뒤 짧은 연설을 했다. 용맹한 선원으로 본분을 다 하길 바란다면서, 경고하기를 리우데자네이루와 황금해안의 쓰레기만도 못한 떨거지임을 다 알고 있다,

그러니 선장에게 불손하게 굴면 갈기갈기 찢겨 죽을 줄 알라고 했다. 귀에 심히 거슬리는 이런 허풍은 뱃사람끼리만 통하는 감성을 자극했고, 그래서 선원들은 선장에게 오히려 기운찬 환호를 보냈다. 이윽고 선장이 날카로운 목소리로 몇 가지 명령을 내렸고 선원들은 배를 빙그르르 돌려 본토를 향해 나아갔다.

선장 펜은 배의 해도를 참고해 지금의 날씨가 계속될 경우 6월 21일쯤에는 아조레스 제도에 이를 것이라고 계산했다. 그런 후 날아가면 시간을 절약할 수 있을 것이다.

선원 중에는 이 배가 정직한 일을 하길 바라는 아이도 있었고, 원래대로 해적선이길 바라는 아이도 있었다. 하지만 선장이 그들을 개처럼 취급하는 통에 선원들은 사발통문에도 각자의 희망사항을 밝힐 엄두를 내지 못했다. 두말없이 곧바로 복종해야 탈이 없었다. 슬라이틀리는 수심을 재라는 명령에 어리둥절한 표정을 지었다고 열두 대나 맞았다. 피터가 웬디의 의구심을 잠재우려고 정직하게 행동한다는 게 중론이었으나, 새로 만드는 옷이 완성되면 사태가 바뀔 수도 있었다. 웬디는 본의 아니게 후크 선장의 옷 중에서도 가장 사악해 보이는 옷을 피터에게 맞게 수선하고 있었다. 나중에 선원들이 저들끼리 수군거렸던 말로는 그 옷을 입은 첫날 밤에 피터가 선실에서 후크의 시가 파이프를 입에 문 채 오랜 시간 앉아 있었으며, 한 손은 주먹을 쥐고 집게손가락만 갈고리처럼 구부려선 위협하듯 위로 쳐들고 있었다고 한다.

이제 해적선의 정황은 그만 들여다보고 아주 오래전에 우리의 세 주인공이 무심하게 훌쩍 날아 떠나버린 후 쓸쓸해진 집으로 돌아가자. 지금껏 이 14번지를 까맣게 잊고 있었다니 부끄러운 일이 아닐 수 없다. 그렇지만 달링 부인이 그런 일로 우리를 나무라지는 않을 거라고 믿는다. 우리가 좀 더 빨리 돌아가서 애도와 연민이 담긴 표정으로 쳐다봤다면 달링 부인은 이렇게 외쳤을 것이다.

"어리석긴. 나 따위 신경 쓰지 말고 가서 우리 애들이나 지켜봐줘요."

세상의 엄마들이 이렇게 나오는 한, 자식들은 그 점을 이용할 것이다. 아니 집중공략할 것이다.

그래도 그 친숙한 방에 굳이 들어가보는 건 그 방의 원래 주인들이 집으로 돌아오고 있기 때문이다. 우리는 다만 아이들이 오기 전에 얼른 가서 환기를 잘 했는지, 또 달링 부부가 그날 저녁에 외출하는 건 아닌지 확인하려는 것뿐이다. 그래봤자 우린 심부름꾼에 지나지 않는다. 그렇다 한들 부모 고마운 줄 모르고 무작정 떠나버린 것들 좋으라고 침실을 환기할 필요가 과연 있을까? 아이들이 돌아왔을 때 엄마 아빠는 교외로 주말여행을 가고 없는 게 합당한 대접이 아닐까?

세 아이와 인연을 맺은 우리가 도덕적인 교훈을 제시하려면 그 방법뿐이다. 하지만 정말로 그렇게 하면 달링 부인이 우릴 가만 놔두지 않을 것이다.

지금 나는 작가들이 누려온 권리를 남용해 달링 부인에게 아이들이 돌아오고 있다고, 거짓말이 아니라 다음 주 목요일에 도착할 거라고 말하고 싶어 미치겠다. 그렇게 하면 웬디와 존과 마이클이 부모님을 위해 준비한 깜짝 선물을 망치게 될 것이다. 셋은 배에서 계획을 짜두었다. 엄마는 황홀해 쓰러질 지경이 되고, 아빠는 기쁨의 비명을 지르고, 나나는 누구보다 먼저 그들을 포옹하려고 날 듯이 달려들게 하려면 들키지 않고 잘 숨어야 했다. 그런데 내가 선수를 쳐서 미리 알려주어 계획이 다 어긋나면 얼마나 고소할까. 그래서 셋이 위풍당당하게 집에 들어섰는데 달링 부인은 웬디에게 입을 맞출 생각도 없는 것 같고 달링 씨는 짜증을 내며 '빌어먹을, 애들이 돌아왔잖아' 한다면. 하지만 미리 알려준다고 해도 고맙다는 말 한마디 듣지 못할 것이다. 이제야 그 속을 알 것도 같은 달링 부인이 아이들에게서 작은 즐거움을 빼앗은 나를 신랄하게 나무랄 것이다.

"하지만 부인, 목요일까진 열흘이나 남았어요. 그러니 우리가 미리 알려주면 부인은 열흘 먼저 불행에서 벗어날 수 있다고요."

"그래요. 하지만 희생이 너무 크잖아요! 아이들이 기뻐할 10분의 시간을 빼앗아야 하잖아요!"

"아, 그렇게까지 생각하신다면야!"

"달리 생각할 게 뭐가 있죠?"

그렇다, 이 여인은 지금 제정신이 아니다. 그전까지만 해도 나는 부인에 대해선 각별히 좋은 말만 골라 했으나, 지금은 우스울 뿐이며 그런 고로 앞으로 부인에 관해서라면 내입에서 좋은 말은 나오지 않을 것 같다. 부인에게 아이들이돌아올 준비를 마쳤으니 부인 역시 준비하고 있으라는 말도 해줄 필요가 없을 것 같다. 이미 침실은 환기가 되었고, 부인은 한시도 집을 비우지 않고 있으며, 그리고 보라, 창문도 활짝 열려 있다. 우리가 부인에게 도움이 될 거라곤 배로 돌아가는 것 말고는 없어 보인다. 그래도 여기 온 김에 잠시 머물면서 집 안을 들여다보는 것도 이상할 건 없겠지. 그게 우리의 본분, 구경꾼으로서 할 일 아닌가. 이제 아무도 우리를 필요로 하지 않는다. 그러니 가만히 지켜보다가 가시 돋친 말을 던져 몇몇이 상처를 받길 기대해보자.

아이들 방은 한 가지만 빼고 그대로였다. 달라진 건 아침 9시부터 저녁 6시까지 방 안에 놓아두었던 개집이 이제는 없다는 사실이다. 아이들이 날아서 떠난 뒤, 달링 씨는 모든 불행은 나나를 묶어놓은 자기 잘못 때문에 일어났고, 나나는 처음부터 끝까지 자기보다 현명했음을 뼈저리게 느꼈다. 우린 이미 알고 있지만, 달링 씨는 꽤나 단순한 사람이었다. 머리만 벗어지지 않았다면 소년이라고 해도 다들 믿을 정도로 보였다. 그럼에도 그에겐 정의에 대한 고결한 의식과 옳다고 생각하는 쪽으로 행동하는 사자의 용기가 있었다. 아이들이 날아서 떠난 후 그는 이 문제를 진지하게 곱씹은 끝에 네발로 기어서 개집 안으로 들어갔다. 달링 부인이 제발 나오라고 애원하자 그는 슬프지만 단호하게 대답했다.

"안 돼요, 여보. 여기가 내가 있을 곳이에요."

사무치는 회한 끝에 달링 씨는 아이들이 돌아올 때까지 무슨 일이 있어도 개집 밖으로 나가지 않겠다고 맹세했다. 물론 딱한 일이었지만, 달링 씨는 매사에 도를 넘거나 아니면 지레 포기하든가 둘 중 하나밖에 모르는 사람이었다. 그후 저녁마다 개집에 들어가 앉아서 사랑스러웠던 아이들의 과거를 아내와 함께 이야기하는 조지 달링을 보면 예전의 자신만만하던 모습은 어디 가고 더없이 겸손해 보이기만 했다.

정말 애틋한 건 달링 씨가 나나에게 경의를 표하게 됐다는 점이다. 달링 씨는 나나가 개집에 들어오지 못하게 했지만, 그 외의 다른 문제에 대해서는 나나가 하자는 대로 무조건 따랐다.

매일 아침 달링 씨는 개집에 들어간 채 여객 마차를 타고 사무실로 출근했고, 6시가 되면 똑같은 방법으로 집에 돌아왔다. 달링 씨가 전에 이웃 사이에 오가는 말에 얼마나 전전긍긍했는지 기억한다면 이 남자의 성격에 상당히 꿋꿋한 면이 있음을 엿볼 수 있을 것이다. 바야흐로 그의 행동거지는 놀라울 정도의 관심을 불러일으켰다. 달링 씨는 속으론 대단히 고통스러웠겠지만 동네 아이들이 그가 개집에 들어간 것을 보고 놀려댈 때조차 겉으론 평정을 보여주었고, 부인들이 개집 안을 들여다볼 때면 잊지 않고 공손히 모자를 들어 보였다.

그런 달링 씨의 행동은 주책없어 보이면서 또 비장해 보였다. 오래지 않아 그가 개집에 살게 된 속사정이 알려졌고 이는 많은 사람들의 심금을 울렸다. 사람들이 떼거지로 몰려들어 달링 씨의 개집이 실린 마차를 따라가며 힘차게 응원을 보냈고, 예쁜 아가씨들은 개집 위까지 올라가선 그의 사인을 받았다. 권위 있는 매체에 달링 씨의 인터뷰 기사가 실렸고, 사교계에서 그를 만찬에 초청하면서 '개집에 계신 채 와주십시오'라고 쓴 초대장을 보냈다.

다사다난할 것으로 예상되던 목요일이 오자 달링 부인은 아이들 방에서 남편 조지 달링 씨의 퇴근을 기다렸다. 부인의 눈에는 애수가 가득했다. 이제야 부인의 얼굴을 자세히 들여다보니 소싯적 발랄했던 그 모습이 떠오른다. 하지만 아이들을 모두 잃은 후 그 모습도 이젠 찾아볼 수 없게 되었다. 이런 마당에 내가 부인에 대해 못된 말을 늘어놓다니 있을 수 없는 일이다. 그런 막돼먹은 자식들을 너무도 사랑한다는 건 그러고 싶어서가 아니라 그럴 수밖에 없어서가 아닐까? 의자에 앉은 채로 잠든 부인을 보라. 무엇보다 눈에 들어오는 부인의 입꼬리는 시들어 말라붙다시피 했다. 가슴에 얹은 손은 불안하게 움찔거리는데 가슴에 통증이라도 있는 건 아닌지 모르겠다. 누구는 피터가 제일 좋고 누구는 웬디가 제일 좋다지만, 나는 달링 부인이 가장 좋다. 그렇다면 잠든 부인의 귀에 대고 아이들이 돌아오고 있다고 속삭여주면 부인이 행복하지 않을까? 아이들은 정말로 창밖 3킬로미터 거리에서 힘차게 날아오는 중이고, 우린 그냥 아이들이 오는 중이라고 속삭이기만 하면 된다. 그래, 그렇게 하는 거다.

우린 그러면 안 되는 거였다. 그 말을 하자마자 달링 부인이 소스라쳐 깨어나선 아이들의 이름을 불렀기 때문이다. 방엔 나나 말고는 아무도 없었다.

"아, 나나, 아이들이 돌아오는 꿈을 꾸었어."

나나의 눈엔 눈물이 가득 고였지만 부인의 무릎에 앞발을 가만히 올려놓는 것 말고는 해줄 수 있는 게 없었다. 그렇게 둘이 가만히 앉아 있는데, 개집이 돌아왔다. 달링 씨가 부인에게 키스하려고 개집에서 얼굴을 내밀 때 우리는 그의 얼

굴이 전보다 많이 상했어도 표정은 다정해졌다는 걸 확인할
수 있다.

달링 씨는 라이자에게 모자를 건넸고, 라이자는 모자를
받으면서 경멸을 감추지 않았다. 라이자는 상상력이 전혀 없
었기 때문에 달링 씨가 그런 행동을 하는 이유를 이해할 수
없었다. 집 밖에선 마차를 따라 집 앞까지 온 사람들이 아직
도 응원을 보내고 있었고, 이를 본 달링 씨는 그러지 않으려
하면서도 감동했다.

"저 소리 좀 들어봐요." 달링 씨가 말했다. "참 고마운 일
이야."

"철부지 남자애들 뿐인데요." 라이자가 코웃음을 쳤다.

"오늘은 어른도 너댓 명 있더라고." 달링 씨는 얼굴을 살
짝 붉히며 단언했지만 라이자가 고개를 홱 돌리자 달리 더
우길 말이 한마디도 없었다. 사회적인 명성은 그를 망치지
못했다. 그는 오히려 더 인간적이 되었다. 한동안 개집에서
얼굴을 내민 채 아내와 함께 이런 성공에 관해 이야기를 나
누던 그는 아내가 성공했다고 사람이 바뀌는 일은 없었으면
좋겠다고 하자 안심시키려는 뜻에서 아내의 손을 꼭 잡았다.

"그래도 내가 약한 남자였다면. 맙소사, 내가 약한 남자
였다면!"

"그래서 말인데요, 조지." 달링 부인이 소심하게 말했다.

"지금 당신이 이러는 건 어느 때보다도 많이 뉘우치기 때문이죠?"

"어느 때보다도 많이 뉘우치고 있으니까, 여보! 지금 내가 이렇게 벌받고 있는 거잖아요. 날 봐요, 개집에서 사는 나를!"

"그러니까 이건 벌을 받아서 그런 거예요, 그렇죠 조지? 정말 즐기고 있는 게 아닌 거 맞죠?"

"여보!"

여러분도 다 짐작하겠지만, 달링 부인은 남편에게 이렇게 말한 것을 사과했다. 얼마 후 달링 씨는 졸음에 겨워 개집 안에서 몸을 웅크렸다.

"당신의 음악으로 재워줄래요?" 달링 씨가 부탁했다.

"놀이방에 있는 피아노를 연주해줄래요?" 달링 부인이 놀이방으로 가는데 달링 씨는 무심히 덧붙여 말했다. "그리고 저 창문 좀 닫아줘요. 외풍 때문에 춥네."

"아, 조지, 나한테 다시는 그런 부탁 하면 안 돼요. 저 창문은 아이들을 위해서 언제나 열려 있어야 한다고요. 언제나, 언제나."

이제 달링 씨가 아내에게 사과할 차례였다. 달링 부인은 놀이방에 가서 피아노를 쳤고, 달링 씨는 금세 잠이 들었다. 그리고 달링 씨가 자는 동안 웬디와 존과 마이클이 방으로 날아들어왔다.

아, 이럴 수가. 이 대목에서 방금 웬디와 존과 마이클이라고 썼건만. 우리가 배를 떠나오기 전 아이들은 참신한 계획을 세웠는데, 그런 후 심상치 않은 일이 벌어진 게 분명하다. 방으로 날아들어온 건 피터와 팅커 벨이었으니까.

피터의 첫마디가 전후 상황을 설명해주었다.

"서둘러, 팅크." 피터가 작은 목소리로 재촉했다. "저 창문을 닫아. 걸쇠를 걸어! 그렇지. 너하고 나는 문으로 빠져나가면 돼. 이때 웬디가 오면 엄마가 자길 내쫓았다고 생각할 거야. 그럼 나와 다시 돌아갈 수밖에 없을 거야."

이제야 내가 왜 헛갈렸는지 알겠다. 피터가 왜 해적을 몰살한 후에도 네버랜드로 돌아가지 않았는지, 왜 팅크가 아이들을 본토로 안내하게 내버려두었는지 말이다. 피터는 내내 이런 계략을 마음속에 품고 있었던 것이다.

피터는 자기가 나쁜 짓을 저지르고 있다는 생각을 하기는커녕 기뻐서 춤을 추었다. 그런 후 놀이방을 엿보며 피아노 연주하는 사람을 확인하고선 팅크에게 속삭였다.

"저게 웬디 엄마야! 참 예쁜 여자지만 우리 엄마가 더 예뻐. 웬디 엄마도 입에 골무가 잔뜩 있지만, 우리 엄마만큼 많진 않아."

물론 피터는 자기 엄마에 대해 아는 게 하나도 없었다.

그런데도 엄마 자랑을 할 때가 가끔 있었다.

피터는 달링 부인이 연주하는 음악이 〈즐거운 나의 집〉이라는 것도 몰랐다. 하지만 노랫말이 '돌아와, 웬디, 웬디, 웬디'라는 건 알아들었다. 피터는 승리에 도취돼서 외쳤다.

"두 번 다시 웬디를 보지 못할 거예요, 아주머니. 창문이 닫혀 있거든!"

갑자기 연주가 멈추자 피터는 뭔 일인가 싶어 다시 놀이방을 엿보았다. 달링 부인이 피아노에 머리를 기대고 있었고, 부인의 눈에는 두 방울의 눈물이 맺혀 있었다.

"내가 창문 걸쇠를 풀어주길 바라는 거야." 피터가 생각했다. "하지만 난 안 할 거야. 안 한다고!"

피터가 다시 방 안을 들여다보니, 눈물은 여전히 그대로 맺혀 있었다. 새로운 눈물이 다시 맺힌 것일 수도 있다.

"웬디를 정말 엄청나게 좋아하잖아." 피터가 혼잣말을 했다. 부인이 웬디를 다시 만날 수 없는 이유를 모른다고 생각하자 이제 피터는 부인에게 화가 났다.

이유는 너무도 단순했다.

"나도 웬디를 좋아하니까요. 우리 둘 다 웬디를 가질 수는 없잖아요, 아주머니."

하지만 부인이 이 사실을 알 리 없었고, 그 생각에 피터는 우울해졌다. 피터는 부인을 보지 않으려고 고개를 돌렸지만 부인의 표정이 내내 마음에 걸렸다. 깡충깡충 뛰어다니면서 익살맞은 표정을 지어봤으나 장난을 그만두자마자 부인이 마음의 문을 두드려대는 것 같았다.

"에이, 알았어요." 마침내 피터는 그렇게 말하고 마른 침을 꿀꺽 삼켰다. 그런 후 창문의 걸쇠를 풀었다.

"가자, 팅크." 피터가 외쳤다. 그리고는 자연법을 대놓고 비웃듯 이렇게 말했다. "멍청한 엄마 같은 건 우리 쪽에서 거절한다!" 그 말을 끝으로 피터는 날아가버렸다.

그 덕분에 웬디와 존과 마이클은 창문이 자기들을 기다리며 열려 있는 것을 보았다. 당연하지만, 그들에겐 과분한 배려였다. 그런데도 셋은 부끄러운 기색도 없이 방 안에 내려앉았고, 막내는 여기가 자기 집인 것조차 이미 잊고 있었다.

"존 형." 마이클이 미심쩍은 표정으로 주위를 둘러보며 말했다. "나 전에 여기 와본 것 같아."

"와본 것 같은 게 아니라 왔어, 멍청아. 저기 네가 예전에 자던 침대가 있잖아."

"그렇네." 말은 그렇게 했지만 확신하지 못하는 눈치였다.

"와!" 존이 외쳤다. "개집이 있네!" 존은 개집 안을 들여다보려고 달려갔다.

"나나가 있을 거야." 웬디가 말했다.

하지만 존은 휘파람을 불었다. "여보세요? …개집 안에 남자가 있는데?"

"아빠다!" 웬디가 외쳤다.

"나도 아빠 볼래." 마이클이 간절히 애원하더니 개집 안을 유심히 살폈다. "내가 죽인 해적만큼 크진 않은데?" 마이클은 몹시도 실망해 이렇게 말했다. 달링 씨가 잠들어 있었으니 망정이지! 막내아들이 자길 보고 꺼낸 첫마디 말을 실제로 들었다면 가슴이 미어졌을 것이다.

웬디와 존은 아빠가 개집에 있는 걸 보고 기겁했다.

"내 생각이 맞는다면 말이야." 존이 자기 기억을 믿지 못한다는 듯이 말했다. "예전엔 아빠가 개집에서 잔 적이 없지 않아?"

"존." 웬디가 말을 더듬었다. "아무래도 우리가 생각보다 더 옛날을 기억 못 하는 건지도 몰라."

아이들은 갑자기 오싹해졌다. 꼴 좋다.

"엄마는 관심도 없나 봐." 어린 악당 존이 말했다. "우리가 돌아왔는데도 여기에 없다니."

바로 그 순간, 달링 부인이 다시 피아노를 치기 시작했다.

"엄마다!" 웬디가 놀이방을 들여다보며 외쳤다.

"진짜네!" 존이 말했다.

"그러면 웬디가 진짜 우리 엄마가 아니란 말이야?" 졸린 티가 역력한 마이클이 물었다.

"아, 이를 어째." 웬디가 처음으로 가슴이 아프도록 반성하며 말했다. "정말 오랫동안 떠나 있었구나!"

"우리, 살금살금 기어가는 거야." 존이 제안했다. "그리고 손으로 엄마 눈을 가리는 거야!"

하지만 웬디 생각엔 좀 더 온화한 방식으로 이 기쁜 소식을 알려야 할 것 같았고, 그래서 더 좋은 계획을 내놓았다.

"우리 모두 침대에 가서 이불을 덮고 누워 있자. 엄마가 들어오면 그동안 아무 데도 가지 않았던 척하는 거야!"

그래서 달링 부인이 남편이 자는지 확인하려고 아이들 방으로 들어왔을 때, 빈 침대는 하나도 없었다. 아이들은 엄마가 기쁜 비명을 지르길 기다렸지만 그런 일은 일어나지 않았다. 부인은 아이들을 봤지만 현실로 받아들일 수가 없었다. 그럴 만도 하다. 달링 부인은 아이들이 침대에 누워 있는 꿈을 한두 번 꾼 게 아니었기 때문에 지금도 자기가 꿈을 꾼다고만 생각했다.

부인은 벽난로 옆 의자에 앉았다. 예전에 아이들을 돌봤던 자리였다.

아이들은 엄마가 왜 이러는지 알 수 없었고, 차디찬 공포에 휩싸였다.

"엄마!" 웬디가 외쳤다.

"쟤는 웬디." 부인은 그렇게 말하면서도 여전히 꿈이라고만 생각했다.

"엄마!"

"쟤는 존." 부인이 말했다.

"엄마!" 마이클이 외쳤다. 이제 마이클은 엄마를 알아보았다.

"쟤는 마이클!" 달링 부인은 그렇게 말하고는, 다신 볼수 없을 이기적인 철부지 자식 셋을 향해 두 팔을 뻗었다. 그런데, 이게 웬일인가. 아이들이 품에 안겼다. 그렇다, 웬디, 존, 마이클이 침대에서 달려 나와 부인에게 안긴 것이다.

"조지! 조지!" 부인은 간신히 말을 할 수 있게 되었을 때 큰 소리로 남편을 불렀다. 그러자 달링 씨는 잠에서 깨어나 부인과 함께 이 축복을 함께 나누었고, 나나도 힘차게 달려 방으로 들어왔다. 세상에 이만큼 아름다운 광경은 어디에도 없을 것이다. 하지만 세상에서 이 모습을 진짜로 지켜본 사람은 창문 밖의 어린 소년 한 명뿐이었다. 피터는 다른 아이들이 결코 알 수 없을 황홀한 순간을 수도 없이 누려왔다. 그러나 지금 그는 창문을 통해 그에겐 영원히 금지된 한 가지 행복한 광경을 보고 있었다.

웬디가 어른이 된 어느 날

여러분이 네버랜드 소년들의 안부를 궁금해했으면 좋겠다. 소년들은 밑에서 웬디가 자기들에 관한 이야기를 끝낼 때까지 기다렸고, 500까지 센 다음 위로 올라갔다. 이때 계단으로 올라간 건 그러는 편이 더 좋은 인상을 줄 거라고 생각해서였다. 달링 부인 앞에 한 줄로 서서 모자를 벗으며 그들은 해적 옷을 입고 있지 않았다면 좋았을 텐데 하고 아쉬워했다. 소년들은 한마디도 안 했지만, 눈빛으로 자기들을 받아달라고 호소했다. 달링 씨에게도 그런 눈길로 호소해야 했겠지만 그에 대해선 까맣게 잊고 있었다.

당연하지만 달링 부인은 그들을 당장 받아들이겠다고 말했다. 하지만 달링 씨의 표정은 기묘하게 우울해 보였고, 아이들은 그가 여섯 명을 좀 많게 생각해서 그러나 보다 생각했다.

"이 말은 분명히 해야겠다." 달링 씨가 웬디에게 말했다. "너는 절반씩 나누어 처리하는 법이 없구나."

쌍둥이는 '절반'을 자기들을 두고 하는 말로 받아들였다. 쌍둥이 중 자존심이 남다른 첫째가 얼굴이 벌게져서 물었다.

"저희가 감당하기 너무 힘들다고 생각하시나요, 아저씨? 그렇다면 저희는 그냥 가도 돼요."

"아빠!" 웬디가 충격을 받아 외쳤지만 달링 씨의 얼굴엔 여전히 구름이 드리워져 있었다. 못나게 굴고 있다는 걸 알면서도 어쩔 수가 없었다.

"저희는 잘 때 몸을 반으로 접을 수 있어요." 닙스가 말했다.

"애들 머린 제가 늘 깎아줘요." 웬디가 말했다.

"조지!" 사랑하는 남편이 못난 짓을 하는 것을 더는 보다 못한 달링 부인이 외쳤다.

그러자 달링 씨는 울음을 터뜨렸고 진실이 밝혀졌다. 그는 아이들이 한 식구가 된 것에 부인 못지않게 기쁘다고 말했다. 하지만 아이들이 부인만 아니라 자기한테도 허락을 구해야 마땅하다고, 자기가 이 집에서 하찮은 존재인 것처럼 취급해선 안 된다고 말했다.

"아저씨가 하찮은 존재라고 생각하지 않아요." 투틀스가 얼른 외쳤다. "컬리, 넌 저 아저씨가 하찮은 존재라고 생각해?"

"아니, 그렇지 않아. 슬라이틀리, 넌 아저씨가 하찮은 존재라고 생각해?"

"그럴 리가. 어이, 쌍둥이, 너희는 어떻게 생각해?"

이로써 달링 씨를 하찮은 존재로 생각하는 아이는 단 한명도 없음이 밝혀졌다. 이에 달링 씨는 민망할 정도로 흡족해했고, 아이들이 다 들어갈 수 있다면 응접실에 그들 방을 마련하겠다고 말했다.

"저희는 다 들어갈 수 있어요." 소년들이 달링 씨를 안심시켰다.

"그렇다면 대장을 따르라!" 달링 씨가 흥에 겨워 큰소리로 외쳤다. "미리 말해두는데 우리 응접실이 진정한 응접실이라고 말할 수 있을지 모르겠다. 그래도 응접실이라고 치자꾸나. 어떻든 마찬가지니까, 룰루랄라!"

달링 씨는 춤을 추며 집 안을 돌아다니기 시작했고, 아이들도 다 함께 "룰루랄라!"라고 외치고는 그를 따라 춤을 추며 응접실을 찾아 나섰다. 응접실을 찾았는지 못 찾았는지는 기억이 안 나지만, 아무튼 그들은 구석구석에 각자 누울 자리를 찾아냈다.

피터는 어떻게 됐을까. 피터는 떠나기 전에 한 번 더 웬디를 보았다. 창문까지 왔다고 말할 수는 없지만 웬디가 원한다면 자기를 불러 세울 수 있도록 창문을 슬쩍 스치듯 날아갔다. 웬디는 바로 그렇게 피터를 불러 세웠다.

"안녕, 웬디. 잘 있어." 피터가 말했다.

"아, 피터, 정말 가는 거야?"

"응."

"피터, 혹시 말인데." 웬디가 더듬더듬 말을 꺼냈다. "우리 엄마 아빠에게 해줄 다정한 말 없어?"

"없어."

"나한테는, 피터?"

"없어."

달링 부인이 창가로 왔다. 지금까지 한눈파는 법 없이 웬디를 지켜보던 부인은 피터에게 다른 소년들을 입양했으니 피터도 입양하고 싶다고 말했다.

"날 학교에 보낼 건가요?" 피터가 영악하게 물었다.

"그래."

"그런 다음엔 회사에 보내겠네요?"

"그렇겠지."

"난 머지않아 어른이 될 거고요?"

"곧."

"나는 학교에 가고 싶지 않아요. 진지한 것도 배우고 싶지 않고요." 피터가 열을 내며 말했다.

"나는 어른이 되고 싶지 않아요. 아, 웬디 어머니, 자다 깨어났는데 수염이 나 있으면 어떻게 해요!"

"피터." 웬디가 달랬다. "네가 수염이 나도 난 널 좋아할 거야."

달링 부인이 피터를 향해 두 팔을 뻗었지만 피터는 거부했다.

"저리 가요, 숙녀분. 누구도 날 잡아서 어른으로 만들 수 없어요."

"하지만 어디 가서 살려고 그러니?"

"웬디에게 지어준 집에서 팅크랑 살 거예요. 요정들이 밤에 자는 나무 꼭대기에 집을 올려줄 거예요."

"너무 근사해." 웬디가 간절히 그리워하며 말하자 달링 부인은 딸을 잡은 손에 힘을 주었다.

"요정들은 다 죽은 줄 알았는데." 달링 부인이 말했다.

"어린 요정들은 늘 많이 있어요." 이제 요정에 관해선 권위자가 된 웬디가 설명했다. "아기가 태어나 처음으로 소리 내 웃으면 요정이 태어나거든요. 그러니까 아기들이 새로 태어나면 요정도 늘 새로 생겨나는 거죠. 요정들은 나무 꼭대기에 지은 둥지에 살고요. 자주색 요정은 남자애, 흰색 요정은 여자애인데요. 파란색 요정도 있는데 자기가 남자인지 여자인지 모르는 좀 멍청한 애들이에요."

"난 아주 신나게 지낼 거야." 피터가 웬디를 바라보며 말했다.

"저녁이 되면 외로워질걸." 웬디가 말했다. "벽난로 옆에 앉아 있으면……."

"팅크가 같이 사는데 뭐."

"팅크는 스무고개 놀이 못하잖아." 웬디는 다소 신랄하게 상기시켰다.

"앙큼한 고자질쟁이!" 팅크가 구석 어디선가 큰 소리로 쏘아붙였다.

"상관없어." 피터가 말했다.

"아, 피터. 상관있잖아."

"흠, 그러면 나랑 같이 작은 집으로 가자."

"그래도 돼요, 엄마?"

"절대 안 되지. 이렇게 네가 집에 돌아왔는데, 두 번 다시 안 놔줄 거야."

"하지만 피터에게는 엄마가 정말 필요해요."

"나한테도 네가 필요해."

"아, 난 됐어요." 피터는 웬디에게 제안한 게 예의 때문이었지 진심은 아니었다는 투로 말했다. 그러나 달링 부인은 피터의 입이 떨리는 걸 놓치지 않았고, 그래서 멋진 제안을 했다. 매년 일주일씩 웬디가 피터에게 가서 봄맞이 대청소를 해주는 것이었다. 웬디 입장에선 날짜를 확실히 정해주는 편이 더 좋았을 것이다. 게다가 봄은 아직 먼 계절처럼 느껴지기도 했다. 그렇지만 피터는 이 약속만으로도 기분 좋게 떠날 수 있었다. 피터는 시간에 대한 감각이 없었고, 늘 모험으로 가득 찬 삶을 살았다. 어느 정도냐면 지금까지 내가 언급한 모험들은 새 발의 피에 지나지 않는다. 내 생각엔 웬디도 이 사실을 알기 때문에 마지막으로 인사를 할 때 다소 애처롭게 말한 것 같다.

"날 잊으면 안 돼, 피터. 봄맞이 대청소를 하러 갈 때까지, 알았지?"

물론 피터는 약속했다. 그리고 날아서 사라졌다. 피터는 달링 부인의 키스도 가져갔다. 그때까지 세상 누구도 가질 수 없었던 키스를 피터는 참으로 쉽게 가져갔다. 알다가도 모를 일이다. 하지만 달링 부인은 만족한 것 같았다.

당연히도 소년들은 모두 학교에 갔다. 대부분 3반에 들어갔지만, 슬라이틀리는 처음엔 4반에 들어갔다가 나중에 5반으로 옮겼다. 제일 수준 높은 반이 1반이다. 학교를 다닌 지 일주일도 안 돼서 소년들은 섬에 남지 않은 것을 후회했다. 그러나 때는 늦었고, 소년들은 얼마 안 가서 여러분이나 나, 또는 어린 젠킨스처럼 평범한 삶이 몸에 배게 되었다. 이렇게 말할 수밖에 없어서 가슴 아프지만 날아다니는 능력도 점차 잃게 되었다. 처음에 나나는 아이들의 발을 침대 기둥에 묶어 밤에 날아가지 못하도록 했다. 낮에 소년들은 심심풀이로 버스에서 떨어지는 척했다. 하지만 날이 갈수록 침대 기둥에 묶인 발을 당기지 않게 되었고, 버스에서 떨어지면 다친다는 것도 알게 되었다. 얼마 안 있어 바람에 날려가는 모자를 쫓아서 날 수도 없게 되었다. 연습 부족 때문이라고 그들 딴엔 둘러댔지만 사실은 하늘을 나는 일을 더 이상 믿지 않게 되었다는 증거였다.

마이클은 비록 놀림을 받긴 했지만 다른 소년들에 비해 더 오래 믿음을 간직했다. 그래서 첫 번째 해가 끝날 무렵 피터가 웬디를 데리러 왔을 때, 마이클도 함께 갔다. 웬디는 피터와 함께 날아갈 때 예전에 네버랜드에서 나뭇잎과 열매를 엮어 만든 원피스를 입었고, 옷이 짧아진 걸 피터가 알아챌까 마음이 조마조마했지만 자기 이야기를 하느라 정신없는 피터는 전혀 눈치채지 못했다.

웬디는 피터와 신나는 옛 시절을 이야기할 기대에 부풀어 있었지만, 피터의 마음속에서 옛 시절은 밀려난 지 오래였다. 그 안엔 새로운 모험들이 가득 차 있었다.

"후크 선장이 누구야?" 웬디가 대단했던 원수 이야기를 꺼내자 피터가 관심을 가지며 물었다.

"기억 안 나?" 웬디가 놀라서 물었다. "네가 그 사람을 죽이고 우리 모두를 구해줬잖아!"

"난 죽인 사람은 다 잊어버려." 피터는 대수롭지 않다는 듯이 대답했다.

또한 기대는 안 하지만 팅커 벨이 자길 만나면 반가워했으면 좋겠다고 웬디가 말했을 때도 피터는 이렇게 말했다.

"팅커 벨이 누군데?"

"아, 피터!" 웬디는 충격을 금치 못하며 외쳤다. 하지만 웬디가 설명을 해줘도 피터는 기억하지 못했다.

"그런 요정들이 얼마나 많은데." 피터가 말했다. "아무래도 이제 이 세상에 없을걸."

피터 말이 맞을 것이다. 요정들은 오래 살지 못하니까. 그래도 요정들은 워낙 작으니 짧은 시간도 충분히 길다고 느낄 것이다.

피터에게 지나간 1년은 어제 하루와 같다는 걸 알게 된 웬디는 슬퍼졌다. 웬디에게는 피터를 기다린 작년 한 해가 너무도 길었기 때문이다. 하지만 피터는 더없이 매력적이었고, 둘은 나무 꼭대기의 작은 집에서 환상적인 봄맞이 대청소 기간을 보냈다.

다음 해에 피터는 웬디를 찾아오지 않았다. 웬디는 옛날 원피스가 너무 작아져서 새 원피스를 입고 기다렸지만, 피터는 오지 않았다.

"아픈가 봐." 마이클이 말했다.

"피터는 절대 아프지 않다는 걸 알면서."

웬디에게 다가와 속삭이는 마이클은 몸을 떨고 있었다.

"혹시 피터라는 사람이 아예 없는 건 아닐까, 웬디!"

마이클이 울음을 터뜨리지 않았다면 웬디가 울음을 터뜨렸을 것이다.

피터가 웬디를 다시 찾은 건 그다음 해 봄맞이 대청소 때였다. 이상하지만 피터는 자기가 한 해를 건너뛰고 왔다는 사실을 전혀 몰랐다.

그때가 소녀 웬디가 피터를 본 마지막이었다. 그 후로도 얼마간 웬디는 피터를 위해서 성장의 아픔을 겪지 않으려고 노력했다. 그러다 상식 대회에서 상을 탔을 때 피터를 배신한 기분이 들었다. 정작 몇 년이 지나도록 무심한 소년은 웬디를 찾아오지 않았다. 그러다 다시 만난 날, 웬디는 한 남자의 아내가 되어 있었다. 이제 웬디에게 피터는 어린 시절에 갖고 놀았던 장난감 상자 안의 작은 먼지 뭉치에 지나지 않았다. 웬디는 어른이 된 것이다. 하지만 그런 웬디 때문에 슬퍼할 건 없다. 웬디는 어른이 되고 싶어 했으니까. 결국 웬디는 자신의 자유의지를 가지고 여느 소녀보다 더 빨리 어른이 되었다.

다른 소년들 모두 어른이 되었으니 이번에 그들 이야기

는 하지 않으련다. 그들에 관해 말할 것이 별로 없기도 하다. 언젠가 여러분이 작은 가방과 우산을 들고 출근하는 쌍둥이와 닙스와 컬리를 보게 될지도 모르겠다. 마이클은 열차 기관사가 되었다. 슬라이틀리는 지체 높은 여성과 결혼해 귀족이 되었다. 그리고 저기 철문 밖을 나서는 가발 쓴 재판관이 보이는지? 그가 투틀스다. 저기 수염을 기르고 자식들에게 들려줄 재미난 이야기는 하나도 모르는 남자는 존이다.

웬디는 분홍색 장식띠를 두른 흰 드레스를 입고 결혼식을 올렸다. 피터가 교회로 날아 내려와선 예정된 결혼에 이의를 제기하지 않은 게 신기할 따름이다.

또다시 세월이 흘렀고, 웬디는 딸을 낳았다. 이 사실은 보통 잉크가 아니라 황금색 잉크로 기록해야 마땅하다.

딸의 이름은 제인이었고, 이 땅에 태어난 순간부터 물어볼 질문이 많은 듯 언제나 남달리 호기심 가득한 표정을 짓고 있었다. 그리고 질문을 할 수 있을 만큼 컸을 때 주로 피터 팬에 관해 질문을 쏟아냈다. 제인은 피터 팬 이야기를 무척 좋아했고, 웬디는 기억에 닿는 한 모두 이야기해주었다. 그 전설적인 비행이 이루어진 아이들 방에서 이야기해주었는데, 이젠 제인의 방이었다. 달링 씨가 노쇠하면서 계단을 좋아하지 않게 되자, 웬디의 남편이 3퍼센트 깎은 가격으로 그집을 사들였다. 달링 부인은 세상을 떠난 후론 기억에서 잊했다.

이제 그 방에는 제인의 침대와 돌보미의 침대 두 개만 남았다. 개집이 없는 건 나나 또한 세상을 떠났기 때문이다. 노환으로 떠났는데, 말년엔 성격이 까다로워져서 함께 살기가 다소 힘들었다. 자기 말고는 누구도 아이들을 돌볼 줄 모른다고 철석같이 믿었기 때문이다.

제인의 돌보미는 일주일에 한 번 저녁 시간을 쉬었고, 그럴 땐 웬디가 제인을 재웠다. 그때가 제인에게 이야기를 들려주는 시간이었다. 제인이 만들어낸 놀이가 하나 있었다. 엄마와 함께 이불을 머리끝까지 뒤집어써서 텐트를 친 뒤 깜깜한 어둠 속에서 작게 속삭이는 것이었다.

"지금 뭐가 보여요?"

"오늘 밤엔 아무것도 안 보이는데." 웬디는 그렇게 말하면서 상념에 잠긴다. "나나가 있었다면 그만 말하고 잠잘 때라고 했겠지."

"아니에요, 보이잖아요." 제인이 말한다. "엄마가 꼬마 소녀였을 때가 보이잖아요."

"그건 정말 오래전 이야기야, 아가야." 웬디가 말한다. "아아, 세월이 속절없이 흘렀구나!"

"세월은 엄마가 어릴 적 날았을 때처럼 빨라요?" 아이가 깜찍한 질문을 한다.

"엄마가 날았을 때처럼? 제인, 그거 아니? 엄마는 가끔 내 자신이 정말 난 적이 있었나 싶을 때가 있어."

"맞아요, 엄마는 날았어요."

"날 수 있었던 때가 얼마나 좋았던지!"

"왜 지금은 못 날아요, 엄마?"

"엄마가 어른이 되었거든. 어른이 되면 나는 법을 잊어 버려."

"왜 잊는데요?"

"어른들은 더 이상 명랑하지도 않고, 천진하지도 않고, 무정하지도 않거든. 명랑하고 천진하고 무정해야만 날 수 있 단다."

"명랑하고 천진하고 무정한 게 뭐예요? 나도 명랑하고 천진하고 무정하면 좋겠다."

웬디는 이제야 뭔가 보이는 것 같다고 생각한다.

"확실하게 믿는 건." 웬디가 말한다. "바로 이 방에서 시 작됐다는 거야."

"나도 그럴 거라고 확실하게 믿었어요." 제인이 말한다. "얼른 말해주세요."

엄마와 딸은 피터가 그림자를 찾으러 날아든 그날 밤의 엄청난 모험 이야기를 이제 막 시작한 참이다.

"그 바보 같은 아이가 말이지." 웬디가 말한다. "비누를 칠해서 그림자를 붙이려다가 안 되니까 울음을 터뜨렸고, 그 소리에 엄마는 잠에서 깨어났어. 그리고 실과 바늘로 그 아이의 그림자를 꿰매주었지."

"하나 빼 먹은 게 있어요." 이제는 엄마보다 그 이야기를 더 잘 기억하게 된 제인이 끼어든다. "피터가 바닥에 주저앉아 우는 걸 보고 엄마가 뭐라고 말했죠?"

"침대에서 일어나 앉아 이렇게 말했지. '애, 왜 그렇게 울고 있니?'"

"맞아요, 그거예요." 제인이 크게 숨을 내쉬며 말한다.

"그런 다음 피터가 우릴 데리고 네버랜드까지 날아갔지, 요정, 해적, 네이티브 아메리칸 전사, 인어의 석호, 땅속 집, 작은 집까지."

"맞아요! 그중에서 뭐가 제일 좋았어요?"

"땅속 집이 제일 좋았어."

"맞아요, 나도 그래요. 피터가 엄마에게 마지막으로 한 말은 뭐였죠?"

"피터가 엄마한테 마지막으로 한 말은 '언제나 날 기다려줘. 그러면 어느 날 밤 꼬끼오 소리를 듣게 될 거야'였어."

"맞아요."

"하지만 야속하지, 피터는 엄마를 완전히 잊어버렸어." 웬디는 미소 지으며 말했다.

그렇게 웬디는 어른이 되어 있었다.

어느 날 저녁 제인이 물었다.

"피터는 꼬끼오 소리를 어떻게 내요?"

"이렇게." 웬디는 그 소리를 흉내 내려고 애썼다.

"아니에요, 그게 아니에요." 제인이 진지하게 말했다.
"이런 소리예요."

제인은 엄마보다 훨씬 더 그럴듯하게 흉내 냈다. 웬디는
깜짝 놀랐다.

"아가야, 어떻게 그 소리를 아니?"

"꿈속에서 가끔 들었어요." 제인이 대답했다.

"아, 그래. 수많은 꼬마 아가씨들이 꿈속에서 그 소리를
듣지. 하지만 엄마는 유일하게 깨어 있을 때 그 소리를 들었
단다."

"엄마가 운이 좋았어요." 제인이 말했다.

그런 일이 있은 후 어느 밤 비극이 찾아왔다. 때는 봄이
었고, 그날 밤 들려줄 이야기도 다 마친 후 제인은 침대에서
자고 있었다. 웬디는 방에 불을 켜지 않은 채 바느질을 하려
고 벽난로 근처 바닥에 앉아 있었다. 그렇게 바닥에 앉아서
바느질을 하는데 꼬끼오 소리가 들려왔다. 그리고 옛날처럼
창문이 활짝 열리더니 피터가 날아서 바닥에 내려와 앉았다.

피터는 변한 게 하나도 없었다. 웬디는 피터에게 아직도

젖니가 있는 것을 단번에 알아봤다.

피터는 어린 소년이었고 웬디는 어른이었다. 웬디는 벽난로 근처에서 옴짝달싹할 엄두도 내지 못한 채 몸을 웅크렸다. 커다란 어른의 몸인 것에 속수무책이었고, 떳떳지 못한 느낌이 들었다.

"안녕, 웬디?" 피터가 말했다. 언제나 자기 생각이 먼저여서 뭐가 달라졌는지 눈치를 못 채는 것 같았다. 아니면 어둠침침한 불빛에서 웬디가 입고 있는 흰 드레스가 처음 만났을 때 웬디가 입고 있었던 잠옷으로 보였는지도 모른다.

"안녕, 피터?" 웬디가 기어들어가는 목소리로 말하며, 몸이 작아질까 싶은 마음에 한껏 웅크렸다. 웬디의 마음속에서 누군가 외치고 있었다.

'아주머니, 아주머니, 날 내보내줘요.'

"안녕, 존은 어딨지?" 침대 하나가 안 보이는 걸 갑자기 눈치챈 듯 피터가 물었다.

"이제 여기 없어." 웬디가 숨을 가쁘게 쉬며 대답했다.

"마이클은 자고 있어?" 피터가 무심한 눈으로 제인을 흘긋 보며 물었다.

"응." 그렇게 말하면서 웬디는 피터만이 아니라 제인까지도 속이는 기분이 들었다.

"그 애는 마이클이 아냐." 웬디는 비난을 받을까 봐 서둘러 정정했다.

피터가 제인을 보았다.

"그럼 새 아이야?"

"응."

"남자애야, 여자애야?"

"여자애."

이쯤 하면 피터도 상황을 파악했을 거라고 생각했겠지만, 전혀 아니었다.

"피터." 웬디가 더듬거리며 말했다. "내가 너랑 함께 날아갈 거라고 생각해?"

"당연하지. 그러니까 이렇게 온 거잖아." 그러면서 피터는 다소 엄격하게 덧붙였다. "지금이 봄맞이 대청소 때라는 걸 잊은 거야?"

웬디는 피터에게 너는 수많은 봄맞이 대청소 철을 잊었다고 말해봤자 아무 소용 없음을 알았다.

"난 못 가." 웬디가 변명하듯 말했다. "나는 법을 잊어버렸어."

"내가 바로 가르쳐주면 돼."

"아, 피터, 내게 요정 가루를 뿌려봤자 소용없어."

웬디는 자리에서 일어나 있었다. 그제야 피터는 두려움에 사로잡혔다.

"이게 뭐지?" 피터가 움츠러들며 소리쳤다.

"불을 켤게." 웬디가 말했다. "네 눈으로 직접 볼 수 있게."

내가 아는 한 피터는 생전 처음으로 겁을 집어먹었다.

"불 켜지 마!" 피터가 외쳤다.

웬디는 두 손을 뻗어 애처로운 소년의 머리칼을 쓸어주었다. 그는 더 이상 피터 때문에 상처받는 어린 소녀가 아니라 상심해도 미소를 짓는 어른이었다. 그러나 입은 미소 짓고 있어도 두 눈엔 눈물이 어려 있었다.

잠시 후 웬디는 불을 켰고 피터는 보았다. 그는 고통에 찬 비명을 질렀다. 이제 훤칠하고 아름다운 존재가 허리를 구부려 자신을 두 팔로 안아 올리려 하자 그는 황급히 뒤로 물러섰다.

"이게 뭐지?" 피터가 또 외쳤다.

웬디는 피터에게 털어놓아야 했다.

"난 나이를 먹었어, 피터. 스무 살을 먹고도 한참을 더 나이가 들었어. 오래전에 어른이 되었어."

"안 그럴 거라고 약속했잖아!"

"어쩔 수 없었어. 난 결혼도 했어, 피터."

"아니야, 그렇지 않아."

"맞아. 저기 침대에서 자는 여자애가 내 딸이야."

"아니야, 그렇지 않아."

하지만 피터는 웬디 말이 사실임을 알았다. 그는 단검을 치켜들고 잠자는 아이 쪽으로 한 걸음 다가갔다. 물론 제인을 찌르지는 않았다. 대신 그는 바닥에 주저앉아 흐느껴 울었다. 웬디는 그런 피터를 어떻게 달랠지 알 수 없었다. 옛날에는 아무렇지도 않게 피터를 달래주었는데……. 그는 이제 다 큰 여자에 지나지 않았고, 그래서 고민을 하려고 방을 뛰쳐나갔다.

피터는 계속해서 울었다. 얼마 안 있어 그 소리를 들은 제인이 잠에서 깼다. 침대에 일어나 앉은 제인은 피터를 보자마자 관심을 보였다.

"얘." 제인이 말했다. "왜 울어?"

피터는 자리에서 일어나 제인에게 허리를 굽혀 인사했고, 제인도 침대에 앉은 채 피터에게 허리 숙여 인사했다.

"안녕."

"안녕."

"내 이름은 피터 팬이야."

"응, 알아."

"난 우리 엄마를 찾으러 왔어." 피터가 설명했다. "엄마랑 함께 네버랜드에 가려고."

"응, 알아." 제인이 말했다. "널 기다리고 있었어."

웬디가 풀이 죽은 모습으로 돌아왔을 때는 침대 기둥에 앉아 신이 나서 꼬끼오 소리를 내는 피터를 보게 되었다. 그리고 잠옷 차림의 제인이 황홀경에 빠져 방 안을 날아다니고 있었다.

"얘가 우리 엄마야." 피터가 설명했다. 그러자 제인은 피터 옆에 내려와 섰다. 제인은 지금 숙녀가 피터를 볼 때 짓는, 피터가 좋아하는 표정을 짓고 있었다.

"피터한텐 엄마가 꼭 필요해요." 제인이 말했다.

"그래, 알아." 웬디가 절망적으로 대답했다. "그 사실에 관해서라면 나만큼 잘 아는 사람도 없을 거야."

"잘 있어." 피터가 웬디에게 말했다. 그리고 피터가 공중으로 날아오르자 제인 역시 아무렇지도 않게 피터를 따라 날아올랐다. 제인에겐 이미 하늘을 나는 것이 가장 손쉽게 이동하는 방법이 되었다.

웬디가 황급히 창가로 달려갔다.

"안 돼, 안 돼." 웬디가 소리쳤다.

"봄맞이 대청소 기간만 있다 올게요." 제인이 말했다. "피터가 매년 봄맞이 대청소를 도와달래요."

"나도 너희와 함께 갈 수만 있다면!" 웬디가 한숨을 쉬었다.

"엄만 이제 못 날잖아요." 제인이 말했다.

물론 웬디는 둘이 날아가게 내버려두었다. 우리가 마지막으로 본 웬디는 창가에 서서 아이들이 하늘을 날다가 별처럼 작아질 때까지 쳐다보는 모습이었다.

여러분이 지금 웬디를 보게 된다면 아마 머리가 하얗게 세고 몸집은 다시 작아져 있을 것이다. 지금까지의 이야기는 모두 옛날에 일어난 일이기 때문이다. 그사이에 제인도 평범한 어른이 되었고, 마거릿이라는 딸을 키우고 있다. 피터는 어쩌다 잊을 때 말고는 매해 봄맞이 대청소 기간마다 찾아와서 마거릿을 데리고 네버랜드로 간다. 네버랜드에서 마거릿은 피터의 이야기를 들려주고 피터는 자기 이야기를 열심히 듣는다. 그러다 마거릿도 어른이 되면 딸이 생길 것이고, 그러면 그 딸이 피터의 엄마가 될 것이다. 아이들이 명랑하고 천진하고 무정한 한, 영원히 그러하리라.

·부록·

작가 소개

이름 제임스 매슈 배리James Matthew Barrie

출생일 1860년 5월 9일

사망일 1937년 6월 19일

국적 영국 스코틀랜드

거주지 런던

제임스 매슈 배리는 어떤 사람이었을까?

영원히 간직한 동심과 환상에 대한 이야기를 써내려간 작가 제임스 매슈 베리는 스코틀랜드에서 직물 장인의 아들로 태어났다. 젊은 시절에는 스코틀랜드의 《노팅엄 저널》에서 객원 저널리스트로 일했으며 런던의 《제임스 가제트》에 어머니의 자전적인 이야기를 바탕으로 집필한 소설을 기고했다. 그 뒤로 『오래된 불빛을 위한 시Auld Licht Idylls』(1888), 『트럼스의 창문A Window in Thrums』(1890), 『어린 목사The Little Minister』(1891) 등의 작품을 세상에 내놓았다.

이 소설들이 성공하자 배리는 자비로 『삶보다 죽음을Better Dead』(1887)을 출판해 본격적인 작품 활동을 시작했고, 비록 성공적인 결과를 내지는 못했지만 고향에서 스코틀랜드를 배경으로 한 소설 쓰기를 이어갔다. 그러다 극작가가 되겠다는 열망과 더 넓은 세상을 보고 싶다는 희망을 품고 런던으로 떠났다.

런던에서도 그는 꾸준히 자신만의 작품 세계를 구축해나갔다. 결혼제도를 풍자한 희곡 〈워커, 런던Walker, London〉은 대중의 호의 어린 반응을 불러일으켰고 이를 계기로 배우 메리 안셀을 만나 결혼하게 되었다. 결혼한 후 배리의 작품에는 메리의 이름이 자주 등장했으나, 결혼 생활은 약 15년 만에 막을 내렸다.

런던에서 극작가와 소설가로 활발하게 활동하던 그는 훗날 자신이 후견인이 되는 르윈 데이비스 가족을 만났고, 이들 다섯 형제에게 영감을 받아 『피터 팬』을 집필하게 된다. 이 아이들의 이름을 따서 피터 팬에 등장하는 몇몇 캐릭터의 이름을 짓기도 했다. 언뜻 아이들을 위한 동화처럼 보이지만 어른들을 위한 비유와 당시 사회상이 담겨 있는 『피터 팬』은 대중에게 가장 큰 사랑을 받는 작품이 되었다.

배리는 세상을 떠나면서 『피터 팬』의 저작권을 런던의 가장 큰 어린이 병원인 그레이트 오몬드 스트리트 병원에 기부했다. 세상을 떠난 뒤에는 고향의 부모 형제들 곁에 묻혔다.

제임스 매슈 배리의 어린 시절은 어땠을까?

배리는 종교적 역사가 깊은 도시 키리뮤어Kirriemuir에서 태어났다. 아버지는 스코틀랜드 전통 의상을 만드는 직물 장인이었다. 10남매 중 아홉째로 태어난 배리는 어린 시절부터 공상을 좋아해서 이야기를 만들어 내고 가족과 친구에게 들려주는 일을 좋아했다.

독서를 할 때는 환상적이고 기괴한 짧은 이야기(페니 드레드풀)에 관심을 보였고, 친구들과는 훗날 『피터 팬』의 모험에도 영향을 준 해적 놀이를 즐겼다. 관심사가 통하는 친구들과 연극 동아리를 만들어 함께 공연을 올리기도 했다.

그가 여섯 살 때 형 데이비드가 사고로 세상을 떠나는 비극이 가족에게 닥쳤다. 실의에 빠진 어머니를 위로하기 위해 배리는 형의 흉내를 내곤 했다. 어머니는 사랑하는 아들 데이비드가 영원히 작은 아이로 남아 있을 거라는 사실에 위안을 얻기도 했다고 전해진다. 또한 배리의 키는 어린 시절부터 자라지 않아 어른이 되었을 때 150센티미터 정도였다. 데이비드가 죽기 전의 행복했던 기억을 잃고 싶지 않았던 그는 어른이 되어서도 어린아이 같은 면모를 간직할 수 있었다.

제임스 매슈 배리는 또 어떤 작품을 썼을까?

배리는 연극에 관심이 많아 소설뿐만 아니라 여러 희곡 작품을 썼다. 『피터 팬』 또한 연극을 위해 쓴 극본에서 출발했다. 후에 이 극본을 『피터와 웬디』라는 소설로 각색한 것이 우리가 지금 읽고 있는 『피터 팬』이다. 『피터 팬』의 바탕이 된 『작고 하얀 새The Little White Bird』를 시작으로 『켄싱턴 공원의 피터 팬Peter Pan in Kensington Gardens』, 『웬디가 자랐을 때: 후기When Wendy Grew Up: An Afterthought』, 『피터와 웬디Peter and Wendy』 등 피터 팬과 관련된 여러 작품을 탄생시켰다.

배리의 주된 관심사는 연극 무대였다. 그는 수많은 희곡 작품을 썼고, 대부분 관객에게 호응을 받았다. 어린이보다 어른을 위한 작품이 더 많았는데, 특히 남편감을 찾기 위해 고군분투하는 여성의 이야기 〈달콤한 미래를 향한 길Quality Street〉과 조난을 당한 귀족 집안의 이야기 〈감탄스러운 천재The Admirable Crichton〉는 연이은 성공을 기록했다. 어느 비평가는 그의 작품을 두고 "연극 무대에 일어난 최고의 사건"이라고 칭했다. 또한 배리는 영원히 어린이로 남은 아이들과 평행 세계에 관한 희곡 〈메리 로즈Mary Rose〉와 〈브루투스에게Dear Brutus〉를 쓰기도 했다. 그의 마지막 작품은 성경 속 사울과 어린 다윗의 이야기를 다룬 〈소년 다윗The Boy David〉이다.

제임스 매슈 배리는 작품 창작 외에 어떤 일을 했을까?

배리는 다른 희곡 작가들과 함께 국영 극장 검열에 반대하는 운동을 벌이기도 했다. 크리켓에도 애정이 있던 배리는 제1차 세계 대전이 끝나자 가족, 친구들과 함께 아마추어 크리켓 팀을 만들었다. 그의 크리켓 팀에는 아서 코난 도일, 러디어드 키플링, H. G. 웰스 등 당시 최고의 작가들이 소속되어 있었다.

그러나 배리는 무엇보다 런던의 켄싱턴 공원에서 산책하는 것을 좋아했다. 『피터 팬』의 탄생에 영감을 준 르윈 데이비스 가족의 조지, 존, 피터, 마이클, 니콜라스 다섯 어린이를 처음 만난 날도 그는 켄싱턴 공원에서 산책을 하고 있었다.

제임스 매슈 배리는 어디에서 피터 팬에 관한 아이디어를 얻었을까?

어린 시절부터 관심이 많았던 환상적인 이야기, 형에 대한 추억, 자식을 잃은 엄마를 행복하게 해주기 위해 애썼던 어린 날의 기억, 작가가 된 후 런던에서 만난 르윈 데이비스 형제와의 인연 등이 『피터 팬』의 탄생에 두루 영향을 끼쳤다. 특히 르윈 데이비스 가족은 배리의 작품뿐만 아니라 삶 전체에도 큰 영향을 미친 사람들이었다.

배리는 켄싱턴 공원에서 만난 르윈 데이비스 집안의 아이들과 자주 산책하고 이야기를 들려주었으며, 아이들을 자신의 오두막집으로 초대해 해적 놀이를 하며 사진을 찍어주기도 했다. 특히 조지와 존에게는 어린 동생 피터가 하늘을 날 수 있다는 이야기를 해주었다고 한다. 이때 만든 이야기가 『피터 팬』의 바탕이 되었다.

등장인물

피터 팬

나이를 먹지 않고 영원히 어린아이로 사는, 날기를 좋아하는 소년. 어린 시절 부모가 원하는 아이가 되기 싫어 집을 나온 후 네버랜드에서 버려진 아이들의 대장 노릇을 하고 있다. 모험을 좋아하고 장난기 가득하며 용감하다. 자신이 돋보이는 것을 매우 즐기며 남의 감정에는 퍽 무심한 편이다.

웬디 모이라 앤절라 달링

달링 남매의 첫째. 피터 팬을 따라 네버랜드로 날아가는 이야기의 주인공. 숙녀라는 자의식이 강하고 상냥하고도 엄한 엄마 역할을 좋아해 네버랜드에서 만난 소년들을 정성껏 돌보아준다. 훗날 딸이 피터와 함께 네버랜드로 떠나는 모습을 지켜보게 된다.

존 달링

달링 남매의 둘째. 소심하고 실리를 따지는 성격이다. 네버랜드로 떠나기 직전에 챙긴 주말 나들이 모자가 이런저런 방식으로 활용된다. 평소 잘 나서지 않는 편이지만 해적과의 전투에서는 앞장서서 용기를 발휘한다. 어른이 되어서는 재미없는 아버지가 된다.

마이클 달링

웬디의 막내 남동생. 네버랜드의 땅속 집에서 생활할 때 다른 소년들은 모두 한 침대 위에 켜켜이 끼어 잠을 자는 가운데서도 아기 역할을 해야 해서 혼자 바구니 요람에 들어가 잔다.

팅커 벨

피터 팬을 따라다니며 웬디를 질투하는 손바닥만 한 크기의 작은 요정. 피터를 살리기 위해 대신 독약을 마시고 빛이 꺼져가면서도 피터가 흘린 눈물에 행복해할 만큼 피터를 좋아한다.

제임스 후크 선장

피터 팬과의 싸움에서 한쪽 손을 잃고 손 대신 갈고리를 달고 다니는 해적선의 선장. 수려한 외모와 귀족적인 배경, 우아하고 매너 있는 태도와 달리 악하고 잔인한 성격을 지녔으며 자신의 손을 먹어치운 악어를 두려워한다.

투틀스

네버랜드의 땅속 집에 살고 있는, 말수가 적고 시무룩한 소년. 자기가 있는 곳에는 항상 무시무시한 일이 일어난다고 생각하며, 팅커 벨의 거짓말을 믿고 웬디를 활로 쏘아 죽일 뻔한다. 달링 가족으로 입양되어 훗날 재판관이 된다.

닙스

네버랜드의 소년들 가운데 가장 용감하고 쾌활하다. 달링 가족에게 자신을 입양해달라고 강력하게 주장하며, 커서는 회사원이 된다.

슬라이틀리

나무 호루라기를 불며 춤추는 것을 좋아한다. 네버랜드로 오기 전에 겪은 모든 일을 기억한다고 자부한다. 어른이 되어서는 명망 높은 집안의 여성과 결혼해 귀족이 된다.

컬리

구불구불한 머리카락에 장난기가 많은 성격으로 항상 사고를 치고 다닌다. 자라서는 닙스와 함께 회사원이 된다.

쌍둥이

둘이 항상 붙어 다니는 형제. 자기 자신들에 대해서는 아는 것이 거의 없지만 눈치가 빠르고 영리하다. 어른이 되어서는 닙스, 컬리와 함께 회사원이 된다.

타이거 릴리

네이티브 아메리칸 피카니니 부족 추장의 딸로, 해적에게 납치돼 '섬에 버려진 자들의 바위'에서 죽을 위기에 처한다. 결코 타협하지 않는 강인하고 고집스러운 성격이다.

스미

후크 선장 배의 갑판장. 안경을 썼으며, '마개따개 조니'라는 별명을 붙인 단검을 애용한다. 무시무시한 해적으로 자부하지만 묘하게 아이들이 따른다.

달링 부인

웬디, 존, 마이클의 엄마. 아이들이 떠난 뒤로 한시도 집을 비우지 않고 창문을 활짝 열어둔 채 아이들이 돌아오기를 기다린다. 어릴 적 본인도 피터라는 소년을 만났다는 사실을 어렴풋이 기억한다.

조지 달링 씨

웬디, 존, 마이클의 아빠. 아이들이 사라진 것에 대해 자신을 탓한다. 아이들이 돌아올 때까지 반려견 나나의 집에서 생활하며 이웃들 사이에서 흥미와 연민의 대상이 된다.

나나

달링 집안의 아이들을 돌보는 유능하고 믿음직스러운 개. 달링 씨가 나나를 마당에 묶어놓는 바람에 아이들이 피터를 따라가는 것을 막지 못한다.

옮긴이 **최세희**

대학에서 영문과를 전공한 후 문화콘텐츠를 기획하고 라디오방송 원고를 쓰며 출판 번역을 해오고 있다. 『딱 하나만 선택하라면, 책』, 『소란스러운 세상 속 혼자를 위한 책』, 『렛미인』, 『예감은 틀리지 않는다』, 『사랑은 그렇게 끝나지 않는다』, 『사색의 부서』, 『에마』, 『깡패단의 방문』, 『킵』, 『인비저블 서커스』, 『맨해튼 비치』, 『우리가 볼 수 없는 모든 빛』 등을 우리말로 옮겼으며 공저로 『이수정 이다혜의 범죄 영화 프로파일』이 있다.

걸 클래식 ✦ 환상 컬렉션

피터 팬

펴낸날 초판 1쇄 2021년 9월 10일

지은이 제임스 매슈 배리

옮긴이 최세희

펴낸이 이주애, 홍영완

편집2팀 최혜리, 오경은, 홍은비, 장종철

편집 양혜영, 유승재, 박효주, 문주영, 김애리, 홍상현

마케팅 김미소, 김태윤, 박진희, 김슬기

디자인 박아형, 김주연, 기조숙, 윤신혜

해외기획 정미현

경영지원 박소현

펴낸곳 (주)윌북 출판등록 제2006-000017호 주소 10881 경기도 파주시 회동길 337-20

전자우편 willbooks@naver.com **전화** 031-955-3777 **팩스** 031-955-3778

블로그 blog.naver.com/willbooks **포스트** post.naver.com/willbooks

페이스북 @willbooks **트위터** @onwillbooks **인스타그램** @willbooks_pub

ISBN 979-11-5581-393-5 04840

 979-11-5581-390-4 04800(세트)

The Girl Classic

·

환상 컬렉션

피터 팬 제임스 매슈 배리 지음 · 최계락 옮김

오즈의 마법사 라이먼 프랭크 바움 지음 · 김선희 옮김

피노키오 카를로 콜로디 지음 · 김재우 옮김